BIGGI RIST /
LILIANE SKALECKI

Frostkalt

AUSGEBACKEN Am ersten Advent wird ein ausgesetztes Baby in der Krippe am Bremer Dom gefunden, zwei Tage später ein Bäcker brutal ermordet. Von der Tatwaffe fehlt jede Spur. Verdächtige gibt es zur Genüge: Der Vater eines Kleinkindes, das an einem allergischen Schock aufgrund einer Mandelallergie verstorben ist, gerät in Hölzles Visier. Auch der Bruder des Bäckers, der im Streit um ein uraltes Backrezept mit diesem lag, der Lieferant, der mit pestizidbelasteten Rosinen handelt und ein entlassener Bäckerlehrling gehören dem Kreis der Verdächtigen an. Alle haben ein Motiv, keiner hat ein Alibi. Wenige Tage nach dem Tod des Bäckers wird eine junge Frau brutal zusammengetreten, und ein weiterer Mord geschieht nach einem misslungenen Erpressungsversuch. Die Obduktion ergibt, beide Opfer wurden mit demselben Messer erstochen. Doch die Suche nach dem Messer gleicht der Suche nach einer Nadel im Heuhaufen. Doch nur die Tatwaffe kann den entscheidenden Hinweis geben …

Biggi Rist, geboren 1964 in Reutlingen. Nach der Ausbildung zur PTA an der Naturwissenschaftlich-technischen Akademie in Isny/Allgäu arbeitete sie in der Labordiagnostik sowie in der Forschung und ist Co-Autorin wissenschaftlicher Publikationen. Zwei Jahre verbrachte sie in Australien, seit 2005 lebt sie in Lilienthal am Rande Bremens.

Dr. Liliane Skalecki, geboren 1958 in Saarlouis. Nach einer Banklehre studierte sie Kunstgeschichte, Klassische Archäologie und Vorderasiatische Archäologie an der Universität des Saarlandes. Seit 2001 lebt sie mit ihrer Familie in Bremen. Sie schreibt für die Zeitschrift ›Pferdesport – Bremen‹ und veröffentlichte bisher Fachartikel, Sachbücher und Chroniken. Seit 2012 schreibt sie gemeinsam mit Biggi Rist Kriminalromane für den Gmeiner-Verlag.

www.krimi-bremen.de

Bisherige Veröffentlichungen im Gmeiner-Verlag:
Ausgerottet (2017)
Rabenfraß (2016)
Mordsgrimm (2014)
Rotglut (2013)
Schwanensterben (2012)

BIGGI RIST /
LILIANE SKALECKI

Frostkalt

Kriminalroman

GMEINER SPANNUNG

Eine Person, die in diesem Roman vorkommt, hat zugestimmt, dass sie namentlich genannt wird. Alle weiteren Personen und Handlung sind frei erfunden. Dabei sind Ähnlichkeiten mit lebenden oder toten Personen rein zufällig und nicht beabsichtigt.

Besuchen Sie uns im Internet:
www.gmeiner-verlag.de

Im Ehnried 5, 88605 Meßkirch
Telefon 07575/2095-0
info@gmeiner-verlag.de

1. Auflage 2017

Lektorat: Claudia Senghaas, Kirchardt
Herstellung: Mirjam Hecht
Umschlaggestaltung: U.O.R.G. Lutz Eberle, Stuttgart
unter Verwendung eines Fotos von: © wiw/fotolia.com
Druck: CPI books GmbH, Leck
Printed in Germany
ISBN 978-3-8392-2156-3

Wie immer für dich, Ralf. Biggi.

Für Georg, Marian, Arlena und Marcel. Liliane

Morgen kommt der Sensenmann,
Kommt mit seinen Klaben.
Backblech, Messer und Gewehr,
Ofen, Schaber und viel mehr.
Ja, ein ganzes Bäckerheer,
Der Tod möcht's gerne haben.

Morgen kommt der Sensenmann,
Kommt mit seiner Klinge.
Orangeat und Zitronat
und Ammoniumcarbonat,
Mandeln, Zimt und Glutamat,
Lauter schöne Dinge.

Nimm nur reine Zutaten
und gib recht fein Acht:
Mehl, Rosinen, Kardamom,
Mandeln, kein Plutonium.
Backe nur laut Tradition,
Sensenmann wünscht gute Nacht.

Biggi Rist

Krankheiten befallen uns nicht aus heiterem Himmel, sondern entwickeln sich aus täglichen Sünden wider die Natur. Wenn sich diese gehäuft haben, brechen sie unversehens hervor.

Hippokrates

Im Schoß der Familien herrschen oft Mißtrauen, Eifersüchtelei und Abneigungen, während uns ein zufriedenes, einträchtiges und heiteres Äußeres täuscht und einen Frieden vermuten läßt, der gar nicht vorhanden ist.

Jean de La Bruyère

PERSONEN

Heiner Hölzle	Kriminalhauptkommissar in Bremen und Exilschwabe
Harry Schipper	Kriminaloberkommissar und Freund Hölzles
Peter Dahnken	Kriminaloberkommissar und Freund Hölzles
Dr. Sabine Adler-Petersen	Rechtsmedizinerin in Bremen
Markus Rotenboom	Leiter der Kriminaltechnik
Carl Brodbeck	Betreibt die Traditionsbäckerei seiner Vorfahren
Vanessa Brodbeck	Carls Tochter
Isabell Brodbeck	Carls Ehefrau
Stefan Brodbeck	Carls jüngerer Bruder, ebenfalls gelernter Bäcker mit eigenem Betrieb
Jutta Brodbeck	Stefans Ehefrau
Samir Alavi	Auszubildender bei Carl Brodbeck
Moritz Hildebrandt	Samirs Freund
Fabian Evert	Vanessas Freund
Finja Evert	Fabians jüngere Schwester
Marlena Hagen Zoe Jensen	Freundinnen von Finja Evert

Bernd und Mareike Uhlig	Eltern eines verstorbenen Kindes
Krischa Köttel	Rosinenlieferant
Christiane Johannsmann	Hölzles Exfreundin
Marthe Johannsmann	Christianes Großtante
Thorben Schmink	Reporter beim Weser-Blitz
Nuray Toprak	Schülerpraktikantin

PROLOG

Maria durch ein Dornwald ging, Kyrie eleison.

Maria durch ein Dornwald ging, der hat in sieben Jahrn kein Laub getragen.

Jesus und Maria

Dass ihr gerade dieses Lied einfiel. Und nicht nur die Melodie spukte in ihrem Kopf herum, sondern auch der Text. Zumindest glaubte sie, dass der Text so lautete. Heiße Tränen strömten über ihr Gesicht. Die Glocken des Bremer Doms schlugen vier Mal. Es war stockfinster, der Wind fegte durch die Stadt. Wann hatte sie das Lied zuletzt gehört? Das musste doch Jahre her sein. Wahrscheinlich in der Kirche, an irgendeinem Adventssonntag. Denn da war sie sich sicher, es war ein Adventslied. Und wie ging es dann weiter? Irgendwas mit *Was trug Maria unter ihrem Herzen? Kyrie eleison. Ein kleines Kindlein ohne Schmerzen.*

Schmerzen. Sie hatte nicht geahnt, wie groß die Schmerzen sein würden. Nachdem vor Monaten ihre Periode ausgeblieben war, hatte sie zuerst alle möglichen Ausreden für sich gefunden und die wahrscheinlichste Möglichkeit, dass sie schwanger war, einfach negiert. Doch letztendlich hatte sie sich doch einen Schwangerschaftstest gekauft und wenig später heulend im Badezimmer gesessen, als der Test positiv ausgefallen war. Sie erwartete ein Kind. Mit 17. Alle Möglichkeiten hatte sie abgewogen. Es hatte sogar eine Zeit gegeben, in der sie sich auf das Baby gefreut hatte. Als die Schwangerschaft kaum mehr zu verheimlichen war und ihre Freundinnen schon misstrauisch ihren Bauch beäugten, hatte sie endlich den Mut gefunden, ihren Eltern zu beichten, dass sie ein Kind bekommen würde.

Die beiden waren so ahnungslos gewesen. Was sich dann in ihrer Familie abgespielt hatte, kam ihr noch heute vor wie eine Szene aus diesem absurden Theaterstück, das sie im Französischunterricht besprochen hatten. Ihre Mutter, die nicht bemerkt haben wollte, dass ihre Tochter schwanger war, war lautlos weinend am Esstisch zusammengesackt. Und ihr Vater war vollkommen ausgeflippt, hatte den nächstbesten Gegenstand, eine Zuckerdose, an die Wand geworfen. Sein Gesicht war puterrot angelaufen, seine großen Hände hatten sich zu Fäusten geballt. Als sich seine Gesichtsfarbe normalisiert hatte, hatte er nur wissen wollen, wer der Vater des Babys sei. Vanessa hatte nur stumm vor sich hin gestiert und ihre Mutter lediglich ein wimmerndes ›Oh Gott, oh Gott, Kind wie konntest du uns das nur antun?‹ von sich gegeben.

»Freut ihr euch denn nicht wenigstens ein kleines bisschen?« Zaghaft hob sie den Blick.

Schon nach dem ersten Wort rastete ihr Vater erneut aus.

»Freut, freut, ja hast du sie noch alle? Du gehst noch zur Schule, wie hast du dir das alles vorgestellt? Was sollen denn die Leute sagen? Und glaubst du, deine Mutter hat Zeit, dein Balg aufzuziehen? Denn darauf läuft es doch hinaus, dass wir für das Kind aufkommen und es versorgen. Du bist doch selbst noch ein Kind!«

Ihr Vater atmete tief durch, hielt die Luft kurz an, stieß sie mit aufgeblasenen Wangen hörbar wieder aus. Es schien, als wollte er sich selbst beruhigen.

»Wer ist der Vater? Vanessa, ich frage dich nicht noch einmal. Welcher Hurensohn hat dir das angehängt?«

Die Drohung in seiner Stimme war schlimmer als das Geschrei davor. Sie saß neben ihrer Mutter, wollte nach ihrer Hand greifen. Doch wider Erwarten zog ihre Mutter die Hand heftig zurück, gerade so, als hätte sie sich verbrannt.

»Ihr kennt den Vater«, antwortete Vanessa leise, »Papa, er wird für mich sorgen, glaub es mir. Ganz bestimmt.«

Dann gab sie den Namen preis.

Mit allem hatte sie gerechnet. Mit wütendem Geschrei, Tränen, Sanktionen, irgend so etwas. Aber nicht mit dieser Reaktion. Ihr Vater sprang so heftig auf, dass der Stuhl nach hinten umkippte, und rannte aus dem Zimmer. Ihre Mutter blieb sitzen, brach in hemmungsloses Schluchzen aus, das Gesicht in beide Hände vergraben. Vanessa erkannte, dass es zwecklos war, die Abwesenheit des Vaters zu nutzen, um mit Mama zu reden und sie auf ihre Seite zu ziehen.

Kaum fünf Minuten später tauchte ihr Vater wieder auf, in der Hand eine Tasche, in die er wahllos Kleidungsstücke gestopft hatte. Die Tasche warf er ihr vor die Füße und brüllte sie an.

»Raus! Mach, dass du rauskommst!«

Vanessas Mutter stand auf, stellte sich nun doch schützend vor Vanessa, protestierte leise und mit zitternder Stimme:

»Aber, jetzt beruhige dich doch, wir können über alles …«

Doch ihr Mann schnitt ihr mit einer Handbewegung das Wort ab, stieß sie zur Seite, packte Vanessa am linken Arm, zog sie vom Stuhl hoch. Er hob die Tasche mit der anderen Hand auf, bugsierte seine Tochter vor sich her, riss die Tür zum Flur auf und gab Vanessa einen so heftigen Stoß, dass sie ins Stolpern geriet. Dann schmiss er ihr die Tasche hinterher, die vor der Haustür zu liegen kam.

Plötzlich schienen sein Zorn und damit auch seine Energie verbraucht, er drehte sich um und stapfte die Treppe hinauf ins Obergeschoss. Ihre Mutter, die in den Flur gekommen war, warf Vanessa nur einen ängstlichen, verstörten Blick zu. Unschlüssig stand sie da, sah die Treppe hinauf und schaute zu ihrer Tochter. Dann traf Vanessas Mutter eine Entscheidung und ging ihrem Mann hinterher. Vanessa hob die Tasche auf, blieb noch eine Sekunde stehen, hörte einen markerschütternden Schrei, der aus der Kehle ihres Vaters stammte, und das Heulen ihrer Mutter.

Nach dem Rauswurf war sie auf direktem Weg zu Samir gegangen, um bei ihm unterzukriechen. Schließlich war er der Vater des Kindes. Glaubte sie jedenfalls. Doch noch vor seiner Haustür war ihr klar geworden, dass dies keine gute Idee sein würde. Er wohnte noch zu Hause, und seine Eltern verhielten sich ihr gegenüber, seitdem sie wussten, mit wem ihr Sohn befreundet war, sehr reserviert. Ja, sie begegneten ihr beinahe feindselig. Es blieben ihr keine großen Alternativen. Sie schlug den

Weg zu Fabians Zuhause ein. Nach 100 Metern kehrte sie um. Sie musste es Samir sagen. Schließlich stand sie zum zweiten Mal vor der Haustür, nahm all ihren Mut zusammen und drückte auf den Klingelknopf.

Nur zehn Minuten später fand sie sich auf der Straße wieder, wütend, enttäuscht, traurig und unglücklich. Was hatte sie denn erwartet? Dass der Iraner einen Ring aus der Tasche zog und sie vom Fleck weg heiraten wollte? Mit durcheinanderwirbelnden Gedanken machte sie sich auf den Weg zu Fabian. Es war mehr als überfällig, reinen Tisch zu machen.

Seit zwei Jahren war sie mit Fabian Evert zusammen, und eigentlich hätte sie ihm schon längst reinen Wein einschenken sollen. Dass es neben ihm seit geraumer Zeit einen anderen jungen Mann gab. Seitdem das mit Samir passiert war, war sie hin- und hergerissen. Samirs sanfte Art, seine dunkelbraunen Augen, die, sobald er sie anblickte, so rührend schimmerten. Auf der anderen Seite Fabian. So intelligent und geradeheraus. Ein Kumpel, mit dem sie glaubte, durch dick und dünn gehen zu können. In seiner Familie herrschte immer eine fröhliche Stimmung, seine Eltern ließen ihn gewähren, behandelten Vanessa fast wie ihre eigene Tochter. Nur Finja, Fabians jüngere Schwester, machte aus ihrer Eifersucht keinen Hehl, seitdem Fabian mehr seiner raren Zeit mit seiner Freundin verbrachte als mit ihr. In den letzten Wochen hatte sich Vanessa etwas von Fabian zurückgezogen und sich mehr dem Zusammensein mit Samir gewidmet. Sie hatte gespürt, wie unglücklich Fabian darüber war, dass sie sich weniger trafen. Doch sie hatte ihn immer wieder beruhigt, sie habe ihn doch lieb. Was ja auch stimmte. Nur das Problem war, dass sie Samir auch liebte. Vanessa hätte sich nie vorstellen können, dass so etwas möglich wäre. So einen Zustand gab es nur in Filmen, eine Frau, die zwischen zwei Männern stand und für beide dasselbe Gefühl hegte. Sie hatte einfach keine Entscheidung treffen *können*. Und nun blieb ihr gar nichts anderes mehr übrig. Was für ein Dilemma! Nun musste sie sich gezwungenermaßen entscheiden. Es half nichts. Das Dumme war, dass jetzt wirklich der ungünstigste Zeitpunkt dafür war, Fabian alles zu beichten. Vanessa wusste sich im Augenblick keinen anderen Rat.

Auch vor Fabians Haustür blieb sie einen Moment zögernd stehen. Wie würde Fabian reagieren?

Das große, weiß geklinkerte Haus sah einladend wie immer aus. Die Eingangstür flankierten zwei schlanke hohe, zu einer Spirale geschnittene Buchsbäume. Als Fabian die Tür öffnete, zog er sie sofort in seine Arme, strahlte über das ganze Gesicht. Vanessa presste ihr Gesicht an seine Brust, sie war kurz davor in Tränen auszubrechen. Ein kleiner Schluchzer entrang sich ihrer Kehle. Fabian schob sie ein Stück von sich weg und sah sie ernst an. Wie unglücklich Vanessa aussah.

»Komm rein. Was ist denn passiert?«

Er zog sie in die geräumige Eingangshalle und griff nach Vanessas Reisetasche. Er warf einen fragenden Blick darauf, doch Vanessa schüttelte nur stumm den Kopf. Dann gingen die beiden nach oben, wo Fabian eine eigene kleine Dachgeschosswohnung hatte, und setzten sich aufs Bett. Unruhig rutschte Vanessa hin und her. Dann packte sie entschlossen Fabians Hände und schaute ihm direkt ins Gesicht.

»Ich … ich bin schwanger«, flüsterte Vanessa.

Fabian starrte sie an, blieb sprachlos.

»Sag doch was«, bat sie ihn. Verzweiflung mischte sich in ihre Stimme.

Er schluckte hart, sein Adamsapfel trat deutlich hervor.

»Ich versteh nicht richtig. Du bist schwanger? Aber, wie kann denn so etwas möglich sein, du nimmst doch die …«

Dann fiel ihm ein, dass Vanessa schon vor längerer Zeit erwähnt hatte, sie vertrage die Pille nicht, sie bekäme Kopfschmerzen davon. Aber sie hatte nicht gesagt, dass sie sie abgesetzt hatte. Oder doch? Nein, sicher nicht. Sie hatten einfach nicht weiter über Verhütung gesprochen. Er war wohl insgeheim davon ausgegangen, dass sie die Pille trotzdem einnahm. Zumindest hatte sie nicht von ihm verlangt, ein Kondom zu benutzen.

»Nein. Schon länger nicht mehr«, gestand sie. Sie wurde rot. Keinen Moment hatte sie sich darüber Gedanken gemacht, was dies für Konsequenzen haben könnte, weder für sich noch für Fabian oder Samir. Und schon gar nicht für den Rest der betroffenen Familien. Hatte einfach gehofft, dass es gutgehen würde und täglich ihre Körpertemperatur gemessen.

»Bist du jetzt völlig durchgeknallt? Und jetzt?«

Fabians Stimme klang brüchig. Mit allem hatte er gerechnet, aber nicht mit dieser Beichte. Er rückte ein Stück von ihr weg und schaute sie ausdrucklos an.

»Mein Vater hat mich rausgeschmissen. Er will nichts davon wissen. Und meine Mutter …, sie steht voll hinter ihm. Kann ich vielleicht bei euch …«, sie brachte den Satz nicht zu Ende.

Fabian war entsetzt. Vanessas Vater war zwar streng, er hatte immer über den Umgang seiner Tochter gewacht. Gegen Fabian hatte er nichts einzuwenden gehabt, hatte sich immer gefreut, wenn Fabian aufgetaucht war. Sie beide hatten sich gut verstanden. Er hatte ihm uneingeschränkt vertraut. Hatte sogar einmal in einer bierseligen Laune gesagt, so könne er sich seinen zukünftigen Schwiegersohn vorstellen. Die Schwangerschaft konnte also nicht der alleinige Grund für den Rausschmiss sein.

»Wir haben uns nicht mehr so oft gesehen in der letzten Zeit«, sagte er dann langsam. In seinen Augen glomm Misstrauen auf. »Willst du mir nicht vielleicht noch etwas sagen?«

Vanessa überlegte fieberhaft. Sollte sie Fabian in dem Glauben lassen, er wäre der Vater? Das wäre bestimmt der einfachste Weg. Fürs Erste. Schließlich war es ja auch nicht auszuschließen. Doch wie lange konnte sie noch mit den Lügen leben?

»Fabian bitte, ich weiß, ich hab mich dir gegenüber nicht okay verhalten, aber du bist der Einzige, der …«

Ihre Augen flehten ihn an.

Nicht okay verhalten. Was sollte das denn bedeuten? Nur, weil sie sich in letzter Zeit weniger gesehen hatten? Sie hatten doch beide im Moment viel um die Ohren, er mit dem Studium, sie stand kurz vor dem Abi. Da war es doch normal, wenn man nicht den ganzen Tag aufeinanderhockte. Prüfend ließ Fabian seinen Blick über Vanessas bleiches Gesicht gleiten. Sie schämte sich für etwas. Fabian dämmerte allmählich, was Vanessa ihm zu verstehen geben wollte. Es gab noch einen anderen in ihrem Leben.

»Es gibt jemand anderen, stimmt's? Und das Kind ist von ihm«, seine Stimmte klang nüchtern.

Ihr Blick sagte alles.

Fabians Gesicht verwandelte sich in eine arrogante Miene, das Misstrauen war aus seinen Augen verschwunden. Stattdessen drückten sie jetzt Härte aus, keine Spur von Mitleid. Die Erkenntnis, dass Vanessa ihn mit einem anderen betrogen hatte, war wie ein Schlag in die Magengrube, und sein Herz hatte sich in Sekundenschnelle in einen Eisblock verwandelt.

»Sieh zu, wie du alleine aus diesem Schlammassel rauskommst. Ich fass es nicht. Wolltest du mir ein Kind anhängen, das gar nicht von mir ist? Wer ist er? Los, sag schon!«

Fabian hob die linke Hand zur Faust geballt, Vanessa zuckte zusammen, und er ließ sie kraftlos wieder sinken.

Vanessa traten die Tränen in die Augen.

»Es tut mir so leid, Fabi. Ich wollte das alles nicht. Es ist einfach passiert. Und ehrlich gesagt, ich weiß nicht, ob es von dir ist oder von …«, sie stoppte, holte tief Luft, »… Samir.« Den Namen flüsterte sie nur.

Fabian war bis ins Innerste erschüttert. Er empfand körperliche Schmerzen nach dieser Offenbarung, die schlimmer waren als die Muskelfaserrisse, die er sich bisher beim Tennis zugezogen hatte. Doch trotzdem rührte es ihn, wie sie auf seinem Bett saß, in sich zusammengesunken, mit bleichem Gesicht und mit von Tränen geröteten Augen. Fast hätte er sie in seine Arme genommen und getröstet, doch alles was er hervorbrachte, war: »Ich bring dich raus.«

Bis zum Tor begleitete er sie, trug ihre Tasche, hielt jedoch einen Meter Abstand von ihr.

»Wann kommt das Baby denn? Hast du genug Geld?«

Für einen Moment schöpfte Vanessa die Hoffnung, er würde ihr verzeihen, ihr anbieten, bei ihm bleiben zu können. Doch seine Miene und seine Körperhaltung drückten etwas anderes aus. Sie biss die Zähne zusammen, drückte den Rücken durch.

»Ich komm schon klar.«

Dann ließ sie ihn stehen und verschwand hocherhobenen Hauptes.

Vanessa ging mit schweren Schritten zur nächsten Haltestelle. Die Tasche wurde ihr eine Last, obwohl nur ein paar Kleidungsstücke darin waren. Sie stieg in die Straßenbahn, fuhr müde und erschöpft zurück in die Innenstadt. Einem mitleidigen Blick einer älteren Frau wich sie aus. Sie war nun auf sich alleine gestellt. Auf der Bank hatte sie etwas Geld, das sie zu ihrer Konfirmation bekommen hatte. Ursprünglich war es für einen kleinen Gebrauchtwagen gedacht, den sie sich anschaffen wollte, wenn sie den Führerschein in der Tasche hatte. Jetzt brauchte sie bald einen kleinen Wagen, aber nicht den, den sie sich vorgestellt hatte. Hoffentlich käme ihr Vater nicht auf die Idee, das Konto zu sperren. Nein, soweit würde er bestimmt nicht gehen. Außerdem würde sie in drei Wochen 18 werden, dann konnte sie machen, was sie wollte. Nachdem sie fürs Erste ein paar Hundert Euro abgehoben hatte, suchte sie das nächstbeste Café auf, um in Ruhe bei einem Latte macchiato über den nächsten Schritt nachzudenken.

Gab es nicht diese Mutter-Kind-Häuser, in denen man auf die Geburt des Kindes warten konnte, dort betreut wurde und vielleicht sein Kind zur Adoption freigeben konnte? Sie hatte davon gehört, dass es solche Heime gab. Vielleicht wäre dies eine Lösung. Nur, musste sie dann die Schule abbrechen? Irgendjemand musste das doch bezahlen. Vanessa wollte gerade ihr Smartphone herausholen, um mehr über diese Heime herauszufinden, als ihr das Schicksal in Gestalt einer jungen Frau zu Hilfe eilte.

»Das kann doch wohl nicht wahr sein, wie lange haben wir uns nicht mehr gesehen?«

Die Bedienung, die an ihren Tisch gekommen war, um die Bestellung aufzunehmen, umarmte sie freudestrahlend.

Lea. Lea, die vor einem Jahr die Schule geschmissen hatte. Von der Vanessa gedacht hatte, Lea sei auf Nimmerwiedersehen verschwunden. Lea, die von einer Karriere als Sängerin geträumt hatte und für die London das große Ziel gewesen war. In der Schule hatten sie einen sehr freundschaftlichen, aber keinen wirklich engen Kontakt gehabt. Lea war drei Jahre älter als Vanessa, war spät eingeschult worden und hatte in der achten Klasse eine Ehrenrunde gedreht.

Die beiden jungen Frauen wechselten einige Sätze, und Vanessa entging Leas wissender Blick nicht, den diese auf die kleine Wölbung ihrer Körpermitte warf. Eins und eins zusammenzuzählen war nicht schwer.

»Probleme?«

Damals war sie in der 20. Schwangerschaftswoche gewesen und bei Lea hängengeblieben. Diese jobbte im Café und sang abends in einer Band, die bald ganz groß rauskommen würde. Lea hatte Vanessa ein kleines Zimmer abgetreten, verlangte gerade so viel Geld als Zuschuss, wie die junge Schwangere aufbringen konnte.

Drei Wochen nach ihrem Einzug in Leas Wohnung war Vanessa ihrer Mutter zufällig in der Stadt über den Weg gelaufen. Sie hatte vorgeschlagen, sich kurz auf eine Tasse Kaffee hinzusetzen, doch Vanessa hatte abgelehnt. Es war ein merkwürdiges Gefühl, ihrer Mutter gegenüberzustehen und sich so wenig zu sagen zu haben. Sie hatte wissen wollen, ob es ihr gut ginge und gesagt, dass der Vater das Thema ihrer Schwangerschaft mied wie der Teufel das Weihwasser. Kein Wort verlöre er über Vanessa. Ihre Mutter hatte sie hilflos umarmt und war dann in die andere Richtung gegangen.

Seitdem ging jede Woche eine Bareinzahlung von 100 Euro auf ihrem Konto ein. Ihre Mutter musste das Geld irgendwie vom Haushaltsgeld abknapsen oder vielleicht sogar aus der Kasse nehmen. Vanessa war klar, dass ihre Mutter mit der Angst lebte, ihr Vater könnte dies herausfinden. Natürlich konnte sie das Geld gebrauchen. Doch den persönlichen Kontakt zu ihrer Mutter mied sie, Vanessa legte keinen Wert auf ein weiteres Treffen mit ihr. Ihre Mutter glaubte wohl, ihre Schuldgefühle mit Geld wettmachen zu können. Ihr wäre es lieber gewesen, sie hätte sich endlich einmal gegen den Vater durchgesetzt und zu ihr gestanden. So hatte sie kurz nach dem ersten Kontoeingang ihre Handynummer geändert und war somit nicht mehr für ihre Mutter erreichbar. Das Geld würde sie ihr irgendwann mit Zinsen zurückzahlen. Nichts wollte sie ihrer Mutter schuldig bleiben.

Lea war ihr Rettungsanker gewesen. Vanessa kam gut zurecht, kochte für sie beide, wenn es bei Lea beruflich turbulent zuging. Ihre Schwangerschaft verlief ohne Probleme. Gott sei Dank. Ihre Frauenärztin hatte sie erst gar nicht aufgesucht. Sie war über ihren Vater krankenversichert, und es wäre ihr nie in den Sinn gekommen, dies zu beanspruchen und damit über einen Umweg auf die Hilfe ihres Vaters angewiesen zu sein. Über eine Aufnahme in einem der Frauenhäuser hatte sie nicht weiter nachgedacht. Sollte medizinische Hilfe unbedingt notwendig werden, könnte sie immer noch diese Möglichkeit überdenken.

Dann kam der Anruf aus München. Lea sollte zu Probeaufnahmen in die bayrische Landeshauptstadt kommen. Ein Musikscout hatte die Band gehört und war von Leas Stimme begeistert gewesen. Und dies kurz vor dem Geburtstermin. Lea hatte ihr das Versprechen abgerungen, keine Dummheiten zu machen. Wenn es soweit wäre, solle sie ein Krankenhaus aufsuchen. Alles würde sich finden, sie wäre ja bald aus München zurück. Zwei Tage später hatte Lea angerufen und ihr mitgeteilt, dass sie doch noch länger bleiben würde, sie hätte bei den Aufnahmen einen total coolen Typen kennengelernt.

Nie hatte sich Vanessa einsamer gefühlt als an dem Tag, als Lea sie umarmt und sich auf den Weg nach München gemacht hatte. Ein Krankenhaus. Die wollten doch erst mal eine Versichertenkarte sehen. Nein, sie würde das Kind alleine zur Welt bringen. So schlimm konnte das nun nicht sein, früher hatte es ja auch keine Krankenhäuser gegeben.

Gestern Abend war es plötzlich losgegangen, und sie hatte entsetzt feststellen müssen, wie naiv sie doch war.

Vanessa hatte nicht geahnt, keine Vorstellung gehabt, was auf sie zukommen würde. Glaubte bei jeder Wehe, sie müsse sterben. Diese Schmerzen! Die Wehen kamen in immer kürzeren Abständen. Sollte sie doch in ein Krankenhaus? Dazu war es zu spät, sie würde es so nicht einmal die Treppen hinunterschaffen.

In den frühen Morgenstunden kam das Baby zur Welt. Ein Mädchen. Irgendwie hatte sie es geschafft, die Nabelschnur zu durchtrennen. Vanessa war völlig erschöpft, fühlte sich leer, war zu keiner Emotion fähig, als sie das Baby betrachtete. Das Kind, das sie unter so unsäglichen Schmerzen auf die Welt gebracht hatte, war ihr fremd. In diesem Augenblick traf sie eine Entscheidung.

Sie wusch das Neugeborene, wickelte es in eine Windel und zog ihm einen dunkelblauen Strampelanzug an. Dann duschte sie schnell, schlüpfte in warme Sachen, verbarg ihre nassen blonden Haare unter einer Wollmütze. Das Baby stopfte sie in eine warme dunkelrote Jacke mit Teddyfutter, den kleinen Kopf schützte sie mit einer weichen Mütze, die ein wenig zu groß war. Schließlich steckte sie ihr Kind in den bunten Babyschlafsack, den sie vor zwei Wochen bei einem Billigkaufhaus erstanden hatte. Noch eine mollige Decke um das ganze Bündel herum, damit die Kleine nicht auskühlte, und sie konnte los.

Leas Wohnung befand sich im fünften Stock. Am Ende der Treppe musste Vanessa sich zwar für einen Moment ausruhen, doch der Weg von hier bis zum Dom war nicht weit, das würde sie schaffen. Gott sei Dank war es für diese Jahreszeit eine erstaunlich milde Nacht. Sie begegnete kaum jemandem, und als sie zum Dom kam, war niemand zu sehen. Das Neugeborene, das sich nicht rührte und keinen Ton von sich gab, legte die frisch gebackene Mutter in die Krippe an der Ecke des Doms, die mit ihren lebensgroßen Figuren ein Anziehungspunkt während des Weihnachtsmarktes war. Ohne sich noch einmal umzudrehen, lief sie den Weg zurück, den sie gekommen war. Sie merkte kaum, dass ihr die Tränen über das Gesicht liefen. Doch ihr Herz schmerzte, als wolle es jeden Augenblick zerspringen.

KAPITEL 1

Gerade wollte Hölzle die Tasse zum Mund führen, als er von hinten einen kräftigen Schlag auf die Schulter erhielt und so den Großteil seines Glühweins verschüttete. Das heiße Getränk verbrannte ihm die Finger.

»Au, verdammt! Mensch Harry, du Depp, geht's noch?«, fluchte Hölzle verärgert, als er sich umdrehte. »Jetzt grins nicht noch so saudumm!«

»Upps, tut mir leid, das wollte ich nicht. Na ja, du lebst ja noch. Ist von den anderen keiner da?«

Harry stellte sich neben Hölzle an den kleinen runden Stehtisch und schlug den Kragen seiner Jacke hoch.

»Siehst du hier sonst jemand? Du kannst manchmal echt blöd fragen«, brummte Hölzle und stellte seinen Becher ab.

Aus der Hosentasche seiner Jeans zog er ein Päckchen Papiertaschentücher, zog ein Tuch heraus und wischte sich den Glühwein von den Fingern. Der Glühwein war ordentlich gesüßt, denn nun waren seine Finger zwar trocken, aber klebrig.

»Ich hol mir auch was zu trinken«, verkündete Harry.

»Dann bring mir gleich noch einen mit«, orderte Hölzle und zeigte auf seinen fast leeren Becher. »Der geht aber auf deine Rechnung.«

Wenige Minuten später kam Harry mit zwei dampfenden roten Keramikstiefeln zurück, stellte einen davon vor Hölzle hin, der mittlerweile den kläglichen Rest ausgetrunken hatte. Sie stießen an.

»Und, fährst du nun an Weihnachten zu deiner Schwester nach Straßburg?«, wollte Harry wissen.

»Ich denke schon. Muss noch einen Zug buchen.«

»Na, dann sieh zu. An Weihnachten sind die Züge rappelvoll«, erinnerte Harry seinen Freund.

»Ja, ja, ich weiß. Sonst fahr ich eben mit dem Auto, es wird ja wahrscheinlich keinen Schnee geben. Wie fast jedes Jahr. Wahrscheinlich können wir an Weihnachten im Biergarten sitzen.«

Sie betrachteten das bunte Treiben auf dem Bremer Markplatz. Heute war das erste Weihnachtsmarktwochenende, morgen war der erste Advent. Jede Menge Leute drängten sich durch das Gewühl, manche schoben einen Kinderwagen vor sich her oder hatten einen Hund an der Leine. Hölzle konnte es nicht verstehen. Wozu musste man denn seinen Hund mitnehmen? Die armen Tiere. Die kleinen Hunde mussten doch fürchten getreten zu werden, und die Kinder in ihren Wagen sahen nur Beine, Hintern und sonst nichts. Die Schlangen an den Glühweinständen und Bratwurstbuden wurden immer länger, und Hölzle hatte den Eindruck, babylonisches Sprachgewirr umschwirre seine Ohren. Skandinavische Sätze, Englisch, Holländisch, von überall waren Touristen angereist, um den prächtigen Weihnachtsmarkt zu besuchen. Ein Stand hatte es dem Schwaben besonders angetan: die Bude mit der Holzkunst aus dem Erzgebirge. Als er die riesige Weihnachtspyramide entdeckt hatte, hatte er spontan entschlossen, sie zu kaufen. Nicht heute, nicht wenn die ganze Mannschaft dabei wäre. Vor nicht allzu langer Zeit hatte der Kriminalhauptkommissar seine Musikbox den Neffen in Straßburg vermacht. Sie war gefüllt gewesen mit den Singles der Flippers. Er hatte das gute Stück von seinem Vater geerbt und sie an die nachfolgende Generation weitergegeben. Eine Weihnachtspyramide war eine der letzten Erinnerungen an seinen Vater, der, wie er, im Polizeidienst gewesen war. Es war ein Ritual gewesen, wenn er zusammen mit ihm die Pyramide vom Dachboden geholt und zusammengesetzt hatte. Und nun hatte er eine ähnliche, nur noch bunter und mit etwas größeren Figuren, die sich durch die von den Kerzenflammen ermunterten Flügel drehten, an eben diesem Stand entdeckt. Wahrscheinlich hatte seine Schwester Babsi die alte Familienpyramide in der Nähe des Weihnachtsbaumes stehen.

Heiner Hölzle liebte den Bremer Weihnachtsmarkt, der zu den größten und schönsten in Deutschland gehörte. Er teilte dieses Vergnügen mit mehr als zwei Millionen Besuchern aus aller Welt, die in der Adventszeit nach Bremen kamen und sich an den vielen Ständen, die rund um das Rathaus, auf dem Marktplatz, am Dom, vor der Liebfrauenkirche und einem Teil der Obernstraße aufgebaut sind, gütlich tun. Mit den Jahren war der Markt immer weiter ausgedehnt worden, und Buden standen mittlerweile auch auf dem Ansgarikirchhof und dem Hanseatenhof. Etwas ganz Besonderes war der *Schlachtezauber* entlang der Weser, an deren Kaje historische Schiffe vor Anker liegen. Seit 2004 standen während der Adventswochen an der Schlachte Buden in mittelalterlichem Ambiente, beleuchtet von eisblauem Licht. In den liebevoll gestalteten Holzhütten wird Kunsthandwerk für jeden Geschmack angeboten, und man kann dabei zuschauen, wie historisch gewandete Handwerker nach mittelalterlicher Tradition arbeiten, oder man kann den Klängen von Musikanten lauschen, die nach mittelalterlicher Manier aufspielen. In die Nasen der Besucher steigen die appetitanregenden Düfte von geräuchertem Fisch, Met, Fruchtwein und vielem mehr.

»Da kommt der Rest«, Harry deutete mit seinem Stiefel in Richtung Schütting, Sitz der Bremer Handelskammer, als er den blonden Schopf von Dr. Sabine Adler-Petersen entdeckte. Begleitet wurde die Rechtsmedizinerin von Markus Rotenboom, dem Leiter der Spurensicherung und von Kriminaloberkommissar Peter Dahnken, der seine Freundin, die Kriminalbiologin Dr. Sina Leuchtenberg, untergehakt hatte.

»Pünktlich wie die Maurer«, spöttelte Hölzle mit einem demonstrativen Blick auf seine Armbanduhr, als die Gruppe sich an den kleinen Tisch zwängte.

»Wir sind noch im akademischen Viertel«, konterte Sabine. »Wollen wir hier bleiben oder runter an die Schlachte?«

»Sag doch gleich, dass *du* an die Schlachte willst«, neckte Rotenboom. »Aber von mir aus gerne.«

Die übrigen stimmten zu, Hölzle und Harry leerten ihre Becher, gaben sie am Stand ab, um das Pfand zurückzubekommen. Vom Marktplatz bis zur Schlachte brauchte man zu Fuß unter normalen Umständen fünf Minuten, doch heute dauerte es wesentlich länger. Es war kaum ein Durchkommen, und nur mit Mühe quetschten sie sich durch die Menschenmenge.

»Können wir endlich mal was essen? Ich hatte seit heute Morgen nichts mehr«, jammerte Harry.

»Bin dabei. Elchbratwurst?«, schlug Hölzle vor.

»Auf jeden Fall«, bekräftigten Markus Rotenboom und Peter Dahnken den Vorschlag einstimmig.

»Und was wünschen die Damen?«, fragte Harry.

»Flambierten Lachs«, kam es wie aus der Pistole geschossen von Sina.

»Oh ja, gute Idee«, freute sich Sabine und zerrte die Biologin am Jackenärmel weiter, »wir sind dann mal weg.«

Und flugs waren die beiden Frauen im Gedränge verschwunden.

Die Männer sahen sich an, verdrehten die Augen.

»Die kommen so schnell nicht wieder«, stellte Peter fest, »Sina bleibt garantiert an jedem Stand hängen, vor allem an denen, die Silberschmuck im Angebot haben.«

»Lass sie doch, wir ziehen uns zuerst 'ne Bratwurst rein und zum Nachtisch heiße Waffeln vom Mokkastand«, Hölzle lief das Wasser im Mund zusammen.

Nachdem sie ihre Elchbratwurst vertilgt und die Waffeln hinterhergeschoben hatten, spülten sie mit einem Becher Drachenglut nach. Ein Gaukler schlug sie in seinen Bann, der mit atemberaubender Geschwindigkeit mit brennenden Fackeln hantierte.

»Jetzt sind wir ja unter uns«, begann Markus zögernd und warf Peter und Harry je einen kurzen Blick zu.

Aha, die hend sich wohl abgschprocha, dass der Markus mi was frage soll. Do ben i jetzt mol gschpannt, dachte Hölzle belustigt, dem der Blickwechsel nicht entgangen war. Das Drachenblut, ein heißer Holunderbeeren-Kirschwein, entfaltete allmählich seine Wirkung. Nach den zwei Bechern Glühwein, die Hölzle zuvor getrunken hatte, war er nun leicht angesäuselt. Na ja, eigentlich waren es nur anderthalb gewesen, die Hälfte des einen Bechers hatte er dank Harry verschüttet.

»Seid ihr eigentlich zusammen, du und der Adlerblick?«, rückte Markus schließlich mit der Sprache heraus.

»Frag Sabine«, antwortete Hölzle mit einem Augenzwinkern.

»Mann, jetzt sag schon«, Harry versetzte Hölzle mit dem Ellbogen einen leichten Rippenstoß.

»Nicht so neugierig. Nee, Jungs, mal im Ernst, Sabine und ich …«

»Was ist mit mir?«

Plötzlich standen Sabine und Sina wie aus dem Boden gestampft neben den vier Männern.

»Ähm, nichts weiter, es ging nur um den Harzer Fall«, wich Hölzle aus.

»So, so.« Sabine setzte eine skeptische Miene auf. »Worum ging es genau?«

»Um euch zwei. Du weißt schon …«, stotterte Markus.

»Haha, die Männer sprachen offenbar über die rotweinlastige Nacht«, lachte Sina, »stimmt's oder hab ich recht, Peter?«

Die Kriminalbiologin grinste verschwörerisch.

»Kein Kommentar«, Sabine lächelte verschmitzt.

»Guck mal, was ich mir gekauft hab«, wechselte Sina schnell das Thema und schob den linken Ärmel ihrer weinroten Jacke hoch. »Ist der nicht klasse?«

Um ihr Handgelenk schlang sich ein dicker Armreif aus gehämmertem Silber, verziert mit feinen Ornamenten.

»Sabine hat sich ein Amulett gekauft. Los, lass die anderen mal sehen«, forderte Sina die Rechtsmedizinerin auf.

Sabine öffnete ihren dunkelgrauen Wollmantel, lockerte das knallbunte Tuch um ihren Hals und ließ die Männer einen Blick auf ihren Neuerwerb werfen. Ein runder Anhänger aus poliertem schwarzem Horn baumelte an einem dünnen schwarzen Lederriemen um ihren Hals.

»Und was bedeutet das?«, wollte Hölzle wissen und deutete auf die eingravierten Runen.

»Was weiß ich, ist mir auch egal, sieht jedenfalls gut aus, oder?«

»Ja, ganz hübsch«, kommentierte Hölzle zurückhaltend und konnte nicht glauben, dass sich Sabine nicht nach der Bedeutung der altertümlichen Zeichen erkundigt hatte.

Bevor Sabine eine passende Antwort geben konnte, fragte Harry in die Runde: »Wollen wir noch auf einen Absacker irgendwohin, wo wir uns hinsetzen können?«

»Ja, die Frage ist nur: wohin? Ist sicher überall gerammelt voll. Aber vielleicht kriegen wir ja einen Tisch im *Schüttinger* oder können uns bei anderen dazuquetschen«, schlug Markus vor.

Alle waren einverstanden, es in der urigen Gasthausbrauerei in der Nähe des Marktplatzes zu versuchen. Sie marschierten los, Hölzle und Sabine bildeten das Schlusslicht. Heiner dachte über Markus' Frage nach, ob er und Sabine nun ein Paar waren oder nicht. Er wusste es selbst nicht. Sie gingen zwar öfter mal miteinander aus, ins Kino, essen oder ins Theater. Aber eine weitere gemeinsame Nacht hatten sie seit dieser einen in Maarode nicht verbracht. Beide schienen sich davor zu scheuen, mehr als ein freundschaftliches Verhältnis entstehen zu lassen. Zudem hatte Sabine sich ein sechsmonatiges Sabbatjahr in England genommen und war erst im Herbst nach Bremen zurückgekehrt.

Hölzle ließ sich etwas zurückfallen, und Sabine passte sich seinem verlangsamten Schritt an. Fragend sah sie ihn von der Seite an, schwieg aber. Die anderen verschwanden langsam aus dem Blickfeld.

»Ist was?«, fragte sie nun doch.

»Nein, ja, ach ich weiß auch nicht«, stammelte Hölzle. Am liebsten hätte er sie einfach in die Arme genommen und geküsst.

»Aha, jetzt bin ich wesentlich schlauer. Danke für die Information.«

Hölzle antwortete nicht darauf und verfiel in Schweigen.

Als sie ein paar Meter weiter an einem Stand mit Mistelzweigen vorbeikamen, ergriff Sabine die Initiative, hielt ihn fest, nahm sein Gesicht in beide Hände und küsste ihn auf den Mund.

Es fühlte sich gut an. Weich, warm, und es war viel zu schnell vorbei.

»Und jetzt?«, fragte Hölzle.

»Nix. Mir war gerade danach«, sie knuffte ihn in den

Oberarm. »Los, wir haben den Anschluss an die anderen verpasst.«

Sabine stapfte mit schnellen Schritten los, Hölzle folgte ihr kopfschüttelnd. Aus dieser Frau wurde er einfach nicht schlau.

»Mädchen, so klingt das schon besser. Noch einmal das hohe C, Carla, hallo, das Ceee.«

Andi Wittrock hob den Dirigentenstab. Er dirigierte kein Orchester, sondern die Chöre der Mädchenkantorei des Bremer Doms. Die roten Wangen der 20 Mädchen waren der Kühle des Morgens und der Aufregung geschuldet. Die Kinder trugen die langen Gewänder mit dem weißen Jabot, der einen starken Kontrast zu den Gesichtern bildete. Um neun Uhr sollte das erste Adventssingen vor dem Dom stattfinden, im Anschluss daran der große Auftritt im Rahmen der Messe. Draußen sangen sie für die, die keine Zeit oder kein Interesse an einem Gottesdienst hatten. Jetzt war es erst kurz vor acht Uhr, doch sie mussten noch öfter üben, denn manches klappte nicht so, wie sich Herr Wittrock das vorstellte. Um der Kälte zu trotzen, hatte er für alle heißen Tee, belegte Brötchen und Weihnachtsplätzchen in der Domsakristei bereitstellen lassen, die sie vor dem großen Auftritt im Dom zur Stärkung zu sich nehmen konnten.

Andi Wittrock hatte die Kinder und Jugendlichen draußen vor der Krippe Aufstellung nehmen lassen. Beginnen würden sie das kleine Konzert, das am Nachmittag mit einer anderen Gruppe wiederholt werden würde, mit dem wunderschönen Adventslied *Maria durch ein Dornwald ging*.

Er summte den ersten Ton vor, die Mädchen fielen in das Summen ein, um den richtigen Anfangston zu treffen. Carla versuchte sich erneut an einem besonders ausdrucksvollen hohen C. Sie stand der Krippe mit Maria, Joseph und dem Jesuskind und allen Begleitpersonen und Tieren am nächsten. In ihr Summen mischte sich plötzlich ein klägliches Wimmern. Sie knuffte ihre Nachbarin, die verwundert den Kopf drehte.

»Hast du das gehört?«, raunte Carla ihr zu.

»Nee, was denn?«

»Es klang, als ob ein Baby weint.«

»Bist du sicher?«, flüsterte Lisa.

»Carla, Lisa, was habt ihr uns denn Spannendes mitzuteilen?«, fragte Wittrock etwas ungehalten ob der Unterbrechung.

»Ich glaube, ich habe gerade ein Baby weinen gehört«, erwiderte Carla.

»Da hast du dich sicher getäuscht, also bitte konzentriert …«

›Euch‹ hatte er noch sagen wollen, als auch an sein Ohr ein klägliches Weinen drang.

Alle drehten wie auf ein Kommando mit Wittrocks Dirigentenstab ihre Köpfe in Richtung Krippe. Carla fasste sich zuerst ein Herz. Vorsichtig trat sie ganz dicht an die Krippe heran und schaute hinein.

»Herr Wittrock, hier liegt tatsächlich ein Baby!«, rief sie.

Der Dirigent scheuchte die Mädchen zur Seite und

traute seinen Augen nicht, als er das winzige, zu einem Weinen verzogene Gesichtchen sah.

»Geht zur Sakristei. Ich bleibe hier und benachrichtige die Polizei.«

❄

Es war spät geworden gestern Abend, und Hölzle hatte sich selig mit der Gewissheit ins Bett gelegt, dass er am heutigen Sonntag ausschlafen konnte. Doch daraus wurde nichts, denn für seinen Geschmack viel zu früh riss ihn ein Anruf von Jean-Marie Muller, Leiter des KDD, aus dem Schlaf. Hölzle hatte einen leichten Brummschädel nach dem gestrigen Abend, obwohl er im *Schüttinger* nur zwei Pils getrunken hatte. Wahrscheinlich war es die Mischung aus Glühwein, Drachenblut und Bier, die ihm Kopfschmerzen bereitete. Er angelte nach dem Handy, das neben dem Bett auf dem Nachttisch lag.

»Oh Mann, wenn du anrufst, bedeutet das meist nix Gutes. Oder willst du mich zum Adventskaffee einladen?«, grunzte er mit belegter Stimme, als er den Anruf entgegennahm.

»War wohl ein bisschen spät gestern, und der letzte Drink war wahrscheinlich schlecht?«, scherzte Muller, der am Vorabend nicht mitgekonnt hatte. »Du hörst dich nicht wirklich frisch an.«

»Ja, ja. Schieß los, was gibt's denn?«

Hölzle schälte sich aus der Decke, rieb sich müde die schweren Augen.

»Heute Morgen wurde ein Neugeborenes gefunden. In der Krippe am Dom«, informierte ihn Jean-Marie.

»Will da einer die Weihnachtsgeschichte nachstellen? Sorry, blöder Witz. Aber, wieso rufst du mich an? Harry hat Dienst.«

»Ich hab's natürlich zuerst bei ihm probiert, aber der geht nicht ran. Ist wohl versackt.«

Hölzle ärgerte sich über seinen Kollegen Harry Schipper. Der war mit Peter Dahnken und Markus Rotenboom noch um die Häuser gezogen, als die Gruppe gestern Abend – oder vielmehr heute früh – das Braugasthaus verlassen hatte. Sina, Sabine und Hölzle hatten es vorgezogen, nach Hause zu gehen und die drei Männer alleine losziehen zu lassen. Für Hölzle galt immer, wer ausgehen kann, kann auch aufstehen und seiner Arbeit nachgehen. Eigentlich war Harry zuverlässig, ein solches Verhalten kannte Hölzle von seinem Kollegen gar nicht.

»Dem werd' ich was husten. Ich bin in einer halben Stunde da. Weiß Markus Bescheid?«

»Ja, klar, der ist schon unterwegs.«

»Geht's dem Baby gut?«, wollte Hölzle noch wissen und stapfte ins Bad. Den Blick in den Spiegel hätte er mal besser sein lassen. Die dunklen Haare standen in alle Richtungen, unter den Augen waren leichte dunkle Schatten zu erkennen, seine Haut wirkte fahl im Licht der Badezimmerbeleuchtung.

»Ja, den Umständen entsprechend. Gut, dass die Nacht nicht so kalt war. Jetzt ist es im St. Joseph-Stift.«

»Schön. Ich dusch mal schnell, wir sehen uns.«

Hölzle legte auf und stieg unter die Dusche. Das Prasseln des harten Wasserstrahls weckte seine Lebensgeister, und der zweite Blick in den Spiegel nach wenigen Minuten war schon besser. Kurz nahm er den Fön, fächelte die heiße Luft über die Haare, putzte anschließend die Zähne und schlüpfte in Jeans, T-Shirt und einen dunkelblauen Fleecepulli. Bedauernd dachte er an eine Tasse Kaffee, für die jetzt aber keine Zeit blieb, nahm seine Winterjacke vom Garderobenhaken und machte sich auf den Weg in die Innenstadt. Von seiner Wohnung in Findorff war es nicht weit bis zu seinem Ziel.

Seit der Trennung von Christiane wohnte er in diesem Stadtteil Bremens, der direkt an den Bürgerpark grenzte. Findorff besaß einen tollen Wochenmarkt, war nicht weit vom Hauptbahnhof entfernt und hatte viele kleine Lokale zu bieten. Die Buchhandlung vor Ort war gut sortiert, und Hölzle bekam auch sonst alles, was er für den täglichen Bedarf brauchte, ohne sich in sein Auto setzen zu müssen. Es gefiel ihm außerordentlich gut hier, und mit seiner Wohnung hatte er Glück gehabt. Drei Zimmer, gut aufgeteilt, barrierefreies Bad, offene Küche, Gäste-WC, lichtdurchflutet, Dachterrasse, Tiefgaragenstellplatz. Sogar einen kleinen Hauswirtschaftsraum gab es. Die Miete war ziemlich teuer, aber Hölzle hatte sich gleich in die Wohnung verliebt. Da er sonst nicht viel Geld ausgab, war ihm die Wohnung die hohe Miete wert. Und nachdem sein Vermieter erfahren hatte, welchem Beruf Hölzle nachging, hatten die anderen Mietinteressenten keine Chance mehr gehabt.

Vom Auto aus wählte er Harrys Nummer. Nichts. Noch mal. Wieder nichts. Beim dritten Versuch ging Harry ran.

»Jaaa?«

»Schwing die Hufe und komm zum Dom. Wir haben einen Tatort.«

»Au Mann, muss das sein?«

Harrys Gehirn suchte offenbar nach der richtigen Datei.

»Sag mal, willst du mich verarschen? *Du* hast Dienst, nicht ich! Und wer saufen kann, kann auch arbeiten. Verdammt noch mal, Harry! Wie spät war's denn?«

Hölzles Laune, die so oder so heute nicht die beste war, sank um weitere Prozentpunkte.

»Keine Ahnung. Vier oder fünf. Ich komm gleich.«

Hölzle knurrte ein ›Tschüss‹ und legte auf.

Rot-weißes Flatterband trennte die Buden des Weihnachtsmarktes auf dem Domshof von der Krippe ab. Schaulustige drängten sich an der Absperrung, Handy und Kameras gezückt. Angewidert von den Sensationsgierigen musste er sich Durchgang durch die Meute verschaffen, und seine Laune sank fast auf den Tiefpunkt.

Eine Frau mit den Ausmaßen eines kanadischen Holzfällers blaffte ihn giftig an.

»He, was erlauben Sie sich? Einfach so hier durchquetschen, das geht ja wohl überhaupt nicht! Stellen Sie sich gefälligst hinten an!«

Hölzle schenkte ihr einen durchdringenden Blick.

»Liebe Frau«, säuselte er und zog seinen Ausweis heraus, »wollen Sie gleich mit auf die Wache kommen wegen Behinderung einer polizeilichen Ermittlung?«

Die Kinnlade der wuchtigen Dame, die soeben ihr Handy hatte zücken wollen, um Fotos zu machen, klappte herunter, was nicht gerade dazu beitrug, ihr Gesicht vorteilhafter erscheinen zu lassen. Die Frau wich zur Seite und ließ Hölzle wortlos vorbei.

Bleede Gaffer, dachte Hölzle und hob das Absperrband an, um darunter hindurchzuschlüpfen.

»Tach zusammen«, begrüßte er die Mannschaft. Er erntete ein mehrfaches ›Moin‹, dann wandte er sich an Muller.

»Kannst du mir schon mehr sagen?«

Der Leiter des KDD schüttelte verneinend den Kopf.

»Nicht viel jedenfalls. Das Baby wurde vermutlich in den frühen Morgenstunden abgelegt. Es hat eine leichte Unterkühlung und Neugeborenengelbsucht, aber ansonsten geht es ihm gut. Die Ärzte schätzen das Mädchen auf höchstens zwei Tage, eher weniger. Die Geburt hat laut Aussage der betreuenden Kinderärztin ohne ärztliche Hilfe stattgefunden. Was nicht weiter verwunderlich ist«, fügte er hinzu.

»Danke. Markus, was habt ihr gefunden?«, fragte er den Leiter der Kriminaltechnik, der eben zu ihnen getreten war.

»Das ist hier der reinste Witz, es wimmelt nur so von Spuren, die alles, aber auch nichts sein können. Schließlich ist Weihnachtsmarkt, und jede Menge Leute hinterlassen jede Menge Spuren. Die grapschen die Krippenfiguren und alles andere an, du weißt ja, die können nur mit den Fingern sehen. Am meisten verspreche ich mir von der Decke, in die das Baby gehüllt war. Eine Speichelprobe des Kindes ist auf dem Weg ins Labor.

»Hab's mir schon gedacht«, antwortete Hölzle.

»Herr Hölzle!«, rief eine männliche Stimme in seinem Rücken, »können Sie uns schon etwas sagen?«

Der Kriminalhauptkommissar verdrehte filmreif die Augen, sodass sich Markus und Jean-Marie ein Grinsen nicht verkneifen konnten. Langsam drehte Hölzle sich um.

»Herr Schmink, mein Lieblingsjournalist«, Hölzles Stimme triefte vor Sarkasmus. »Nein, kann ich nicht.«

Dann wandte er dem Reporter vom Weser-Blitz wieder den Rücken zu.

»Aber …«, hob Thorben Schmink an.

Hölzle fuhr herum wie von der Tarantel gestochen.

»Lassen Sie uns unsere Arbeit tun, Schmink. Informationen gibt es, wenn ich es sage oder Frau Deuter von der Staatsanwaltschaft. Ende der Diskussion«, herrschte er den Journalisten an.

Schmink zog es tatsächlich vor, nichts weiter zu sagen, was sonst nicht seine Art war. Er würde, wie immer, wenn er nicht an Informationen kam, seinen Artikel mit haltlosen Behauptungen füllen, die mit dem Zusatz ›aus vertraulicher Quelle‹ versehen wurden.

Harry Schipper, dem die zu kurze und feucht-fröhliche Nacht deutlich ins Gesicht geschrieben stand, quetschte sich an Schmink vorbei, stieg mit seinen langen Beinen über das Absperrband.

»Moin«, sagte er zu niemand Bestimmten. »Was geht ab?«

»So, hat es der Herr auch endlich hierher geschafft?«, kommentierte Hölzle Harrys Auftauchen.

»Was abgeht, um in deinem Jargon zu bleiben, ist, ein Baby wurde ausgesetzt. Maximal zwei Tage alt, hat die Nacht in der Krippe wohl einigermaßen gut überstanden. Das kleine Mädchen ist jetzt im St. Joseph-Stift.«

Harry kratzte sich seinen dunklen Vollbart.

»Ich kann nicht verstehen, warum Mütter, wenn sie

ihre Kinder schon nicht haben wollen, sie nicht in die Babyklappe legen. Das St. Joseph-Stift hat doch eine.«

Hölzle bedachte ihn mit einem strengen Blick.

»Nicht alle diese Mütter *wollen* ihre Kinder nicht, oft genug sind sie mit der Situation überfordert.«

Er trat näher an Harry heran.

»Sag mal, hast du noch eine Fahne?«, raunte er ihm leise zu.

Schipper verzog peinlich berührt das Gesicht.

»Kann schon sein, wir haben's echt krachen lassen. Peter hat eine Runde nach der nächsten ausgegeben, nachdem er uns verraten hat, dass Sina und er heiraten. Die Hochzeit soll schon im März stattfinden. Ist das nicht super?«

Hölzle dachte an seine eigenen, jedoch gescheiterten, Heiratspläne. Alles war schon arrangiert gewesen, doch dann hatte er sich von Christiane getrennt. Er hatte viel darüber nachgedacht, ob es die richtige Entscheidung gewesen war. Und manchmal war er sich heute noch nicht sicher. Sie waren ein gutes Gespann gewesen. Bis auf Christianes wahnsinnige Eifersucht, die immer extremere Züge angenommen hatte. Nachdem er sich von den dramatischen Geschehnissen im Harz und den damit verbundenen Kopfverletzungen letzten November erholt hatte, hatte sie sich noch einige Male bei ihm gemeldet. Sie hatte versucht, ihn zu einem Neuanfang zu überreden, doch Hölzle konnte es einfach nicht. Gegen eine solch maßlose Eifersucht war kein Kraut gewachsen, und ein Wiederbeleben ihrer Beziehung hätte für sie beide nur weitere seelische Verletzungen zur Folge gehabt, dessen war sich Heiner

Hölzle sicher. Und so hatte er einem Neubeginn keine Chance eingeräumt.

»So, na das sind ja mal schöne Neuigkeiten«, freute sich Hölzle für seinen Kollegen Peter Dahnken. »Aber jetzt kümmern wir uns erst mal darum«, er wies mit einem Kopfnicken in Richtung Krippe. »Fahr du ins Präsidium und fang mit dem Papierkram an. Und Auermännchen soll bitte die Krankenhäuser abtelefonieren, ob es auffällige Geburten gab, alle Mütter auf Station sind. Und sie möchte Kontakt aufnehmen zu den Frauenhäusern, zum Kinder- und Jugendnotdienst wegen der vorläufigen Unterbringung des Babys. Ach so, und du kümmerst dich bitte darum, ob es Zeugen gibt, ob was auf den Überwachungskameras zu finden ist, bla bla. Du weißt ja, wie's geht«, Hölzle grinste schadenfroh. »Du bist ja hoffentlich nicht mit dem Auto hier, oder? Bei dem Restalkohol fährst du besser mit den Kollegen mit.«

»Nein, ich bin mit der Bahn in die Stadt gefahren. Und du, was machst du?«

Die Aussicht auf den ungeliebten Papierkram ließ Harry innerlich aufstöhnen.

»Ich geh Kaffee trinken und lecker frühstücken. Schließlich hab ich heute keinen Dienst.«

Der Seitenhieb blieb nicht ohne Wirkung.

»Tut mir echt leid. So wie gestern Abend haben wir schon lange nicht mehr über die Stränge geschlagen. Ich schulde dir was.«

Hölzles Stimmung hellte sich auf.

»Das war genau das, was ich hören wollte«, grinste er, »ich überleg mir, wie du deine Schuld bei mir abtragen kannst. So, und jetzt ab, die Kollegen packen zusammen, wie du siehst. Beeil dich, sonst musst du noch bis in die Vahr laufen.«

Er klopfte Harry auf die Schulter, wechselte ein paar Worte mit Markus Rotenboom, der versprach, so schnell wie möglich Fotos von der Babykleidung, dem Babyschlafsack und der Decke zu schicken, damit sie veröffentlicht werden konnten. Vielleicht erkannte ja ein Zeitungsleser die Babysachen und konnte so einen Hinweis auf deren Herkunft geben.

RÜCKBLENDE

»Was ist das denn? Wie lange geht das schon?«, sein nahezu kahler Kopf, der nur noch von einem grauen Haarkranz umgeben war, war rot vor Wut, sein Gesicht zu einer bösartigen Grimasse verzogen. Speicheltröpfchen sprühten aus seinem Mund und landeten auf der Küchentheke. Der Mittfünfziger warf seiner Frau den Umschlag vor die Füße. Sie bückte sich nicht danach, sie kannte den Inhalt.

»Wo hast du den her?«, fragte sie tonlos. Alle Farbe war aus ihrem Gesicht gewichen, und sie hielt sich an der Anrichte fest, um nicht zusammenzusacken.

»Ich habe dich gefragt, wie lange das schon geht. Wie lange steckst du deiner Tochter hinter meinem Rücken Geld zu? Immer 100 Euro, oder mehr? Woher hast du überhaupt das Geld, greifst du in unsere Kasse? Antworte gefälligst, ich hab dich was gefragt!«

Sie war froh, dass sich die Küchentheke zwischen ihnen befand. Drohend hatte er sich davor aufgebaut, noch hatte er keine Anstalten gemacht, gegen sie die Hand zu erheben. Dazu hätte er allerdings auch auf ihre Seite kommen müssen. Bis jetzt war sie ihm die Antworten schuldig geblieben, doch sie wusste, ihr Schweigen reizte ihn noch mehr.

Wenige Wochen, nachdem Carl ihre gemeinsame Tochter rausgeworfen hatte, war Isabell bei Karstadt gewesen, anschließend hatte sie im Drogeriemarkt hinter der Lloydpassage verschiedene Toilettenartikel einkaufen wollen. Und plötzlich hatte sie ihre Tochter entdeckt. Sie hatte beobachtet, wie sich ihr geliebtes Kind, ihr Engelchen, abmühte, voll beladen mit Plastiktüten, einem Rucksack auf dem Rücken und einer schweren Tasche, die ihr von der linken Schulter zu rutschen drohte. Damals hatte Isabell den Entschluss gefasst, ihrer Tochter wenigstens finanziell unter die Arme zu greifen.

Jetzt überschlug sich die Stimme ihres Mannes geradezu.

»Seit. Wann. Geht. Das. So?«

Bei jedem Wort landete seine Faust krachend auf der dunklen Holzplatte der Theke, jene Grenze, die zu überschreiten er aber nicht wagte. Die Wucht der Schläge war so stark, dass die kleinen Espressotassen, die sie für sich und ihren Mann hingestellt hatte, auf ihren Keramiktellern hüpften.

»Seit zwei, drei Monaten«, flüsterte sie, ihre Kehle war staubtrocken.

»Seit sie aus dem Haus ist? Seit Monaten also? Seit Monaten betrügst du mich, hintergehst mich, wirfst mein sauer verdientes Geld deiner Tochter, dieser Schlampe, vor die Füße? Hast du gedacht, der Alte merkt es ja nicht, wenn ein paar hundert Euro fehlen? Dachtest, irgendwann beruhigt er sich und alles kommt wieder ins Lot? Stimmt's oder hab ich recht? Aber diese Rechnung wird nicht aufgehen! Das kannst du vergessen! Fein ausgedacht, aber ohne mich!«

Er atmete schwer, sein Brustkorb hob und senkte sich deutlich. Hoffentlich bekam er keinen Herzinfarkt.

»Willst du denn gar nicht wissen, wie es ihr geht?«, antwortete sie zaghaft, leise, kaum lauter als ein Flüstern.

»Es interessiert mich einen Scheißdreck, wie es ihr geht!«

Noch einmal schlug er mit der Faust auf die Theke, und der mittlerweile kalt gewordene Espresso spritzte nun über die Tassenränder. Als wäre sie dadurch plötzlich zu sich gekommen, schaute sie ihrem Mann trotzig ins Gesicht, räusperte sich hörbar, ihre Stimme nun fest, klar und deutlich.

»Einen Scheißdreck, aha. Wie dich so vieles einen Scheißdreck interessiert! Wie bist du überhaupt an den Umschlag gekommen? Hast du in meiner Handtasche herumgewühlt? Spionierst du mir nach?«

Wenn er ihr jetzt zu nahe kommen würde, dann … *Dieses* Mal würde sie sich wehren. Ihr Blick schwirrte suchend umher, blieb an dem schweren, metallenen Fleischklopfer hängen, der noch von gestern Abend auf der Spüle lag. Es hatte Schnitzel gegeben.

»Die Schlüssel vom Sprinter waren nicht an ihrem Platz. Einer muss noch die Ware zur Weihnachtsfeier des Johanniterstifts fahren. Ich dachte, sie wären in deiner Handtasche. Da waren sie auch. Und nicht nur die, sondern auch der Umschlag für deine Tochter! Ich kenne deine Handschrift!«

So wie die Frau plötzlich aus ihrer Angststarre erwacht war, war ihr Ehemann mit jedem Wort etwas ruhiger geworden, sein Zorn war wie ein alter fadenscheiniger Mantel von ihm abgefallen. Das cholerische Temperament hatte er von seinem Vater geerbt, und nicht selten war ihm bei seiner Frau und seiner Tochter die Hand ausgerutscht. Insgeheim hatte er es ein paar Mal bereut, dass er seine Tochter aus dem Haus getrieben hatte. Aber er konnte nun nicht mehr zurück. Vielleicht irgendwann. Wenn seine Tochter dann überhaupt noch zurückwollte. Aber, dass seine Gattin ihn so hintergangen hatte! Erneut raste sein Herz, und sein Gesicht bekam eine noch ungesündere Röte. Er musste sich in den Griff bekommen, die Arbeit wartete, sein Mitarbeiter und er mussten, jetzt wo der Azubi nicht mehr da war, aufräumen und die Ware ausliefern. Das Tagesgeschäft musste weitergehen.

»Es ist Zeit«, sagte er mit gepresster Stimme. »Die Kunden warten schon. Wir brauchen dringend eine Aushilfe, das Weihnachtsgeschäft wächst uns allmählich über den Kopf.«

Früher war ihre Tochter eingesprungen, hatte mit ihrer freundlichen Art die Kunden für sich und die Produkte eingenommen. Früher, das war einmal. Er seufzte. Es waren so viele Baustellen auf einmal. Manchmal wusste er nicht, wo ihm der Kopf stand.

Seine Frau antwortete nicht, kippte die beiden Espressi in den Ausguss und stellte das Geschirr in die Spülmaschine. Sie zog sich die weiße Schürze mit den Rüschen über. Altmodisch, nostalgisch war sie, die Schürze. Das Outfit sollte der Kundschaft suggerieren, dass die Ware noch so war wie zu Großvaters Zeiten – ehrlich, alles Handarbeit, nach alter Tradition. Ja, so war das früher gewesen, und so sollte es auch heute noch sein.

Später, als er zu Bett gehen wollte, saß seine Frau auf dem Sofa und las. Er machte keinen Versuch, sie dazu zu bewegen, ebenfalls nach oben zu kommen. Kurz überlegte er, ob er sich zu ihr setzen sollte, um einmal mit ihr über seine Ängste und Probleme zu sprechen. Seine Tochter war ja nur ein Teil davon. Die Sache mit dem Azubi, dessen fataler Fehler. Sein Bruder, der ihm seit Jahren in den Ohren lag, er wäre um sein Erbe betrogen worden. Die Rosinen.

Wieder entfuhr ihm ein tiefer Seufzer. Er wünschte seiner Frau eine Gute Nacht und bemerkte, dass sie überhaupt nicht las. Sie starrte nur auf das aufgeschlagene Buch, hatte seit Minuten nicht umgeblättert. Bestimmt grübelte sie über ihr Engelchen und ihn nach.

Kaum war er ins Bett gekrochen, als sie ins Schlafzimmer kam. Wortlos ging sie an den Kleiderschrank, zog aus dem obersten Fach eine kleine Reisetasche und packte stumm ein Nachthemd, etwas Wäsche, einen Pullover und eine Jeans ein.

»Was wird das?«

Er bemühte sich um Gelassenheit, auch wenn ihm klar war, was sie vorhatte.

»Ich brauche etwas Abstand, muss mir über einige Dinge klar werden. Die nächsten Nächte werde ich bei meiner Schwester schlafen. Sobald der Laden öffnet, bin ich rechtzeitig da. Aber am Abend werde ich verschwinden. Lass mir einfach ein bisschen Zeit. Wenn ich so weit bin, reden wir über alles.«

Er hörte, wie sie den Reißverschluss der Tasche zuzog und dann aus dem Zimmer verschwand. Vielleicht war es besser so. Wahrscheinlich hätte er seine Frau nur aufhalten können, wenn er handgreiflich geworden wäre. Ja, es war besser so. Vielleicht konnten sie in ein paar Tagen über alles sprechen.

KAPITEL 2

Hölzle gönnte sich ein ausgiebiges Frühstück in einem Lokal an der Schlachte. Nach zwei Tassen Kaffee, einem Orangensaft, zwei Brötchen mit Käse und Serranoschinken, gefolgt von einem kleinen Schokocroissant, fühlte er sich gestärkt und trotz der kurzen Nacht vollkommen fit. Er verließ das Bistro und streckte sich ausgiebig, bevor er den Weg zu seinem Wagen antrat. An diesem ersten Adventssonntagvormittag waren bereits viele Menschen unterwegs, bummelten die Schlachte entlang, blieben vor den Weihnachtsbuden stehen. Doch ganz so dicht gedrängt wie am Abend davor, ging es noch nicht zu. Hölzle schlenderte zum Auto, das er zwei Stunden zuvor fast direkt vor der Glocke abgestellt hatte, nicht ohne die Sondergenehmigung des Stadtamtes sichtbar hinter die Windschutzscheibe geklemmt zu haben. Nicht, dass er noch abgeschleppt würde.

Auf dem Marktplatz war deutlich mehr los, die ersten Heerscharen von Touristen füllten den Platz zwischen den Weihnachtsmarktständen. Hölzle fühlte sich wohl, er liebte es, in einer pulsierenden Stadt zu leben, und das Stimmengewirr, das an seine Ohren drang, bestätigte einmal mehr, dass Bremen eine lebens- und liebenswerte Stadt war. In der Nähe eines Standes, wo frische Waffeln und Apfelpunsch angeboten wurden, wurde er einer Frau in einem hellen Mantel gewahr, ihr kastanienbraunes Haar floss über den Mantelkragen. Er kannte Haarfarbe und Mantel nur allzu gut. Christiane Johannsmann. Seine Ex.

Auch sie hatte ihn entdeckt und winkte ihn zu sich. Auf ihrem Gesicht lag ein merkwürdiges Lächeln, das er nicht ganz einordnen konnte. Echte, ungetrübte Freude sah anders aus. Aber nun gut, es blieb ihm gar nichts anderes übrig, als sich zu ihr zu begeben. Kurz wenigstens ›hallo‹ sagen, ein paar Floskeln austauschen. Es war ein Gebot der reinen Höflichkeit.

»Wie geht's?«, begrüßte er seine ehemalige Verlobte.

»Gut. Und selbst?«

»Kann nicht klagen.«

Schrecklich, diese gezwungene Unterhaltung. Wieso war er überhaupt zu ihr rübergegangen? Er hätte kurz winken, ein freundliches, unverbindliches Lächeln aufsetzen und dann seinen Weg fortsetzen können. Hölzle schalt sich einen Idioten.

»Marthe fragt ab und an nach dir«, begann Christiane und strich sich wie beiläufig eine Haarsträhne hinter das rechte Ohr. Wie gut kannte er diese Geste, Christiane kokettierte geradezu damit.

»Grüß sie lieb von mir«, antwortete er und meinte es ehrlich. »Es geht ihr gut, hoffe ich.«

»Rüstig wie eh und je, du kennst sie …«

»Dolcezza, es hat zwar gedauert, aber hier bin ich. Mit Punsch und Waff…«, ertönte eine dunkle Männerstimme in Hölzles Rücken. Die Stimme rief eine Erinnerung wach. Eine sehr unangenehme Erinnerung. Zu dieser Stimme gehörten schwarze Haare und blaue Augen. Hölzle schwoll der Kamm. Das konnte jetzt nicht wahr sein.

»Mark, schau mal, wen ich gerade getroffen habe«, flötete Christiane zuckersüß.

Das merkwürdig aufgesetzte Lächeln auf ihrem Gesicht wurde breiter, und Hölzle wusste nun auch, wie er es zu deuten hatte. Häme, Hohn sprachen daraus. Christiane wollte ihn vorführen, wollte ihm wehtun. Sie hatte ihn nur zu sich gewinkt, damit er en passant erfuhr, mit wem sie jetzt zusammen war. Was war nur los mit ihr? Hatte sie das wirklich nötig? Und sie schaffte es tatsächlich mit dem neuen Mann an ihrer Seite, dass er sich zutiefst verletzt fühlte.

Ausgrechnet der muss es jetzt sei? Mit dem Zidronaschiddler* isch se jetzt zamme? Oh du liabr Heiland, was soll des denn?

Bewusst langsam drehte er sich um und sah in die blauen Augen des Halbitalieners Mark Delano, der vor einigen Jahren versucht hatte, ihn von seinen Ermittlungen in einem brisanten Fall abzuhalten. Der Mann, der Christiane schon damals umgarnt hatte, nur um Hölzle zu demütigen. Und mit diesem Arschloch ging sie nun aus? Hatte sie vergessen, dass Delanos damaliges Interesse an ihr nur vorgetäuscht gewesen war?

»Welche nette Überraschung, der Herr Hölzle«, bemerkte Delano sarkastisch. »So ganz alleine auf dem Weihnachtsmarkt?«

»Nett ist relativ«, erwiderte Hölzle gelassen, obwohl er innerlich auf kleiner Flamme köchelte. »Und gerne alleine. Lieber als mit dem lebenden Beweis einer gescheiterten Karriere beim Verfassungsschutz. Nicht wahr? Schönen Tag noch.«

* Schwäbisches Schimpfwort für südländische Mitbürger

Delanos sich verfinsternde Miene war Hölzle zwar eine kleine Genugtuung, doch er konnte es trotzdem nicht lassen, so zu tun, als stolpere er. Dabei schubste er Christianes Begleiter an, und der heiße Apfelpunsch ergoss sich auf Delanos sündhaft teurem Kaschmirmantel.

»Oh, das tut mir aber leid, schicken Sie mir die Rechnung der Reinigung. Meine Adresse im Präsidium kennen Sie ja«, entschuldigte sich Hölzle mit beißendem Sarkasmus und verschwand in der Menge.

Was für ein beschissener erster Advent.

Hölzle wollte den Rest des verbliebenen freien Sonntags nutzen, um in seiner Wohnung mal wieder Klarschiff zu machen. Irgendwann musste das mal sein, sein Wäschekorb war mehr als voll, und das Bad konnte auch mal wieder geputzt werden. Als die zweite Ladung Wäsche in der Waschmaschine ihre Runden drehte und Hölzle die Zahnpastaspritzer vom Spiegel entfernte, klingelte sein Handy. Er warf den Lappen ins Waschbecken und lief in die Küche, wo das Handy auf der Esstheke lag. Es wurde keine Nummer im Display angezeigt.

»Hölzle«, blaffte er ungehalten.

»Moin, Heiner, hier ist Marthe«, sagte eine freundliche Stimme.

Hölzles Mundwinkel verzogen sich zu einem Lächeln. Marthe Johannsmann. War das jetzt ein Zufall, dass sie ausgerechnet heute anrief, nachdem er vor gut zwei Stunden Christiane getroffen hatte?

»Oh, jetzt bin aber positiv überrascht! Wie geht's dir denn?«, freute er sich. Er und die alte Dame waren immer gut miteinander klargekommen. Wahrscheinlich hatte Marthe am meisten unter der Trennung von Christiane und ihm gelitten.

»Ja, ja, ich kann nicht klagen. Hier und da ein Zipperlein, aber ich bin zufrieden«, drang ihre kräftige Stimme an sein Ohr.

»Marthe, was kann ich für dich tun? Du rufst ja nicht ohne Grund an. Ich hab übrigens vorhin zufällig Christiane getroffen«, Hölzle wanderte zurück ins Bad und sprühte etwas von dem Reinigungsmittel auf den Spiegel, wischte ihn sauber.

»Ach ja? War sie alleine unterwegs oder mit diesem aalglatten Kerl?«

Offenbar konnte Marthe Delano auch nicht leiden, was Wasser auf Hölzles Mühle war.

»Ja, der war auch dabei«, bestätigte Hölzle, um einen neutralen Ton bemüht.

»Ich weiß gar nicht, was sie an dem findet. Der kann dir nicht das Wasser reichen, mein Junge«, seufzte sie traurig.

»Nun aber zum Grund meines Anrufs. Ich hab mir vor einigen Tagen einen Klaben* gekauft. Wie immer von Brodbeck. Diese Traditionsbäckerei im Schnoor, die kennst du doch, oder?«, sie erwartete keine Antwort darauf und plapperte munter weiter.

»Auf jeden Fall schmeckte der irgendwie anders. Geradezu scheußlich. Vor einiger Zeit hatte ich schon mal Pech. Ich dachte, na ja, vielleicht war das eine einmalige Sache, deshalb bin ich auch nicht zu Brodbecks, um mich zu beschweren. Aber jetzt? Also, das kann nicht

---

* Bremer Adventsgebäck, ähnlich einem Christstollen

angehen, dass er so etwas verkauft! Ein Traditionsbäcker! Sein Vater würde sich im Grab umdrehen, wenn er das wüsste.«

Hölzle hatte nebenbei mit einer Hand die Waschmaschine im Hauswirtschaftsraum ausgeräumt und alles in den Trockner gestopft. Jetzt stand er wieder im Bad und schrubbte das Waschbecken, das Handy hatte er auf Lautsprecher gestellt.

»Das tut mir leid, Marthe. Dann musst du dich tatsächlich doch beschweren, oder du kaufst eben künftig woanders deinen Klaben.«

Marthe räusperte sich vernehmlich.

»Ich dachte, vielleicht könntest du da was machen. Bestimmt ist da was drin, was nicht reingehört.«

»Marthe, ich bin bei der Kripo, das fällt nicht in meine Zuständigkeit. Wende dich doch an die Verbraucherzentrale oder an *foodwatch* oder so«, schlug er vor.

»Hm, ja, mal sehen. Komm mich doch mal besuchen, ich koch dir auch was Leckeres«, lud sie ihn ein. »Die Grünkohlsaison fängt jetzt an«, fügte sie mit einem Lachen hinzu.

Hölzle lachte mit. Obwohl Marthe ihr Bestes gegeben hatte, ihn umzustimmen und den Grünkohl als Delikatesse anzunehmen, hatte sie es nie geschafft, Hölzle zu einem Liebhaber dieser norddeutschen Spezialität zu machen.

»Wenn wir uns auf ein Schnitzel einigen können, bin ich dabei.«

»Na, sicher. Melde dich einfach bei mir.«

Nachdem sie aufgelegt hatte, widmete sich Hölzle dem Rest seiner hausmännischen Pflichten. Zwei Stunden später sah seine Wohnung wieder behaglich aus, und die Wäsche war zusammengelegt. Jetzt konnte er den Rest des Sonntags entspannen. Er schnappte sich ein Buch, legte sich aufs Sofa, knipste den Deckenfluter daneben an. Nach einer Viertelstunde Lesen nickte er ein.

Das Telefon ließ ihn hochschrecken. Er warf einen Blick auf die Uhr. Himmel, es war schon fast sechs, draußen war es dunkel. Hölzle sprang auf, hastete zum Telefon. Es war seine Schwester, die wissen wollte, wann er denn nun nach Straßburg käme.

»Babsi, ich weiß noch nicht genau, wahrscheinlich am 23., vielleicht auch erst an Heiligabend oder sogar erst am ersten Weihnachtstag«, gähnte er ins Telefon.

»Und wann weißt du das genau? Ich muss Planungssicherheit haben, zwecks einkaufen und so.«

»Ich verhunger' schon nicht, und so wie ich dich kenne, hast du eh immer den Kühlschrank bis oben hin vollgestopft. Dann nötigst du allen zu viel auf, damit du nichts wegwerfen musst, und jeder kann dann zusehen, wie er die Weihnachtskilos wieder loswird«, erwiderte er.

»Keine Sorge. Das Weihnachtsmenü ist dieses Jahr kalorienarm, du kannst also essen, so viel du möchtest.«

»Kalorienarm. Aha, hört sich so gesund an«, antwortete Hölzle skeptisch, »was aber nicht heißen soll, dass es nicht schmeckt«, beeilte er sich hinzuzufügen.

»Ja, Alain, die Jungs und ich ernähren uns seit zwei Monaten vegan«, klärte Babsi ihren Bruder auf, »und es gibt so viele tolle Rezepte. Bin gespannt, wie dir das schmeckt.«

Hölzle fiel beinahe der Hörer aus der Hand. Vegan? Die Zwillinge? Babsi vielleicht. Aber Alexander und

Jerôme? Nie im Leben. Er erinnerte sich noch gut an ihren letzten Besuch: Pizza Hawaii, Chili con carne, Marthes geniale Schnitzel. Fleisch war ihr Gemüse.

»Ähm, ja, kann man sicher essen«, formulierte er vorsichtig.

Als Babsi anfing zu kichern, merkte er, dass sie ihn auf den Arm genommen hatte.

»Keine Sorge, es gibt Wild.«

Erleichterung durchströmte ihn. Er aß gerne Gemüse und Salat, und er könnte sich auch vorstellen, auf Fleisch und Fisch zu verzichten – wenn auch nur schwer –, aber nicht auch noch auf Eier, Milchprodukte oder Honig.

»Jetzt hast du mich aber beinahe drangekriegt, ein bisschen gezweifelt habe ich schon. Hör mal, ich sag dir spätestens bis Ende der Woche Bescheid, okay?«

Babsi war einverstanden, Hölzle ließ Grüße an den Rest der Familie ausrichten und legte auf.

Der weitere Abend verlief ruhig. Harry meldete sich nur kurz bei ihm. Es gäbe noch keine Hinweise auf die Herkunft des Babys, das die Krankenschwestern Magdalena getauft hatten. Morgen würde ein kleiner Artikel im Weser-Kurier erscheinen, mit einem Aufruf an die Bevölkerung, Hinweise zu dem ausgesetzten Mädchen an die Polizei zu geben. Dazu würden Fotos der Babykleidung, des Schlafsacks und der hellblauen Decke abgebildet werden.

RÜCKBLENDE

»Ich bitte dich, mach' doch deswegen kein Fass auf.«

»Was soll das heißen, ›Mach kein Fass auf‹? Wenn er mir wieder mit dem Rezept kommt und noch ein einziges Mal droht, ist er für mich als Bruder gestorben. Endgültig.«

Isabell Brodbeck zögerte einen Moment, dann nahm sie ihren ganzen Mut zusammen.

»Carl, Stefan ist doch keine echte Konkurrenz für dich. Du bist hier in Bremen bekannt für den besten Klaben, *den* Klaben nach *dem* Originalrezept. Seit Generationen wird es in der Familie weitergegeben. Und zur Familie gehört auch dein Bruder. Du wirst doch nicht mit deinem Bruder brechen, nur wegen eines albernen Gebäcks.« Die letzten Worte unterstrich sie mit Lufthäkchen.

Sie wanderte auf einem schmalen Grat, das war ihr durchaus bewusst. Der Wunsch ihres Schwagers Stefan, auch *seine* Klaben nach dem altehrwürdigen Rezept zu backen und sie als *Original-Klaben* anzubieten, hatte die Brüder entzweit. Es war seit Hunderten von Jahren Tradition, dass der älteste Sohn der Familie Brodbeck das Bäckerhandwerk erlernte. Und nur er erhielt das Originalrezept. Erstmals seit 1593 war vor mehr als 30 Jahren die Situation eingetreten, dass auch der jüngere Bruder, Stefan Brodbeck, Bäcker wurde. Er etablierte seinen Betrieb in Syke, und bis vor ein paar Jahren hatte es funktioniert: Beide Brüder hatten gut gehende Geschäfte, Carl besaß das Originalrezept, und Stefan pries seine Klaben als *Klaben Bremer Art* an. Doch deren Absatz hatte in den letzten Jahren stark nachgelassen. Auch kauften immer mehr Leute ihre Brote und Backwaren beim benachbarten Discounter. Das Geschäft mit den Klaben lief, vor allem zur Weihnachtszeit, zwar noch einigermaßen, jedoch konnte der Umsatz mit dem Weihnachtsgebäck nicht verhindern, dass Stefans Betrieb seit gut zwei Jahren rote Zahlen schrieb. Carl dagegen profitierte von der hervorragenden Lage seiner Bäckerei im Schnoorviertel, wo sich täglich Hunderte von Touristen verlustierten.

Mehrfach hatte Stefan versucht, seinen Bruder davon zu überzeugen, dass er ihm keine Konkurrenz mache, wenn er ebenfalls das Originalrezept verwenden und damit Werbung machen dürfe. Er wäre doch in Syke, also weit genug weg von Carls Bäckerei. Doch sein Bruder war unerbittlich geblieben.

Als Stefan ihm drohte, das Backwerk auch ohne die Erlaubnis Carls als *Original-Klaben* auszugeben, hatte Carl einen Unterlassungsanspruch erwirkt. Notfalls würde er auch gegen seinen eigenen Bruder vor Gericht ziehen, hatte er Stefan unmissverständlich klargemacht. Seit ein paar Monaten war eine trügerische Ruhe in der Familie eingekehrt. Carl hatte nicht nachgefragt, wie es Stefan, oder besser, dessen Bäckerei ging, und Stefan hatte nicht mehr darauf bestanden, das alte Rezept verwenden zu dürfen.

Heute waren Isabell und Carl zu Stefans 50. Geburtstag eingeladen, und Carl wurde das Gefühl nicht los, dass Stefan es erneut bei ihm versuchen würde. Das Weihnachtsgeschäft war im Spätsommer schon in vollem Gange, die ersten Klaben mussten bereits im Angebot sein, wenn die Leute eigentlich noch gar nicht an Weihnachten dachten. Die Nachfrage aus dem europäischen Ausland war im Moment so groß wie nie. Selbst einige Aufträge aus den USA und Kanada waren eingegangen. Deutsche Auswanderer, die sich ein Stückchen Heimat wünschten.

Stefan sollte ihm heute Abend also bloß nicht dumm kommen. Außerdem war sein Bruder doch an allem selber schuld. Ihr Vater hatte Stefan abgeraten, ebenfalls Bäcker zu werden. Wenn er denn aber unbedingt meinte, beruflich in diese Richtung gehen zu wollen, dann doch als Konditor und er könnte zusätzlich eine Weiterbildung zum Chocolatier draufsatteln. Stefan war schon als Kind der König der Sandförmchenkuchen gewesen.

Und Carl musste insgeheim zugeben, dass sein Bruder mit Leib und Seele Bäcker war, vielleicht mehr als Carl selbst. Doch Tradition war Tradition, und *er* hatte das Rezept geerbt. Irgendwann würde es vielleicht an einen Schwiegersohn gehen, denn Isabell und er hatten nur eine Tochter. Sollte weder sie, noch ihr zukünftiger Mann Interesse an der Bäckerei haben – schade wäre es –, dann gelangte das Rezept sowieso in Stefans Besitz. So hatte es Carl testamentarisch verfügt. Nur wusste sein Bruder davon nichts. Und mit seiner Tochter Vanessa hatte er sich überworfen.

Carl knöpfte sich das Hemd zu.

»Jetzt hör mir bloß mit dem Mist auf. Familie, Familie. Er benutzt doch wahrscheinlich dieselben Zutaten wie ich. Warum Stefans Klaben nicht gehen, darauf kann ich mir allerdings keinen Reim machen. Wahrscheinlich spart er an irgendwas. Glaubst du wirklich, wenn auf der Verpackung steht *Original-Klaben*, dann liefen die Dinger besser? Wir haben das Thema schon tausend Mal durchgekaut. Jetzt lass mich damit in Ruhe, oder du kannst alleine zum Familiengeburtstag fahren.«

Isabell zuckte mit den Schultern. Es hatte einfach keinen Zweck, und mehr konnte sie nicht tun. Als ihre Schwägerin Jutta gestern angerufen und sie gebeten hatte, noch einmal mit Carl über das Rezept zu sprechen, hätte sie am liebsten gleich abgewinkt. Sie kannte ihren Mann. Er war störrisch und unnachgiebig. Ein Dickkopf. Nun, sie hatte es versucht. Ihr lag wenig daran, weiter in Carl zu dringen. Irgendwann würde sie das Fass zum Überlaufen bringen, und Carls Wutanfall wollte sie sich nicht aussetzen. Seit Vanessas Rauswurf herrschte Eiszeit zwischen ihnen. Nur nach außen hin mimten sie das zufriedene Paar.

Eine Stunde später bogen sie in die Straße ein, in der Stefan Brodbeck sein Haus hatte.

»Du großer Gott, wie viele Leute hat er denn eingeladen? Man findet ja keinen Parkplatz«, entfuhr es Isabell verblüfft. Auf ihrem Schoß lag ein dunkelroter Karton mit Weinen aus dem Bremer Ratskeller.

Carl, der während der Fahrt kein einziges Wort gesagt hatte, blickte nur mürrisch auf das hell erleuchtete Haus seines Bruders.

»Als ob er sich das leisten könnte, der jammert doch dauernd, dass er kein Geld hat«, stänkerte Carl leise.

»Lass mich doch schon mal raus. Da hinten wird wohl

noch irgendwo ein Platz sein. Dann brauche ich wenigstens mit den hohen Absätzen nicht so weit zu laufen.«

Carl bremste und ließ seine Frau aussteigen, die etwas umständlich mit dem Karton hantierte.

Hoffentlich denkt er an die Blumen für Jutta, die auf dem Rücksitz liegen, ging es ihr durch den Kopf, als sie die Stufen zur Haustür erklomm. Mit dem Ellbogen bediente sie die Türklingel, und wenige Augenblicke später öffnete ihre Schwägerin die Tür.

»Hallo, Jutta, Carl sucht noch einen Parkplatz. Bei euch ist ja was los«, begrüßte sie die Gastgeberin.

»Schön, dass ihr gekommen seid. Stefan hatte schon befürchtet, dass Carl es vorzieht, zu Hause zu bleiben. Musstest du ihn überreden, oder ist er freiwillig mitgekommen?«

Sie trat zur Seite, sodass Isabell an ihr vorbeigehen konnte, die Haustür ließ sie offen, Carl würde ja jeden Moment eintreffen. Jutta nahm Isabell den Karton ab, damit diese sich aus ihrem leichten Viskosemantel schälen konnte.

Isabell ging nicht auf die Frage ihrer Schwägerin ein, tauschte ihren hellen Mantel gegen den roten Karton.

»Euer Präsent kannst du da hinten auf den Tisch stellen«, Jutta deutete mit dem Kinn auf einen Tisch neben der Tür zum Wohnzimmer, auf dem bereits zahlreiche bunte Päckchen und Getränketaschen samt Inhalt standen. Isabell nickte, froh das Geschenk loszuwerden. Als sie sich umdrehte, stand Jutta dicht neben ihr und raunte leise: »Hast du mit Carl gesprochen? Stefan weiß nicht, dass ich dich darum gebeten habe. Er würde mir den Hals rumdrehen.«

Jutta rollte mit den Augen.

»Die beiden sind sich eigentlich so ähnlich, warum können sie sich nicht gütlich einigen?«

»Weil es nicht so einfach ist. Stefan hat mit der Tradition gebrochen, nicht Carl. Ich habe es versucht, aber ihr kennt Carl. Er wird nicht nachgeben. Jutta, sei mir nicht böse, aber lasst das Thema ruhen. Wenn Stefan es nur andeutet, wird Carl sofort kehrtmachen und nach Hause fahren. Ich weiß ja nicht, wie schlecht es um euren Betrieb gestellt ist, aber Carl würde euch eher eine finanzielle Unterstützung zukommen lassen als das Rezept. Sag bitte Stefan, das Thema ist tabu. Lasst uns heute einfach einen netten Abend verbringen«, bat Isabell eindringlich. Suchend sah sie sich um.

»Wo ist denn das Geburtstagskind?«, fragte sie laut. Kaum ausgesprochen, kam ihr Schwager schon auf sie zu, zwei gefüllte Sektgläser in der Hand.

Jutta hängte den Mantel an die Garderobe und wanderte ins Wohnzimmer zu den anderen Gästen. Sie hätte Isabell gerne noch nach Vanessa gefragt, doch entschieden, dass dies nun nicht der richtige Zeitpunkt war.

»Da ist ja meine Lieblingsschwägerin! Du siehst klasse aus. Wo ist mein werter Herr Bruder?«

Stefan drückte Isabell ein Glas in die Hand und einen feuchten Kuss auf die Wange, die ein ›Alles Liebe zum Geburtstag‹ murmelte. Anscheinend hatte Stefan schon ordentlich dem Sekt, der auf sein Wohl getrunken wurde, zugesprochen. Seiner Zunge fiel es schwer, die Worte korrekt zu sprechen. Oder trank Stefan schon seit Stunden?

»Ah, da kommt ja mein erfolgreicher, großer Bruder. Lass dich umarmen.«

Carl kam gerade zur Haustür herein, wusste nicht, wohin mit dem großen Blumenstrauß. Er legte ihn auf dem kleinen Sideboard, das unter dem Schlüsselbrett stand, ab. Unbeholfen umarmte er seinen Bruder.

»Ja, also, ja, dann mal alles Gute, Stefan.«

»Los, kommt mit ins Wohnzimmer. Einige der Gäste kennt ihr, den Rest lernt ihr kennen, alles liebe Leute.«

Aus dem Wohnzimmer drang lautes, munteres Gesprächsdurcheinander, als Stefan seinen Bruder und Isabell in Richtung der anderen Gratulanten schob. Jutta begrüßte Carl mit einem Küsschen auf die Wange.

»Mischt euch zuerst mal unters Volk. Ich muss in der Küche noch ein paar Dinge organisieren. Nein, ist lieb von dir, Isabell, aber ich komm schon zurecht. Ich habe mir für heute eine Hilfe gegönnt«, flötete sie gutgelaunt, als ihre Schwägerin ihr anbot, ihr ein wenig zur Hand zu gehen. Im Hinausgehen fiel ihr Blick auf den Blumenstrauß.

»Oh, ist der etwa von euch?«, fragte sie über die Schulter zurück, auf ihrem Gesicht lag ein strahlendes Lächeln.

Carl nickte bestätigend und nahm ein Glas Sekt entgegen, das seine Frau ihm hinhielt.

Stefan widmete sich wieder seinen Gästen, in der linken Hand sein leeres Glas, das er gerade wieder befüllte, um gleich darauf auch einer dicken Matrone nachzuschenken, die Isabell als Juttas ältere Schwester Carmela aus Bassum identifizierte. Sie entdeckte ein ihnen bekanntes Ehepaar und nahm Carls Hand, um ihn dorthin zu ziehen.

»Guck mal, Walters sind auch da, lass uns Guten Tag sagen.«

Unwirsch schüttelte Carl sie ab.

»Ich muss zuerst aufs Klo.«

Nun war es an Isabell, mit den Augen zu rollen.

Ohne ein weiteres Wort drehte Carl sich um und stapfte zum Gäste-WC. Besetzt.

Konnten die Leute noch nicht mal ein paar Minuten aushalten, mussten die gleich das Klo beschlagnahmen?, dachte er verärgert. Dass er dabei ungerecht war, musste er doch kurz nach seiner Ankunft selbst aufs Klo, störte ihn nicht. Nun, dann würde er eben die Toilette im Keller benutzen. Der Keller verband die beiden Häuser, die Stefan Brodbeck gehörten. Das eine war das Wohnhaus, im anderen waren die Bäckerei und der Verkaufsraum untergebracht. Carl stapfte die Treppe hinunter. Gott sei Dank, den Lokus hatte keiner entdeckt, wahrscheinlich wussten davon sowieso nur die wenigsten. Nachdem er seine Blase entleert hatte, wollte er nach oben, als ihn doch die Neugier plagte.

Wie sah wohl die Backstube von jemandem aus, der angeblich aus dem letzten Loch pfiff?

Carl marschierte die zweite Treppe nach oben. Die Backstube lag im rückwärtigen Teil des Hauses. Er drückte die Klinke herunter und fingerte im Dunkeln nach dem Lichtschalter. Die altertümliche Neonröhre gab ein leises Summen von sich, flackerte unschlüssig, entschied sich dann aber, beständig zu leuchten. Neugierig schaute Carl sich um. Es sah nicht viel anders aus als bei ihm. Na ja, seine Backstube war größer, aber sonst? Natürlich kannte er die Backstube seines Bruders, aber irgendwie hatte er gedacht, der Niedergang des Betriebs sei schon ablesbar. Gerade wollte er umkehren, hatte den Finger bereits am Lichtschalter, als er aus dem Augenwinkel einen Stapel Zellophantüten wahrnahm. Die Tüten versehen mit einer aufgedruckten grüngoldenen Banderole. Die rote Jahreszahl in der Mitte sprang ihn geradezu an.

1593.

Stefan. Dieser Schweinehund, dieser Drecksack, dieses widerliche Aas. Wollte dieser Betrüger doch tatsächlich seine jämmerlichen Klaben als *Original-Klaben* ausgeben. Der konnte sich auf was gefasst machen. Hier und jetzt würde er sich seinen Bruder zur Brust nehmen. Geburtstag hin, Gäste her. Drauf gepfiffen! Das ließ sich Carl Brodbeck nicht bieten. Mit zornesrotem Gesicht stürmte er los und war bereits am Treppenaufgang, seine Wut nur mühsam beherrschend, als er hörte, wie jemand vom Wohnhaus die Treppe herunterkam.

»Was hast du da unten zu suchen? Mach, dass du verschwindest.«

Die Stimme bösartig, alkoholgeschwängert. Stefan.

»Was ich hier zu suchen habe? Nichts. Und doch ist es gut, dass ich mich ein wenig umgeschaut habe.«

Eben hatte er noch brüllen wollen. Doch mit einem Schlag war er vollkommen ruhig, seine Stimme gefährlich leise. Was er Stefan zu sagen hatte, ging nur ihn und seinen Bruder an. Er würde Stefan ruinieren, wenn der es wagte, seine Drecksklaben in diese Tüten zu stecken.

»Ich mach dich fertig. Wenn nur ein Klaben in einer dieser Verpackungen über die Ladentheke wandert, dann bist du erledigt. Ich schwör's dir, wir sehen uns vor Gericht. Denkst du, der Unterlassungsanspruch war ein Witz? Da kennst du mich aber schlecht. Du wolltest mich vor vollendete Tatsachen stellen. Aber nicht mit mir. Ich mach dir einen Prozess, dass dir Hören und Sehen vergeht. Du kannst deine Backklitsche dichtmachen, wenn ich mit dir fertig bin.«

Stefan, dessen Stimme eben noch voller Aggression gewesen war, versuchte Carl zu beschwichtigen. Er legte ihm die Hand auf den Arm, die Carl sofort abschüttelte.

»Nur zwei, drei Wochen, bitte Carl, lass es mich versuchen. Die Verpackung wirkt Wunder, glaub mir, seit ein paar Tagen schnellen die Umsätze hoch. Bitte Carl, bitte. Ich bin sonst am Ende. Menschenskind, denk doch auch mal an Jutta und die Kinder!«

»Was, du verpackst die Klaben schon seit Tagen in diese Tüten? Warum hast du nicht gefragt? Vielleicht hätte ich es mir ja noch anders überlegt! Du jammerst immer nur, wie schlecht es dir geht! Zahlen, Stefan, Zahlen hättest du mir vorlegen sollen. Wir beide sind fertig miteinander, wir sind Brüder gewesen. Und ich Idiot habe dir das Rezept in meinem Testament vermacht. Ich bin so ein blödes Arschloch. Doch, das kann ich ja widerrufen. Und jetzt lass mich vorbei.«

Er versuchte Stefan, der ihm den Weg versperrte, zur Seite zu schieben.

»Ich hab gesagt, du sollst mich vorbeilassen, sonst …«

»Was sonst?«

»Ich sag's dir zum letzten Mal: Lass. Mich. Vorbei.«

Stefan rührte sich nicht von der Stelle, hob stattdessen beschwichtigend die Hand, was Carl völlig fehlinterpretierte.

Mit der linken Hand packte er seinen Bruder am Kragen, zog ihn zu sich, gleichzeitig landete seine rechte

Faust krachend auf Stefans Kinn. Stefan verlor das Gleichgewicht, kam ins Taumeln, griff reflexartig nach dem Treppengeländer und bekam es tatsächlich zu fassen, was ihn vor einem schlimmen Sturz bewahrte. Mühsam rappelte er sich hoch, fasste sich ans Kinn, leckte sein Blut von der aufgeplatzten Unterlippe. Hasserfüllt starrte er Carl an.

»Das wird dir noch leidtun. Sehr leid. Ich schwör's dir bei Gott.«

KAPITEL 3

Der Montag startete mit einem trüben Grau, die von den Meteorologen versprochenen zwei Sonnenstunden am Vormittag gab es nicht. Hölzle saß in seinem Büro, arbeitete liegen gebliebenen Papierkram ab und hoffte, dass der Aufruf in der Zeitung irgendetwas brachte. Neben den Akten stand eine halbvolle Kaffeetasse, daneben lag eine angebrochene Schokoladentafel.

Es klopfte an seiner Tür, und im gleichen Moment erschien Harry. Eine junge Frau trippelte hinter ihm her, die Tür ließ sie offen stehen.

»Moin Chef, darf ich vorstellen, das ist Nuray Toprak, sie macht hier zwei Wochen Praktikum. Nuray, das ist unser Chef, Kriminalhauptkommissar Hölzle.«

Du hättsch au besser a Braktikum beim Douglas gmacht, schoss es Hölzle durch den Kopf, als er die 17-Jährige betrachtete. Stark geschminkt, ein Nasenpiercing, große Kreolen baumelten in den Ohrläppchen. Nuray trug einen kurzen bunten Rock, dazu schwarze Leggins, die Füße steckten in halbhohen Stiefeln, die gut und gerne einen acht Zentimeter hohen Absatz hatten. Zum engen Rock trug sie einen schwarzen noch engeren Pullover, der ihre, zugegebenermaßen, tadellose Figur sehr gut zur Geltung brachte. Ihre dunkelbraunen Haare fielen lang über ihre schmalen Schultern.

Hölzle erwartete einen Handschlag und ein ›Guten

Tag‹ oder wenigstens ein ›Moin‹. Obwohl dies ausblieb, setzte er eine freundliche Miene auf.

»Na dann, willkommen im Team.«

Er erntete lediglich ein schiefes Lächeln von den dunkelrot bemalten Lippen und ein Kopfnicken.

»Was liegt an?«, wandte er sich an Harry.

»Ich werde Nuray herumführen und ihr erzählen, wofür wir zuständig sind und so weiter.«

Peter Dahnken steckte den Kopf herein.

»Moin, zusammen.«

Als er Nuray Toprak sah, zog er fragend die Augenbrauen hoch.

»Und Sie sind?«

»Nuray Toprak, hallo. Ich mach hier ein Praktikum«, stellte sich der Teenager lässig vor. Auch Peter Dahnken bot sie nicht die Hand.

»Dann viel Vergnügen«, wünschte Peter, der seine rechte Hand, die er ihr hatte reichen wollen, sinken ließ.

»Ich muss gleich zum Schießstand«, informierte er seine Kollegen, »bin also erst mal 'ne Weile weg. Bin rechtzeitig zum Kaffee wieder da.«

Hölzle sah fragend von einem zum anderen.

»Bei Hilke Maier gibt's später im Sekretariat Klaben für alle. Sie hat übrigens heute Geburtstag«, erinnerte Harry seinen Chef.

Hörbar stieß Hölzle die Luft aus.

»Oh, Mann, das hab ich vergessen. Wer besorgt Blumen?«

Er sah von einem zum anderen, doch seine beiden Kollegen sahen demonstrativ mit gespitzten Lippen ein Pfeifen andeutend zur Decke.

»Na toll, ihr seid mir vielleicht zwei Spezis. Haut schon ab, ich geh Blumen kaufen.«

Ganz so unwillkommen war Hölzle der Gang zum nächsten Floristen nicht, Papierkram hasste er sowieso wie die Pest. Und vom Polizeipräsidium waren es keine zehn Minuten mit dem Auto zu einem Blumenladen.

»Schöner Strauß übrigens«, lobte Harry, als sie sich später gemeinsam auf den Weg zum Sekretariat machten.

»Tja, ich hab eben Geschmack. Du hättest wahrscheinlich einen Bund Petersilie gekauft«, frotzelte Hölzle. »Sieben Euro pro Mann. Zahlbar sofort, ohne Abzug.«

Seine Kollegen zückten widerspruchslos ihre Portemonnaies und bezahlten ihren Anteil.

Im Büro von Hilke Maier hatten sich schon zahlreiche Kollegen versammelt, um der beliebten Sekretärin ihre Gratulationen auszusprechen. Hilke freute sich ungemein über den wirklich prachtvollen Strauß aus Christrosen, Eukalyptus, rosafarbenen Wachsblumen und purpurnen Inkalilien.

Außer Klaben gab es zu Hölzles Freude auch kleine ovale Baguettescheiben, belegt mit Käse, Lachs oder Schinken. Hilke Maier hatte sich nicht lumpen lassen. Hölzle mochte auch Klaben, nur war heute sein Bedarf an Süßigkeiten bereits gedeckt.

»Hast du den Klaben probiert?«, fragte Harry gerade Peter.

»Nee, kommt noch. Heb ich mir zum Nachtisch auf. Wieso fragst du?«

»Schmeckt komisch, weiß auch nicht wie. Aber auf jeden Fall anders.«

»Schmeckt beschissen«, ließ sich Nuray vernehmen und erntete für ihre Ausdrucksweise einen strengen Blick von Harry.

»Sorry, schmeckt nicht so gut«, korrigierte sie sich daraufhin.

Hölzle dachte an Marthes Anruf.

»Peter, hast du eine Ahnung, wo Frau Maier den Klaben her hat?«

Dahnken deutete mit einem Kopfnicken in Richtung Papierkorb, aus dem eine Verpackung mit dunkelrotem Logo hervorlugte. ›Traditionsbäckerei Brodbeck – seit 1593‹, war dort zu lesen.

»Wieso fragst du?«

Hölzle berichtete vom Gespräch mit Christianes Großtante.

»Hm, vielleicht 'ne schlechtere Charge erwischt«, kommentierte Harry. »Meine Mutter kauft auch bei Brodbeck und war immer zufrieden. Kann ja mal vorkommen.«

Als der Wecker um zwei Uhr in der Früh klingelte, war Carl Brodbeck geradezu erleichtert, denn er erwachte aus einem fürchterlichen Alptraum. Genau erinnern konnte er sich nicht an alles, aber er hatte keine Luft mehr bekommen. Jemand quetschte ihm etwas in den Rachen, eine Hand, die immer wieder aus dem Dunkeln auftauchte und ihn mit etwas fütterte. Er wehrte sich, drehte heftig den Kopf nach links und rechts, versuchte, den Mund geschlossen zu halten. Doch die Hand zwang seine Zähne auseinander und stopfte ihn dann wie eine Mastgans. Als Brodbeck zu sich gekommen war, war sein Kopfkissen total zerknüllt. Offensichtlich hatte er tatsächlich den Kopf wie wild hin und her geschüttelt, um der Hand zu entgehen. Was war das nur gewesen? Fast glaubte er, den Geschmack von Rosinen in seinem Mund zu haben.

Brodbeck schlüpfte in seine Bäckertracht. In der Küche machte er sich schnell einen Kaffee. Roman würde erst gegen fünf Uhr kommen, bis dahin hätte Carl die wichtigsten Dinge erledigt. Die Teigmaschinen würden laufen, die Öfen wären angeheizt, die Zutaten abgewogen, die den Klaben ihren unvergleichlichen Geschmack gaben.

Gut eine halbe Stunde später stapfte Brodbeck in die Backstube und öffnete die Tür zum Hof. Es würde wie immer staubig werden, wenn er das Mehl in die Rührschüsseln wuchtete. Die Nacht war nicht ganz so kalt, tief sog er die frische Luft ein. Draußen war es ruhig, beinahe totenstill. Nur vereinzelt waren Motorengeräusche zu vernehmen. Brodbeck überprüfte den Aufdruck der Verpackungen, in welche die Klaben später eingeschlagen werden sollten. Noch mal würde ihm eine Verwechslung nicht passieren.

Der Bäckermeister wandte sich den Großpackungen mit Rosinen, Orangeat und Zitronat zu, stellte die Waage ein. Blinzelnd kniff er die Augen zusammen, die elektronischen Zahlen waren allmählich immer schwerer zu erkennen. In absehbarer Zeit sollte er sich lieber eine Lesebrille anschaffen. Nicht auszudenken, wenn er sich auch noch mit den Mengen vertat.

Als er sich bückte, um einen Sack Mehl aufzureißen, ließ ein plötzlicher, heftiger Schlag auf den Hinterkopf ihn in die Knie gehen. Benommen kippte er nach vorne auf den Mehlsack, nicht in der Lage, die Hände schützend vor seinen Körper zu reißen. Mehlstaub bedeckte sein Gesicht, drang in Mund und Nase, erschwerte das Atmen. Dem Schlag folgte ein Stich in den Rücken, den er kaum spürte, die nächsten Stiche der langen Klinge umso intensiver. Doch Schreien war ihm unmöglich, weil sein Blut in seiner Kehle gurgelte, seinen Mund füllte und ihn zu ersticken drohte. Als er auf dem Boden um seine eigene Längsachse gedreht wurde, blickte Brodbeck in ein bekanntes Gesicht, versuchte zu begreifen. Doch was der Mörder dann mit Brodbecks Leichnam veranstaltete, womit er sein teuflisches Werk beendete, blieb dem Bäckermeister erspart.

❄

Auch diese Nacht endete viel zu früh, denn Hölzle wurde statt mit flotter Radiomusik erneut von Jean-Marie Muller geweckt.

»Toter im Schnoor, definitiv kein Selbstmord. Ecke *Wüstestätte* und *Hinter der Holzpforte*. Harry hab ich auch schon geweckt.«

»Danke. Bin schon fast unterwegs.«

Nach einer Katzenwäsche und wieder ohne eine Tasse Kaffee tauchte Hölzle 25 Minuten später am genannten Ort auf. Die Adresse lag im ältesten Stadtteil Bremens, dem Schnoorviertel. Wie auf eine Schnur gezogen – so unter anderem auch die Deutung des Namens Schnoor –

reihen sich winzige, pittoreske Häuschen aneinander. Cafés, Goldschmieden, Restaurants, Läden mit allerlei Schnickschnack und Kunsthandwerk haben dort ihre Heimat gefunden. Früher ein Armenviertel, hat sich der Schnoor schon längst zu einem der Touristenmagnete in Bremen gemausert.

Tatort war die Traditionsbäckerei Brodbeck, wie Hölzle feststellte. Sein Bauchgefühl meldete sich. Das war ein bisschen zu viel Brodbeck innerhalb von nicht mal 48 Stunden.

»Carl Brodbeck, 55 Jahre alt, Inhaber der Bäckerei«, informierte ihn der Leiter des KDD über die Identität der Leiche. »Vorne ist der Verkaufsraum, hinten ist die Backstube. »Achtung, sieht ziemlich übel aus«, warnte Jean-Marie seinen Kollegen vor, als er ihn vor der Bäckerei empfing.

»Sieht nie schön aus, oder? Man gewöhnt sich nie an den Anblick eines Toten, der nicht freiwillig aus dem Leben geschieden ist«, erwiderte Hölzle.

Er folgte Muller durch den Laden nach hinten in die überraschend große Backstube. Edelstahltische und -spüle, zwei riesige Backöfen, Stikkenwagen mit Blechen, Rührmaschinen, eine Teigausrollmaschine, Gärschrank, Kühl- und Gefrierschrank und eine Brötchenpresse. Hölzle schnupperte. Es roch nach Hefe, Brot und um diese Jahreszeit vor allem nach Zimt. Typische Bäckereigerüche, die ihn schmerzlich daran erinnerten, dass er noch kein Frühstück gehabt hatte. Trotzdem konnten selbst diese köstlichen Aromen den Geruch des Todes nicht übertünchen. Blitzlichter einer Kamera reflektierten von den Edelstahlflächen, Markus Rotenboom von der Spurensicherung war konzentriert dabei, jede Kleinigkeit festzuhalten. Hölzle blieb stehen, nahm das Bild, das sich ihm bot, auf.

Ein umgekippter Mehlsack, das Mehl verfärbt und klumpig, wo es sich mit dem Blut des Opfers vermischt hatte. Eine verschmierte Blutspur, die unter dem auf dem Rücken liegenden Leichnam endete, der unter einer Folienverpackung lag, auf der das rote Logo der Bäckerei prangte. *Brodbecks Klaben – mandelfrei.* Die Worte in haselnussbrauner Schrift auf einer silberfarbenen Banderole spiralförmig auf die Folie gedruckt. Unter dem Toten hatte sich eine Blutlache gebildet, dunkelrot und bereits geronnen.

Hölzle trat zu der Leiche, beugte sich hinab und blickte durch die Folie in das Gesicht des toten Bäckers. Er runzelte die Stirn. Die Folie war zerknittert, und Hölzle glaubte zuerst, dass das der Grund war, warum irgendwas an dem mehlbestäubten Gesicht nicht stimmte. Bis er plötzlich erkannte, was es war. Scharf sog er die Luft ein.

Der Mörder hatte dem Bäckermeister Carl Brodbeck Rosinen in die Augen gedrückt, sodass die Lider offen gehalten wurden.

»Hast du das gesehen?«, fragte er bestürzt.

Natürlich war Jean-Marie Muller diese Ungeheuerlichkeit ebenfalls aufgefallen, nicht umsonst hatte er Hölzle vorgewarnt.

»Moin, sind die Rosinenbrötchen fertig? Ich hab noch nicht gefrühstückt«, ertönte die Stimme von Dr. Sabine Adler-Petersen, die soeben in die Backstube kam.

»Dir wird der Appetit auf Rosinen gleich vergehen,

wenn du das siehst«, bemerkte Hölzle und deutete auf den Kopf der Leiche.

Sabine trat näher und betrachtete ihren neuen ›Kunden‹.

»Upps, jetzt weiß ich, was du meinst«, räumte die Rechtsmedizinerin ein. »Meine Bemerkung mit dem Rosinenbrötchen scheint mir ziemlich unangebracht. Da war jemand aber richtig sauer auf unseren Bäcker. Die Sache mit den Rosinen ist sehr persönlich.«

»Seh ich auch so«, bestätigte Hölzle.

Ihre Nähe machte ihn nervös. Immer wieder und immer noch. Er rückte ein wenig von ihr ab.

»Markus, seid ihr fertig?«, fragte er den Kriminaltechniker.

»Fertig? Soll wohl ein Scherz sein. Was glaubst du, wie viel Spuren in so einer Backstube sind? Das dauert. Aber Sabine kann die Leiche mitnehmen, damit sind wir durch.«

»Gut, dann packt ihn ein, mitsamt der Folie, versteht sich«, gab Adler-Petersen ihre Anweisung.

Sie drehte den Kopf in Hölzles Richtung. Ihr war nicht entgangen, dass er mehr Abstand zwischen sie beide gebracht hatte.

»Stimmt was nicht?«

»Nee, was soll sein?«

Ihre bernsteinfarbenen Augen brachten klar zum Ausdruck, dass sie ihm kein Wort abnahm.

»Na, dann ist ja gut. Bis später im Obduktionssaal«, sagte sie leichthin und verließ die Backstube.

Gerade als Rotenboom und seine Mitarbeiter den toten Bäcker in einen Leichensack gepackt hatten, erschien Harry Schipper. Im Schlepptau die Schülerpraktikantin Nuray Toprak. Harry hatte ihr offenbar eingebläut, sie solle am Eingang zur Backstube stehen bleiben, denn sie folgte ihm nicht weiter zu Hölzle und dem Team der Spurensicherung. Das Mädchen trug eine gelangweilte Miene zur Schau, kaute Kaugummi.

Hölzle war fassungslos.

»Sag mal, hast du sie noch alle? Du kannst doch keine Praktikantin hierher schleppen! Wir haben hier einen Tatort, mit allem, was zu einem brutalen Mord dazugehört. Wie kommst du auf so eine bescheuerte Idee?«

»Wieso? Ich hab mir extra Zeit gelassen, damit sie nicht so viel zu sehen bekommt. Also, keine Leiche, meine ich. Der Rest ist doch okay. Was sieht sie denn schon? Flatterband draußen vor der Bäckerei, Nummerntäfelchen von der Spurensicherung und ein bisschen Blut. So schlimm ist das doch nicht. Außerdem habe ich die Anweisung, ich soll sie überall mitschleppen.«

Hölzle verdeckte seine Augen mit der rechten Hand, schüttelte den Kopf.

»Harry, das Mädel hat hier nix zu suchen. Bring sie weg. Erklär ihr, dass der Großteil unserer Arbeit aus Papierkram besteht, nimm sie mit zum Zoll, zur Wasserschutzpolizei, was weiß ich. Jedenfalls will ich sie hier nicht haben. Klar? Und sag ihr gleich, dass sie sich die nächsten zwei Wochen was anziehen soll, in dem sie sich bewegen kann. Im Übrigen sieht sie mir nicht so aus, als ob sie das alles interessiert. Ich frage mich, warum sie sich überhaupt für ein Praktikum beworben hat. Viel mehr frage ich mich allerdings, wer ihr das Praktikum ermöglicht hat. Meiner Information nach waren alle Praktikumsstellen für dieses Jahr längst vergeben.«

Er holte kurz Luft.

»Und was meinst du mit ›du hättest die Anweisung, sie überall mithinzunehmen‹? Wer hat diese Anweisung gegeben?«

»Sie ist die Nichte von Uwe Schneider«, raunte Harry seinem Chef zu.

Aha, dachte Hölzle. Ohne Vitamin B hätt des beschtemmt net klabbt.

Uwe Schneider war der Leiter der Pressestelle der Polizei. Hölzle und er kamen ganz gut miteinander aus.

»Die Nichte? Wie kommt der denn zu einer türkischen Nichte?«

Blöde Frage, wie er selbst sofort feststellte und Harry auch postwendend bestätigte.

»Schneiders Schwester ist mit einem Türken verheiratet, so einfach ist das.«

»Mir egal. Ich will diesen Teenie nicht an einem Tatort sehen. Und Tschüss!«

»Ja, ja, reg dich ab, wir sind schon weg«, beschwichtigte Harry seinen Chef und zog mit Nuray Toprak davon.

Als Nächstes wollte Hölzle den Bäckergesellen, Roman Treidel, der am frühen Morgen die Leiche seines Chefs entdeckt hatte, befragen. Der saß wie ein Häufchen Elend in einer Ecke des Verkaufsraums und wartete darauf, dass er nach Hause konnte. Der Mann war zutiefst geschockt, und die Worte kamen zunächst nur mühsam über seine Lippen. Doch dann beschrieb Treidel

Carl Brodbeck als einen guten Chef: akribisch, fleißig, freundlich zu den Kunden. Allerdings sei er auch jemand gewesen, der Widerspruch nicht geduldet hatte.

Hölzle trat vor die Bäckerei, wo Journalisten warteten, um erste Informationen zu dem, was sich im hinteren Bereich der Bäckerei abgespielt hatte, zu erhalten. Unter ihnen, wie auch nicht anders zu erwarten, Thorben Schmink vom Weser-Blitz. Jetzt, wo er nur einen knappen Meter von Schmink entfernt stand, fiel Hölzle auf, dass der Reporter irgendwie anders aussah. Nicht anders, besser. Besser als sonst. Schminks Gesicht war nicht mehr übersät mit Pickeln, ein Bart verdeckte die schlimmen Aknenarben, seine Haare glänzten nicht mehr fettig. Doch auch wenn sich sein Äußeres deutlich zum Positiven hin verändert hatte, war Schmink immer noch Hölzles journalistische Heimsuchung.

Hölzle gab einen kurzen Kommentar für die Pressevertreter ab und trat anschließend den schweren Gang zu Brodbecks Frau an.

Einem Menschen mitzuteilen, dass ein geliebter Angehöriger oder Freund nicht mehr am Leben war, gehörte zu den leidvollsten Dingen, die ein Kriminalbeamter tun musste. Jetzt saß er bei Isabell Brodbeck in einem schönen Altbremer Haus in der Besselstraße auf dem Sofa, die bei Erhalt der Nachricht einer Ohnmacht nahe gewesen war und dann wie ein Schlosshund geheult hatte.

»Frau Brodbeck, können Sie sich vorstellen, wer Ihrem Mann das angetan hat?«

Isabell Brodbeck, die ihm gegenüber in einem Sessel saß, zupfte bereits zum dritten Mal ein Tüchlein aus der

Spenderbox, die neben ihr auf der Armlehne des Sessels stand. Sie schnäuzte hinein, wischte sich mit der zitternden rechten Hand über die tränenfeuchten, geschwollenen Augen.

»Nein. Mein Mann war beliebt bei seinen Angestellten und seiner Kundschaft.«

Ihre Stimme klang brüchig, doch sie riss sich zusammen. Als Hölzle ihr die Schreckensnachricht überbracht hatte, hatte er zuerst befürchtet, sie würde kollabieren. An seinen Arm geklammert war sie ins Wohnzimmer gewankt, wo sie einen markerschütternden Schrei ausstieß. Dann ließ sie ihren Tränen freien Lauf. Jetzt waren ihre Augen vom Weinen gerötet, aus ihrem dunkelblonden Pferdeschwanz hatten sich mehrere Strähnen gelöst. Sie knetete ihre Hände, unfähig, sie still zu halten.

Hölzle lehnte sich nach vorne, stützte die Unterarme auf seine Oberschenkel, die Hände ineinander verschränkt.

»Frau Brodbeck, die Art und Weise, wie Ihr Mann umgebracht wurde, lässt auf eine sehr persönliche Sache schließen.«

»Entschuldigen Sie, ich bin ganz durcheinander und habe Ihnen noch nicht einmal etwas zu trinken angeboten. Möchten Sie einen Kaffee?«

Hölzle nahm das Angebot gerne an. Isabell Brodbeck brauchte für einen Augenblick so etwas wie Normalität, und einen Kaffee aufzusetzen war dafür eine geeignete Beschäftigung.

Die pummelige Frau stand auf, verließ das Wohnzimmer, und kurz darauf konnte Hölzle das Klirren von Porzellan hören. Tassen, die auf Unterteller gestellt wurden. Er sah sich um. Auf dem Fensterbrett standen mehrere Orchideen, zwei davon blühten gerade. Eine Glastür führte vom Wohnzimmer auf einen breiten verglasten Balkon, mehr eine Art Wintergarten, hinaus. Im Sommer bestimmt ein hübsches Fleckchen zum Entspannen, doch jetzt in der Winterzeit düster und trist. Ein paar Vögel stritten sich um die Körner, die in einem Vogelhäuschen aus Birkenholz lagen. Das Vogelhäuschen war statt eines Balkonkastens in zwei Metallhalter gehängt worden. Hölzle konnte unter ihnen ein Rotkehlchen ausmachen, ein Anblick, der ihm in diesem Moment die Seele wärmte und kurz davon ablenkte, weswegen er eigentlich hier saß. Die kleinen, hübschen Vögel hatten sich rargemacht, er hatte schon seit Langem kein Rotkehlchen mehr zu Gesicht bekommen.

Gegenüber der Sofaecke hing ein großer Flachbildschirm an der Wand, darunter füllten ein DVD-Player und eine Stereoanlage die Etagen eines niedrigen Racks aus. Links an der Wand stand ein schmales Regal mit Büchern, DVDs und CDs, daneben hingen gerahmte Fotografien. Ein Hochzeitsfoto des Bäckermeisters und seiner Frau, sie nicht ganz so pummelig wie jetzt, ein zweites Foto ebenfalls mit dem Ehepaar Brodbeck, das gemeinsam ein großes silbernes Herz mit der Zahl 25 darin stolz in die Kamera hielt. Silberne Hochzeit. Darunter zwei weitere Bilder, eines, das ein Mädchen mit einer Schultüte zeigte, auf dem anderen war das Kind zum Teenager gereift. Hellblonde Haare umflossen ein engelsgleiches Gesicht, die tiefblauen Augen strahlten den Betrachter an.

Oh je, jetzt muss die arme Frau ihrm Kend beibrenga, dass der Babba nemme lebt, dachte Hölzle und wollte um nichts in der Welt mit Frau Brodbeck tauschen.

»Milch und Zucker nehmen Sie sich bitte selbst«, Isabell Brodbeck stellte ein Tablett auf den niedrigen Holztisch, reichte Hölzle eine Tasse mit duftendem Kaffee.

»Danke, ich trink ihn immer schwarz.«

Sie setzte sich in den Sessel, nahm die andere Tasse, blies vorsichtig darauf.

»Sie sagten, es wäre ›persönlich‹, was meinen Sie damit?«, wollte sie wissen, nachdem sie einen Schluck genommen hatte. Das Kaffeekochen hatte seine Wirkung getan. Isabell Brodbeck wirkte gefasster.

Hölzle nippte an seinem Kaffee.

»Wissen Sie, wenn sich ein Mörder die Zeit nimmt, nach der Tat an dem Opfer noch, sagen wir mal, eine Botschaft zu hinterlassen, deutet das daraufhin, dass Opfer und Täter sich kannten. Serienmörder mal ausgenommen«, erklärte er.

»Eine Botschaft? Die Person, die meinen Mann getötet hat, soll eine Botschaft hinterlassen haben? Wie sieht die aus, für wen soll sie sein?«

Isabell Brodbeck riss ungläubig die Augen weit auf, versuchte angestrengt, ein neuerliches Weinen zu unterdrücken. Es gelang ihr nicht so recht. Einzelne Tränen kullerten ihre Wangen hinunter. Energisch wischte Isabell Brodbeck sie weg.

»Der Mörder hat Ihrem Mann Rosinen in die Augen gelegt. Können Sie sich darauf einen Reim machen?«

Entsetzt schlug sie die Hand vor den Mund, doch der Schreckensschrei, der ihr entfuhr, war trotzdem zu hören und hinterließ bei Hölzle das Gefühl einer tiefen Hilflosigkeit.

»Oh Gott, wer macht denn so etwas?«

»Frau Brodbeck, genau das fragen wir uns auch. Und vor allem, was es zu bedeuten hat. Wir hoffen, dass Sie uns in diesen Fragen weiterhelfen können. Wer hat Ihren Mann so gehasst, dass er ihm das alles angetan hat?«

In seiner Hosentasche vibrierte das Handy. Hölzle warf einen entschuldigenden Blick zu Isabell Brodbeck. Er holte es hervor, las die eingegangene Nachricht.

›Beginne in einer Stunde mit der Obduktion. Sabine.‹

»Frau Brodbeck, es tut mir leid. Ich muss los. Wollen Sie nicht einen Angehörigen benachrichtigen, der Ihnen zur Seite steht? Und wenn Ihnen irgendetwas einfällt, ein Streit beispielsweise, den Ihr Mann mit jemandem hatte, auch wenn eine solche Auseinandersetzung schon länger her ist, dann melden Sie sich bitte bei uns.«

Hölzle reichte ihr seine Karte. Isabell Brodbeck nickte stumm. Als sie Hölzle zur Tür brachte, fragte sie zögernd: »Muss ich ihn nicht identifizieren?«

»Nein, der Geselle hat Ihren Mann eindeutig identifiziert.«

Der Bäckersfrau war die Erleichterung anzumerken, dass ihr wenigstens dieser Gang erspart blieb.

»Und wann kann ich …«, sie schluckte, »Carls Leiche abholen lassen? Wegen der Beerdigung meine ich.«

Hölzle legte ihr behutsam die Hand auf die Schulter.

»Wir geben Ihnen Bescheid. Einige Tage wird das aber dauern. Es tut mir sehr leid, Frau Brodbeck.«

Als Hölzle im Rechtsmedizinischen Institut eintraf, lag die bereits entkleidete Leiche Carl Brodbecks auf dem Edelstahltisch. Ein hagerer, nicht allzu großer Mann war der 55-Jährige gewesen. Die Hüftknochen und Schultern traten hervor, er hatte eine auffällige Trichterbrust mit wenigen grauen Haaren. Carl Brodbeck hatte im Leben nicht unbedingt der weiblichen Vorstellung eines Traummannes entsprochen. Aber was waren schon Äußerlichkeiten. Die inneren Werte zählten. Hölzle hatte sich Schutzkleidung, Handschuhe und Mundschutz übergestreift und stand nun neben Harry am Obduktionstisch.

»Die Totenstarre hatte gerade eingesetzt«, sagte Dr. Sabine Adler-Petersen, »als der zuerst gerufene Kollege zum Tatort kam. Das war heute früh um sechs. Nur das Kiefergelenk war betroffen. Das bedeutet, dass der Tod allerfrühestens vier Stunden vorher eingetreten ist. Auch die von mir gemessene Lebertemperatur im Verhältnis der zum Zeitpunkt des Leichenfundes herrschenden Umgebungstemperatur legt nahe, dass Brodbeck zwischen zwei und vier Uhr früh gestorben ist.«

»Roman Treidel, der Geselle, hat angegeben, dass er gegen halb sechs in die Backstube kam. Brodbeck selbst hat laut Treidels Angaben immer morgens um zwei begonnen. Alleine«, gab Harry Schipper an, der Treidel mit zum Präsidium genommen hatte.

»Zeitlich passt das«, bemerkte Hölzle.

Die Rechtsmedizinerin fing sorgsam mit der Untersuchung der Leiche an, beginnend am Kopf. Die Rosinen, die der Mörder dem Bäcker in die Augen gelegt hatte, lagen bereits in einer Schale. Adlerblick, wie Sabine unter den Kollegen genannt wurde, tastete zentimeterweise die Knochen körperabwärts ab, um eventuelle Knochenbrüche zu entdecken. Dieses Knochenreiben gehörte mit zu den ersten Untersuchungen auf dem Obduktionstisch. Gleichzeitig sprach sie ihre Befunde in das über dem Seziertisch hängende Diktiergerät. Bevor sie den Leichnam von ihren Mitarbeitern auf den Bauch drehen ließ, widmete sie sich noch einmal dem Kopf, da ihr gleich zu Beginn ihrer Arbeit etwas Außergewöhnliches aufgefallen war.

Sie führte eine Pinzette in die Nase ein und förderte aus jedem Nasenloch mehrere Rosinen zu Tage. Dann öffnete sie die Mundhöhle, und auch dort fanden sich jede Menge Rosinen, die dem Bäcker bis tief in den Rachen hineingestopft worden waren.

Hölzle und Harry sahen sich stumm an, Reden war überflüssig. In den Augen des jeweils anderen stand deutlich geschrieben, was jeder gerade dachte und fühlte.

Adler-Petersens Mitarbeiter drehten auf Anweisung die Leiche auf den Bauch, deutlich waren die Totenflecke zu erkennen.

»Fünf tiefe Stichwunden in den Rücken, vier links der Brustwirbelsäule, einer rechts der Lendenwirbelsäule«, Adler-Petersen nahm ein Zentimetermaß vom Nebentisch, um genaue Angaben zu den Stichverletzungen zu machen. Zusätzlich wurde jeder Stich zusammen mit dem Maßband von einem Mitarbeiter fotografiert.

»Er hat auch einen Schlag auf den Kopf bekommen, womit kann ich nicht sagen, aber auf jeden Fall mit einem stumpfen Gegenstand.«

Nachdem die äußere Leichenschau beendet war, folgte der weit unangenehmere Teil der Obduktion, die Öffnung von Schädel-, Brust- und Bauchhöhle. Der Bäcker war kerngesund gewesen, Herz, Leber, Gehirn und auch die anderen Organe wiesen keinen pathologischen Befund auf. Mit Organen in diesem Zustand hätte er gut und gerne 80 Jahre alt werden können.

Drei Stunden später war der Leichnam zugenäht und die Obduktion beendet. Carl Brodbeck war erstochen worden. Mit einer 20 Zentimeter langen Klinge, die Lunge, Herz und die rechte Niere getroffen hatte. Zwei Stiche waren so heftig gewesen, dass man sogar den Abdruck des Hefts erkennen konnte. Die Rosinen waren postmortal in Mund, Nase und Augen eingebracht worden.

»Wo hast du denn deine Praktikantin gelassen?«, fragte Hölzle, als er und Harry sich von Adlerblick verabschiedet hatten und zum Präsidium zurückfuhren.

»Sitzt bei Hilke Maier im Sekretariat. Ich konnte sie ja schlecht mit zur Obduktion schleppen.«

»Ach, was! Aber zum Tatort, das ging«, stichelte Hölzle und erntete eine Grimasse.

Im Präsidium empfing Peter Dahnken sie mit einer interessanten Information.

»Vor einigen Monaten war Brodbeck in eine üble Geschichte geraten. Wir haben einen Bericht zu einem Kleinkind, Tobias Uhlig, das nach dem Verzehr von Brodbecks Klaben verstorben ist.«

Sie saßen in Hölzles Büro. Harry hatte die Schülerpraktikantin Nuray Toprak dazugeholt, nachdem Hölzle ihm grünes Licht gegeben hatte. Allerdings hatte er von ihr absolutes Stillschweigen gefordert, nichts, was hier besprochen wurde, durfte den Raum verlassen. Sie hatte zwar sofort darauf hingewiesen, dass sie dies schon schriftlich zugesagt hatte, aber Hölzle war wohler, sie noch einmal darauf hinzuweisen. Doppelt genäht hält besser. Irgendwie war da was dran. Er kannte diese Spezies, die postwendend auf die Idee kam, Interna auf Facebook oder in anderen sozialen Netzwerken zu posten.

Mit einem genervten Augenaufschlag versicherte sie erneut, ihr sei das schon klar, sie wisse Bescheid, schließlich wäre ihr Onkel ja der Chef der Pressestelle der Polizei, war ihre Antwort gewesen. Immerhin trug sie heute unauffälligere Klamotten, wie Hölzle zufrieden feststellte. Harry hatte Nuray offenbar auf ihr äußeres Erscheinungsbild angesprochen. Jeans und ein Pullover, der ihre Figur etwas weniger betonte, waren in Ordnung. Und an das ewige Kaugummikauen würde er sich wahrscheinlich gewöhnen. In 14 Tagen wären sie das Mädchen ja wieder los.

»Lass hören, Peter«, forderte Hölzle seinen Kollegen auf und betätigte einen Knopf an dem Kaffeevollautomaten, sein Heiligtum. Krachend liefen die Bohnen durch das Mahlwerk, im Raum verbreitete sich das Aroma frisch gemahlenen Kaffees. Aus seiner Schublade fischte er eine Packung Kekse, riss die Verpackung auf und schmiss sie auf den Schreibtisch zur allgemeinen Verwertung.

Peter Dahnken schlug die Beine übereinander, der rechte Knöchel ruhte auf dem linken Knie. In seinen Händen hielt er einige Papiere, auf die er nun einen Blick warf.

»Im März dieses Jahres verstarb ein dreijähriger Junge nach dem Genuss eines Klabenstücks. Brodbeck stellt das Gebäck fast ganzjährig her, das lohnt sich vor allem wegen der Millionen Touristen, die jedes Jahr nach Bremen kommen. In diesem Fall hat Tobias Uhlig Klaben verzehrt, auf dessen Verpackung ›*Frei von Mandeln und Haselnüssen*‹ gestanden hat. Nicht, dass Haselnüsse überhaupt in einen Klaben gehören, aber das wissen ja die meisten Konsumenten gar nicht. Jedenfalls reagierte der arme kleine Kerl hochgradig allergisch auf Mandeln und starb an einem anaphylaktischen Schock.«

»Oh nein, wie schrecklich«, ließ Nuray sich vernehmen, »die armen Eltern.«

»Ganz genau, und eine solche Tragödie könnte ein Motiv für einen Mord sein. Eltern, die sich nicht damit abfinden, dass dieser Bäcker lebend herumläuft, während ihr Kind eines qualvollen Todes gestorben ist«, stellte Harry fest, der sich nun einen Kaffee besorgte. »Möchten Sie auch eine Tasse?«

»Danke, ich trinke nur Tee.«

Aha, das Mädchen hatte also doch ein paar Manieren, bemerkte Hölzle insgeheim.

»Hast du schon nachgehakt, wie es dazu kam, dass falsche Angaben auf der Verpackung waren?«, hakte er nach.

»Logisch. In der Bäckerei werden Klaben mit und ohne Mandeln hergestellt, sogar glutenfreie Klaben werden angeboten. Brodbeck ging mit der Zeit und hat sich auf die Allergiker eingestellt. Der Lehrling im zweiten Lehrjahr hat die Verpackungen verwechselt, und so gelangte eine Charge mandelhaltiger Klaben in eine sozusagen mandelfreie Verpackung«, erläuterte Dahnken. »Als das Vertauschen auffiel, waren die meisten

Klaben schon verkauft worden, und selbstverständlich ließ sich nicht eruieren, welche Leute sie gekauft hatten. Brodbeck hat nicht nur Stammkunden, sondern durch den Tourismus viel Laufkundschaft. Über den Online-Shop wurden die falsch verpackten Klaben nicht verkauft, das ließ sich feststellen.«

»Gut. Und weiter?«, Hölzle trank den letzten Schluck Kaffee, warf einen missbilligenden Seitenblick auf Nuray, die eingehend ihre dunkelviolett lackierten Nägel betrachtete. Sie schien nun nicht mehr weiter daran interessiert, was hier besprochen wurde.

Dahnken sah in seinen Papieren nach.

»Bernd Uhlig hat vor vier Monaten eine Klage auf Schmerzensgeld angestrengt.«

»Ich schätze mal, der Grund dafür wird sein, dass er oder seine Frau durch den Tod des Kindes depressiv geworden sind.«

»Das versteh ich nicht«, warf Nuray Toprak ein.

Guck, guck, se hot wohl doch zughört, dachte Hölzle ein bisschen beschämt.

Harry, der bisher still gelauscht, dafür aber die Hälfte der Kekse vernichtet hatte, sah sich genötigt, der Schülerin zu erklären, was Hölzle damit gemeint hatte.

»Bei einem Unfall muss der Unfallverursacher beziehungsweise dessen Haftpflichtversicherung für die entstandenen Schäden aufkommen. Also, im Fall dieses toten Jungen zum Beispiel für die Kosten der Beerdigung, der Todesannonce, des Blumenschmucks in der Kirche und so weiter.«

»Ja, aber …«, hob die Praktikantin an.

»Halt, lassen Sie mich ausreden«, stoppte Harry sie,

»wenn aber, wie hier, die Eltern ihre Trauer vermutlich nicht verarbeiten konnten und diese Nichtverarbeitung eine Depression, Psychose oder Neurose zur Folge hat, kann man den Unfallverursacher auf Schmerzensgeld verklagen. Das muss natürlich durch einen Gutachter nachgewiesen werden, ist klar, oder? Zumindest kann man es versuchen, denn der Gesetzgeber lässt dies zu.«

»Harry, ich bin manchmal zutiefst beeindruckt, was du alles weißt«, lobte Peter seinen Kollegen. »Ich musste das tatsächlich nachschlagen, weil das deutsche Recht keinen Anspruch auf Schmerzensgeld bei seelischem Kummer vorsieht.«

»Wunder gibt es immer wieder«, kommentierte Hölzle Harrys Kurzvortrag trocken, »aber ich geb' zu, ich hätt's auch nicht gewusst. Das heißt aber nicht, dass du zur Belohnung alle Kekse bekommst, schieb mal die Schachtel rüber.«

Er machte eine auffordernde Geste und grinste über das ganze Gesicht.

»Ihr seid ja ein lustiger Haufen, hätt ich bei den Bullen, äh sorry, bei der Polizei gar nicht vermutet«, traute sich Nuray Toprak zu sagen und nestelte verlegen an ihren Haaren herum, die sie heute mit einer großen Haarklammer zu einer Art Turm aufgesteckt hatte.

»Also, Harry hat natürlich recht. Mareike Uhlig leidet an einer tiefen Depression und ist seit dem Tod ihres Kindes arbeitsunfähig. Ich hab schon mit Brodbecks Anwalt gesprochen, der mir mitgeteilt hat, er habe die ärztlichen Gutachten angefordert, aber außer von Mareike Uhligs Hausarzt noch nichts erhalten. Bernd Uhlig ruft jeden zweiten Tag bei ihm an, beschimpft ihn zum Teil aufs Übelste, weil keine Bewegung in die Angelegenheit kommt.«

»Und jetzt ist der Bäcker tot. Geld kriegt man von dem jetzt nicht mehr, aber sein Tod wird vielleicht eine Genugtuung für die Uhligs sein«, Hölzle nahm sich den vorletzten Keks und schob den letzten in der Schachtel verbliebenen Nuray zu.

»Ich finde, die Leiche mit der Folie zu bedecken, spricht Bände. Wollen wir diesem Bernd Uhlig mal einen Besuch abstatten, was meinst du, Peter?«

»Ja, genau das hab ich auch gedacht. Was macht er?«, Peter Dahnken zeigte auf Harry.

»Harry spült die Tassen …«

»Witzig«, maulte Harry Schipper.

»… und fährt dann zu Isabell Brodbeck. Ich frage mich, warum sie mir diese Geschichte mit dem toten Kind nicht erzählt hat.«

»Darf ich mitkommen?«, fragte Nuray und schenkte Hölzle einen unschuldigen Augenaufschlag.

»Von mir aus. Aber noch mal, kein Wort zu niemandem! Ist das klar?«

Nuray Toprak nickte.

RÜCKBLENDE

Roman Treidel stellte den weißen Sprinter auf dem Parkplatz neben der Bäckerei ab. Die leeren Steigen holte er aus dem Laderaum und stapelte sie aufeinander. Als er alle ausgeladen hatte, warf er die Ladetür zu, schloss den Sprinter ab. Für heute war das die letzte Fuhre gewesen. Sein Chef würde wahrscheinlich ausflippen, wenn er hörte, was Roman ihm zu berichten hatte. Am liebsten hätte der Bäckergeselle es für sich behalten. Aber Brodbeck würde es ja so oder so erfahren. Dann doch besser von ihm. Die Beschwerden über die Klaben häuften sich, und heute hatte es richtig Ärger gegeben. Sigbert Frenzel, Inhaber des Café Frenzel, hatte ihm klargemacht, dass er, wenn sich die Qualität der Klaben nicht schleunigst änderte, das Weihnachtsgebäck von einem anderen Bäcker beziehen würde. Und das ging auch Roman etwas an, schließlich stand auch er in der Backstube und war so mitverantwortlich für die Backwaren.

Gut, er würde, falls der Chef deswegen Pleite machte, was er sich nicht vorstellen konnte, ganz sicher eine andere Stelle finden. Nur nicht so gut bezahlt, denn Brodbeck bezahlte übertariflich.

»Chef?«

Roman drückte die Tür zum Lagerraum mit der Schulter auf, in seinen Händen hielt er die Steigen. Keine Antwort.

»Chef?«, rief er dann lauter, hinter ihm fiel die Tür ins Schloss. »Schon wieder Gemaule. Diesmal Frenzel. Der Klaben würde merkwürdig schmecken, irgendwie künstlich.«

Carl Brodbeck, der seinen Gesellen gehört hatte, kam aus der Backstube und wischte sich die Hände an einem Küchentuch ab. Sein Gesicht war noch röter, als es durch die anstrengende Arbeit ohnehin immer war, auf seiner schweißfeuchten Stirn klebte eine feine Mehlschicht.

Kein gutes Zeichen. Roman senkte seine Lautstärke.

»Chef, das ist nicht gut. Sie müssen etwas unternehmen. Irgendwas stimmt mit den Klaben tatsächlich nicht. Meine Mutter hat es auch schon bemerkt. Ich kann's ja nicht beurteilen, ich ess' das Zeug ja nicht.«

»Das Zeug? Was heißt hier das Zeug? Also, was hat Frenzel zu jammern?«

Roman verabscheute die Zutaten, die den Klaben erst in das verwandelten, was ihn so berühmt und schmackhaft machte. Rosinen, Orangeat, Zitronat. Schon als Kind hatte er all das aus dem Klaben herausgepult, bis nur noch die Teigkrümel übrig waren. Irgendwann hatte er es dann ganz aufgegeben. Es schmeckte ihm einfach nicht.

»Frenzel hat nicht gejammert. Er hat nur klipp und klar gesagt, wir sollen mal die Zutaten überprüfen. Frenzel probiert natürlich selbst, er meint, beim ersten Bissen merkt man nichts, aber je mehr man davon isst oder länger kaut, desto stärker tritt ein merkwürdiger Geschmack zutage. Irgendwie unangenehm, künstlich, chemisch, war sein Fazit.«

Seit etwa zwei Wochen gab es Beschwerden, für Carl Brodbeck etwas ganz Neues. Vor knapp zehn Tagen hatte ein Stammkunde gemeint, Carl habe sich wohl ein wenig beim Rosenwasser vergriffen. Brodbeck hatte selbstverständlich verneint, denn er maß und wog seine Zutaten immer genau ab. Doch das war erst der Anfang gewesen. Kundinnen, die schon seine Mutter bedient hatte, waren vorbeigekommen und hatten ihn freundlich darauf hingewiesen, dass es vielleicht an ihrem Alter liegen könne und die Geschmacksnerven deswegen ein wenig in Mitleidenschaft gezogen seien, aber irgendwie habe der Klaben ein besonderes Aroma. Eben nicht wie sonst. Carl Brodbeck wäre einfach darüber weggegangen, wenn nicht am nächsten Tag wieder ein Klabenkenner angemerkt hätte, ob er denn eine neue Zutat verwenden würde.

Eigentlich hatte Carl eine gute Nase, doch seit dem Sommer plagte ihn eine verstopfte Nasennebenhöhle. Sein Geruchsinn war momentan kaum vorhanden, und die Geschmacksnerven waren zudem deutlich beeinträchtigt. Es konnte also gut sein, dass mit einer Zutat etwas nicht in Ordnung war. Er würde sich gleich darum kümmern, hatte er sich vorgenommen. Der Bäcker vermutete, dass es sich um den Vanillezucker handelte, denn diesen bezog er seit Neuestem von einem anderen Hersteller. Eine neue Mandelaffäre konnte er beim besten Willen nicht gebrauchen.

Brodbeck schüttelte den Kopf. Nie würde er an dem Originalrezept etwas verändern. Die Mengen waren seit Jahrhunderten gleich, die Zutaten ebenso. Er musste dem Ganzen endlich auf den Grund gehen. Wenn nur nicht das Problem mit seinen Nasennebenhöhlen wäre.

»Ich kümmere mich drum. Du kannst jetzt Schluss machen, Roman. Die Lieferung für die Kunden in Holland ist schon fertig, die schick ich noch raus. Kannst du morgen Kaffeebrot machen? Da kam 'ne große Bestellung rein. Die Marzipanstuten und eine Mangosahnetorte für Frau Öllrich stehen auch morgen auf der Liste.«

»Öllrich?«, echote Treidel fragend.

»Ja, das Sonnenstudio. Die feiern 10-jähriges Bestehen. Meine Frau kann das Ausfahren übernehmen.«

»Geht klar, Chef.«

Ohne ein weiteres Wort drehte sich Carl Brodbeck um und ging zurück in seine Backstube. Im angrenzenden Raum reichten die Regale bis unter die Decke, und hier lagerte Brodbeck unter anderem die Klaben. Bisher waren die Kunden immer sehr zufrieden gewesen, auch die Bewertungen der Kunden, die online bestellten, waren überaus positiv. Der Bäckermeister griff sich zwei Exemplare aus unterschiedlichen Regalen, packte sie aus, legte sie auf ein Brett und schnitt sie in der Mitte durch. Das hätte er schon viel früher tun sollen. Aber bis jetzt waren es nur einzelne Kunden gewesen, die sich beschwert hatten. Ja noch nicht einmal beschwert, eher hatten sie höflich angemerkt, dass die Klaben etwas anders schmeckten als gewohnt. Aber noch nicht einmal das durfte er sich bei seinem exzellenten Ruf als *der* Traditionsbäcker erlauben.

Zuerst roch er intensiv an seinem Backwerk. Nichts Auffälliges. Soweit er es beurteilen konnte. Wie auch, seine Nase war verstopft. Er zog ein Taschentuch heraus, schnäuzte sich, schnüffelte erneut an dem Gebäck.

Abwechselnd nahm er die Klabenstücke, hielt sie sich unter die Nase und sog tief den Geruch ein. Noch mal Nase putzen und einen Sprühstoß des Nasensprays hinterher. Ah, jetzt war sein Riechorgan freier. Tatsächlich roch der Klaben vom rechten Regal anders als der vom linken. Brodbeck zerlegte die Klaben in ihre noch sichtbaren Einzelteile: Orangeat, Zitronat, Rosinen. Er pickte sich jeweils mehrere Stückchen heraus, legte sie auf die Zunge, kaute langsam mit geschlossenen Augen. Dann schob er den zerkauten Brei mit der Zunge von rechts nach links in seiner Mundhöhle umher, spürte dem Geschmack nach. Schluckte, spülte mit einem Schluck Wasser hinterher. Diesen Vorgang wiederholte er ein paar Mal. Und tatsächlich, der Klaben aus dem rechten Regal schmeckte anders. Ungut. Chemisch.

Brodbeck ging zurück in den Lagerraum und ließ nachdenklich seinen Blick umherschweifen. Die bereits gebackenen Klaben lagerten seit Wochen kühl und trocken abholbereit in den Regalen. Wenn Brodbeck im Spätsommer mit der Produktion begann, war die Nachfrage bereits groß. Was kein Problem war, hielten sich die Klaben doch mindestens vier Monate.

Zweiter Versuch: ein Klaben von links – produziert vor vier Wochen. Ein Klaben von rechts, aus der Produktion vor zehn Tagen. Er wiederholte die Prozedur, kaute langsam, ließ seine Zunge Unterschiede suchen.

Das Ergebnis: niederschmetternd. Wieder war der Klaben von rechts geschmacklich beeinträchtigt. Ja, beinahe ungenießbar. Es waren die Rosinen. Definitiv. Wie konnte das sein? Er kaufte und verwendete ausschließlich Biorosinen! Brodbeck überlegte, worin sich die beiden Produktionen unterschieden. Richtig. In den Klaben neueren Herstellungsdatums hatte er Biorosinen vom selben Lieferanten, jedoch eines anderen Produzenten verarbeitet als sonst. Der Klaben musste untersucht werden. Schleunigst. So etwas war ihm während seiner ganzen Bäckerkarriere noch nicht untergekommen. Plötzlich musste er sich an einem der Regale festhalten, weil ihm schwindlig wurde.

Das konnte doch alles nicht wahr sein! Erst im Frühjahr diese schreckliche Sache mit den Mandeln und jetzt das! Er riss sich zusammen und wickelte die verdächtigen Klaben in ihre Verpackungen. Gleich morgen früh würde er sie persönlich im Labor für Rückstandsanalytik abgeben. Und wenn der Verdacht begründet war, dann könnte sich sein Lieferant, Krischa Köttel, auf etwas gefasst machen. Der hatte ihm die Rosinen wärmstens empfohlen. Er kenne den Produzenten persönlich, wäre per Zufall im Sommerurlaub mit diesem ins Gespräch gekommen, hätte sich den Betrieb angeschaut, alles bestens. Und der Preis für die Ware stimme auch. Er hatte ihm sogar einen Sack umsonst zum Probieren gegeben. Das war allerdings schon einige Zeit her. Danach hatte Brodbeck dann eine große Bestellung aufgegeben. Was für einen Dreck hatte Köttel ihm da nur angedreht? Brodbecks guter Ruf stand auf dem Spiel.

KAPITEL 4

Bernd Uhlig öffnete die Haustür des unscheinbaren Reihenhauses in Hastedt. Der Mann sah völlig übermüdet aus, dunkle Schatten lagen unter den Augen, tiefe Falten gruben sich von den Nasenflügeln zu den Mundwinkeln, Bartstoppeln zeigten sich an den Wangen. Misstrauisch beäugte der hagere Mann die beiden Besucher. Als diese ihre Ausweise zückten, wich das Misstrauen einem fragenden Blick.

»Worum geht's denn? Ist irgendetwas passiert?«

»Dürfen wir hereinkommen?«, fragte Peter Dahnken.

»Ja, ja, kommen Sie«, Uhlig gab die Tür frei, ließ die Polizeibeamten eintreten.

»Geradeaus und dann rechts«, wies Bernd Uhlig ihnen den Weg. Als Hölzle an ihm vorbeiging, war er sicher, dass er bei Uhlig eine Alkoholfahne roch.

Rechts erwies sich als die Küche, in der ein kleiner Esstisch mit vier Stühlen stand.

»Nehmen Sie Platz.«

Hölzle und Dahnken ließen sich nieder, Uhlig blieb an die Küchenzeile gelehnt stehen.

»Herr Uhlig, wir haben erfahren, was mit Ihrem Sohn passiert ist«, begann Hölzle.

»Das ist aber merkwürdig, Tobias ist doch schon seit Monaten tot«, Bernd schluckte. »Und jetzt interessiert sich die Kripo plötzlich dafür? Hat dieses Arschloch von Bäcker noch jemanden auf dem Gewissen?«, platzte es aus ihm heraus.

»Herr Uhlig, es tut uns sehr leid für Sie und Ihre Frau, aber es handelte sich um einen tragischen Unfall«, fuhr Hölzle fort. Erneut wurde er unterbrochen.

»Unfall? Fahrlässige Tötung ist das in meinen Augen. Mal eben die Verpackung verwechselt. Hoppla, das war nicht meine Absicht, aber kommt eben mal vor«, fuhr Uhlig zynisch dazwischen. »Mein Toby ist einen grauenvollen Tod gestorben, nur weil jemand seine Arbeit nicht ordentlich gemacht hat. Wissen Sie, wie sich das anfühlt? Haben Sie Kinder?«

Hölzle und Dahnken schüttelten mitleidig den Kopf.

»Herr Uhlig, wir sind wegen der Klage hier, die Sie gegen Carl Brodbeck angestrengt haben«, versuchte es nun Dahnken. Doch auch ihm fiel Bernd Uhlig abrupt ins Wort.

»Ach, ist das verboten? Unseren Sohn bringt das nicht zurück, aber meine Frau ist seither in psychiatrischer Behandlung. Sie kann nicht mehr arbeiten! Ich weiß bald nicht mehr, wie ich das alles noch schaffen soll. Ich arbeite als Gießer im Stahlwerk und komme abends kaputt nach Hause. Dann kümmere ich mich um den kompletten Haushalt, fahre zu meiner Schwiegermutter, die alleine lebt und schlecht zu Fuß ist, und sehe da noch nach dem Rechten.«

Pfeifend stieß er die Luft aus und schien regelrecht in sich zusammenzusacken.

»Herr Uhlig, bitte setzen Sie sich doch«, bat Hölzle und schob auffordernd einen Stuhl vom Tisch zurück.

Uhlig gab sich einen Ruck und ließ sich auf den Stuhl

fallen. Er stützte die Ellbogen auf den Tisch, vergrub sein Gesicht in den Händen.

»Toby war unser ganzes Glück«, klang es dumpf hinter den Händen hervor. »Meine Frau hat die ersten beiden Kinder während der Schwangerschaft verloren. Und dann endlich klappte es. Und nun ist unser Sohn tot.«

Ein ersticktes Schluchzen war zu hören, die Schultern des Mannes bebten. Hölzle und Dahnken überließen den Mann seinem Schmerz. Nach einer Weile richtete Uhlig sich auf, den Oberkörper gestrafft, wischte er sich mit dem Handrücken über die Augen.

»Entschuldigen Sie, aber das musste einfach mal raus.«

»Das verstehen wir, Herr Uhlig«, sagte Hölzle, »denken Sie, wir können nun reden?«

Bernd Uhlig nickte unmerklich.

»Sie haben Carl Brodbeck auf Schmerzensgeld verklagt, weil Ihre Frau seit Tobias' Tod nicht mehr in der Lage ist zu arbeiten. Verstehe ich das richtig?«

»Ja. Ein Bekannter von mir hat mich darauf gebracht. Er sagte, wenn jemand die Trauer nicht bewältigen kann und dadurch in eine Depression fällt, kann man das versuchen.«

»Wurde Brodbeck denn nicht wegen Verstoßes gegen das Lebensmittelrecht und fahrlässiger Tötung angeklagt?«, wollte Dahnken wissen.

»Er ist mit einer Geldstrafe davongekommen! Das kann ich bis heute nicht begreifen! Wo leben wir denn?«, ereiferte sich Uhlig. »Eine *Geldstrafe* dafür, dass ein Mensch ums Leben kam! In den Knast sollte Brodbeck gesteckt werden, so sieht's nämlich aus. Recht haben und Recht bekommen sind immer noch zwei Paar Stiefel.«

»Tja, das ist so eine Sache, aber zurück zu Ihrer Schmerzensgeldklage. Wie hat Brodbeck darauf reagiert?«, kam Hölzle auf das Thema zu sprechen.

Uhlig zuckte mit den Schultern.

»Wie soll er darauf reagiert haben? Er hat seinen Anwalt eingeschaltet. Seither bewegt sich kaum etwas. Ich warte seit Wochen auf ein ärztliches Gutachten über den Zustand meiner Frau, das Brodbecks Anwalt angefordert hat. Es ist bereits das zweite! Eines reicht dem Herrn ja nicht! Er zieht die Aussage unseres Hausarztes in Zweifel, dass Mareikes schwere Depression auf den Tod unseres Sohnes zurückzuführen ist.«

Er raufte sich die ungewaschenen, hellbraunen Haare.

»Ich werde noch wahnsinnig! Diesen Bäcker soll der Teufel holen! Dem wünsche ich nicht zum ersten Mal den Tod, glauben Sie mir.«

Wunsch erfüllt, schoss es Peter Dahnken durch den Kopf, aber er behielt seine sarkastischen Gedanken für sich.

»Carl Brodbeck ist tot, Herr Uhlig. Er wurde gestern in seiner Backstube ermordet aufgefunden«, klärte Hölzle den Mann auf.

»Wenn Sie glauben, ich bin erschüttert, liegen Sie falsch.«

Sein Gesicht war hart geworden, die zusammengepressten Lippen bildeten einen dünnen Strich.

»Herr Uhlig, haben Sie Urlaub, oder warum sind Sie heute zu Hause?«, fragte Hölzle.

»Ich habe zwei Tage Überstunden frei genommen«, erwiderte Uhlig kurz angebunden.

»Und wo waren Sie heute Morgen zwischen zwei und fünf?« Dahnken sah den Mann aufmerksam an.

»Wieso?« Uhlig runzelte die Stirn. Ihm schien nicht klar zu sein, was Dahnken implizierte.

»Bitte beantworten Sie meine Frage.«

»Wenn Sie's genau wissen wollen, ich hab mir gestern Abend die Kante gegeben. Bin um die Häuser gezogen bis morgens um halb fünf, vielleicht war's auch schon fünf oder noch später. Keine Ahnung. Meine Frau habe ich gestern zur Reha nach Bad Gandersheim gefahren. Dort soll sie sechs Wochen bleiben, wenn nicht länger. Ach, es ist eine verdammte Scheiße, nichts in unserem Leben ist, wie es einmal war. Ich musste einfach mal raus. Gebracht hat mir die durchzechte Nacht außer Kopfweh nichts«, schloss er dann.

»Kann das jemand bestätigen? Ein Kneipenwirt? Bekannte, mit denen Sie unterwegs waren?«

Müde schüttelte Uhlig den Kopf, verzog schmerzhaft das Gesicht. Offenbar signalisierte sein Gehirn, dass die schnellen Kopfbewegungen und der Restalkohol nicht miteinander harmonierten. Uhlig begriff aber allmählich, was die beiden Kriminalbeamten von ihm wollten.

»Sie glauben, ich hätte diesen Bäcker umgebracht?«

»Wir glauben gar nichts, Herr Uhlig, wir machen nur unsere Arbeit. Also, kann jemand bestätigen, wo Sie gestern Abend oder vielmehr heute früh gewesen sind?«

Hölzle verschränkte die Arme auf dem Tisch, neigte seinen Oberkörper nach vorne.

»Ich weiß nicht. Ich war alleine unterwegs. Bin von Kneipe zu Kneipe gezogen. Zuerst war ich im Viertel, dann bin ich in die Altstadt gegangen.«

»Wissen Sie noch, in welcher Kneipe Sie zuletzt waren, bevor Sie nach Hause gegangen sind?«, hakte Dahnken nach.

»Nein«, gab Uhlig tonlos zurück.

Hölzle erhob sich, Dahnken tat es ihm nach.

»Herr Uhlig, ich schlage vor, Sie schlafen sich ordentlich aus und versuchen sich zu erinnern, wo Sie gewesen sind, damit wir Ihr, im Moment leider sehr schwaches, Alibi, überprüfen können«, gab Hölzle dem angeschlagenen Mann mit auf den Weg, als er und Dahnken sich verabschiedeten.

❄

Während Hölzle und Dahnken bei Uhlig saßen, suchte Harry Schipper Isabell Brodbeck auf. Nuray Toprak war mitgefahren und kaute geräuschvoll Kaugummi. Harry wandte den Kopf für einen Augenblick nach rechts, um einen missbilligenden Blick auf seine Beifahrerin zu werfen.

»Hören Sie mal, Nuray, es wäre ganz hilfreich, wenn Sie den Kaugummi entsorgen, bevor wir bei der Witwe des Opfers aufkreuzen.«

»Kein Problem«, kurzerhand ließ die Praktikantin die Fensterscheibe nach unten gleiten und spuckte das zerkaute Butylkautschukprodukt geräuschvoll hinaus auf die Straße.

»War das notwendig? Sie hätten den Kaugummi einwickeln und später ordnungsgemäß in einen Mülleimer stecken können.«

»Meine Güte, so schlimm ist das nun auch nicht«, maulte Nuray, »sind Sie mein Erzieher, oder was?«

»Nein, natürlich nicht, aber vielleicht ist Ihnen nicht bewusst, was es kostet, dieses Zeug von der Straße zu kratzen. Mal abgesehen davon, ist es verboten. Wenn Sie erwischt werden, zahlen Sie ein Bußgeld von 35 Euro.«

»Echt? Danke für den Tipp, in Zukunft mache ich das nicht mehr«, sie pfiff leise durch die Zähne. »35 Tacken, ist ja wohl übertrieben, oder?«

»Der Tipp eines Kriminaloberkommissars kostet übrigens 40 Euro«, neckte Harry das junge Mädchen und brachte es zum Lachen.

»Wir sind da. Also, Sie verhalten sich mucksmäuschenstill, hören einfach gut zu. Alles klar?«, schärfte Harry ihr ein und stellte den Motor ab.

»Klar, Chef.« Sie deutete mit der rechten Hand einen militärischen Gruß an.

Wenige Minuten später saßen sie auf dem Sofa, auf dem Hölzle vor gut 24 Stunden Platz genommen hatte.

»Gibt es schon einen Verdächtigen?«, fragte Isabell Brodbeck gespannt. Ein Sessel war übersät mit zerknüllten Papiertaschentüchern. Nuray warf einen angewiderten Blick darauf, hielt aber Gott sei Dank ihre Klappe.

»Nein. So weit sind wir leider noch nicht«, antwortete Harry. »Frau Brodbeck, Sie haben meinem Kollegen gegenüber nichts von einer Klage, die gegen Ihren Mann angestrengt wurde, erzählt.«

»Klage?«, sie zog die Augenbrauen zusammen, als dächte sie scharf nach. »Ach, du meine Güte, jetzt weiß ich, was Sie meinen. Diese Sache mit dem Schmerzensgeld, diese Uhligs. Wieso fragen Sie? Hat er etwa mit dem Tod meines Mannes zu tun?«

Ihre Augen schimmerten feucht. Sie legte ihre Zeigefinger in die Augeninnenwinkel, drückte die aufsteigenden Tränen zurück.

»Frau Brodbeck, das wissen wir noch nicht. Aber es ist ja nicht von der Hand zu weisen, dass Bernd Uhlig nicht gerade gut auf Ihren Mann zu sprechen war. Schließlich ist sein Sohn gestorben, nur weil es zu einem tragischen Vertausch der Verpackungen kam. Und Uhligs Frau leidet seither unter Depressionen.«

»Ach«, seufzte sie, »ja, das war wirklich schrecklich. Glauben Sie mir, ich als Mutter kann mir sehr gut vorstellen, was die Uhligs durchmachen müssen. Wir haben getan, was wir konnten. Alles bezahlt. Die Beerdigung, den Sarg, den Blumenschmuck, einfach alles. Natürlich macht dies das Unglück nicht ungeschehen. Aber es steckte doch keine Absicht dahinter! Mein Mann wurde zu einer Geldstrafe verurteilt. Laut Richterspruch hat er selbst die verkehrten Tüten hingelegt und konnte sich nicht darauf verlassen, dass der Lehrling den Fehler bemerkt.«

»Und der Azubi?«, fragte Nuray dazwischen und erntete einen strengen Blick von Harry. Sie biss sich auf die Lippen.

Isabell Brodbeck wandte den Kopf und sah die junge Frau an.

»Der Azubi war natürlich fassungslos und geschockt, als klar wurde, dass er eine Mitschuld am Tod eines Kindes trägt. Auch wenn er ungestraft davonkam. Was denken Sie denn? Wie würden Sie sich fühlen, wenn Ihnen so etwas passiert?«

In Isabell Brodbecks Gesicht hatte sich eine steile Zornesfalte gebildet.

Harry Schipper war sauer. Wieso konnte dieses Mädchen nicht einfach die Klappe halten? Verdammt.

»Frau Brodbeck, entschuldigen Sie bitte«, lenkte er die Aufmerksamkeit der Witwe auf sich, »wie hat Ihr Mann auf die erneute Klage, nun auf Zahlung von Schmerzensgeld, reagiert? Hat er sich mit den Uhligs getroffen?«

Isabell Brodbeck sah auf ihre nicht lackierten, aber gepflegten Fingernägel.

»Nein. Also, zumindest weiß ich nichts davon. Das hätte Carl mir aber erzählt. Mein Mann hat unseren Anwalt eingeschaltet, seither kümmert der sich um die Angelegenheit. Wissen Sie, selbstverständlich tut uns das sehr leid, dass Frau Uhlig aus ihrer Trauer keinen Ausweg findet. Wie gesagt, ich bin auch Mutter und kann nachfühlen, was sie durchmacht, aber dass wir nun auch noch dafür aufkommen sollen … Nein, uns erschließt sich das nicht.«

Isabell machte eine kleine Pause, ließ die letzten Sätze in sich nachhallen.

»Ich sage immer ›wir‹ und ›uns‹, dabei ist Carl ja gar nicht mehr da.« Sie unterdrückte ein Schluchzen.

»Können Sie sich vorstellen, dass Bernd Uhlig so verzweifelt war, dass er Ihren Mann getötet hat?«

Harry ließ Isabell Brodbeck Zeit, darüber nachzudenken.

»Möglich könnte das sein. Aber ich möchte keinen Unschuldigen des Mordes bezichtigen. Allerdings erinnere ich mich daran, dass Uhlig meinen Mann bedrohte, als der Prozess vorüber war.«

Harry hob interessiert die Augenbrauen.

»Ach, schau an. Was hat er denn getan?«

»Er kam am Tag darauf in die Bäckerei und hat Carl angebrüllt. Carl wäre viel zu billig weggekommen, in den Knast würde er gehören und er, also Uhlig, würde ihn noch dafür büßen lassen, dass sein Sohn nicht mehr lebt.«

Ihre Wangen hatten sich gerötet, ein Schweißfilm hatte sich auf ihre Stirn gelegt bei der Erinnerung an diese Szene.

»Er hat meinen Mann am Hemdkragen gepackt. Unser Geselle ist dazwischengegangen, bevor Schlimmeres passierte, und hat Uhlig rausgeworfen. Der gute Roman Treidel. Ich bin froh, dass wir … ich ihn habe, jetzt wo Carl nicht mehr lebt.«

»Und wie hat Ihr Mann auf den Angriff reagiert?«

»Carl hat unseren Anwalt, Herrn Seidel, informiert. Seidel hat Uhlig geschrieben, sollte so etwas noch einmal vorkommen, würde er eine richterliche Verfügung erwirken, die Uhlig untersage, sich meinem Mann zu nähern. 50 Meter Abstand sollte er einhalten.«

❄

»Dieser Uhlig könnte unser Mann sein«, meinte Peter Dahnken, nachdem alle zurück im Präsidium waren und Harry vom Gespräch mit Isabell Brodbeck berichtet hatte.

»Ja, nur haben wir nicht genug, um ihn vorläufig in Gewahrsam zu nehmen. Da macht der Zivilrichter nicht mit. Und selbst wenn, müssen wir Uhlig spätestens in 48 Stunden wieder gehen lassen. Außer wir finden Beweise, dass er Brodbeck erstochen hat«, gab Hölzle zu bedenken.

»Kann man nicht sein Haus durchsuchen? Vielleicht findet sich dort blutige Kleidung, oder so«, traute sich Nuray einzuwerfen.

Harry lächelte schief.

»So einfach ist das nicht. Auch dafür werden wir keinen Richter finden, der uns einen Durchsuchungsbeschluss ausstellt.«

»Wieso denn Richter? Ich denke, die Polizei geht dahin, wenn jemand verdächtig ist, und los geht's.«

»Na Gott sei Dank geht das nicht. Du, Entschuldigung, Sie sehen zu viel Krimis im Fernsehen«, brummte Hölzle. »Harry, du kannst ja die junge Dame mal aufklären.« Er sah auf die Uhr.

»Aber nicht jetzt. Es ist schon zu spät. Für Sie ist es Zeit, nach Hause zu gehen, Frau Toprak.«

Als die Praktikantin verschwunden war, nicht ohne ihren Unmut über die plötzliche Verabschiedung durch ein Zuknallen der Bürotür zu dokumentieren, fragte Hölzle Harry nach dem Auszubildenden der Bäckerei Brodbeck.

»Hast du schon mit dem Azubi gesprochen?«

Harry Schipper verneinte.

»Wollte ich morgen nachholen.«

Hölzle verdrehte die Augen.

»Wieso bist du nicht gleich hingefahren? Zeit genug hattest du doch.«

»Wahrscheinlich hat er seine hübsche Praktikantin lieber auf einen Cappuccino eingeladen«, flachste Peter.

»Sie trinkt nur Tee, Blödmann«, kommentierte Harry gereizt, »übernimm du doch das Mädel, mir geht die auf den Wecker. Quakte einfach dazwischen, als ich mit der Bäckerwitwe gesprochen hab, obwohl ich ihr gesagt habe, ich will, dass sie mucksmäuschenstill ist. Und ihren dämlichen Kaugummi hat sie einfach aus dem Auto gespuckt. Ich bin doch nicht ihr Kindermädchen, verdammt.«

»Huh, reg dich ab«, beschwichtigte Peter Dahnken seinen Kollegen.

»Okay, also du fährst morgen zu diesem Azubi, und du, Peter, kümmerst dich um die Anrufer, die sich wegen der Babykleidung gemeldet haben.«

Dahnken stieß die Luft aus.

»Wie viele sind's denn?«

»Bisher sind es 13. Da kommen vielleicht welche hinzu.«

»Bitte? Wieso das denn?«

»Die Sachen kommen aus einem Billigkaufhaus. Massenware«, Hölzle zuckte mit den Schultern.

»Harry, wer arbeitet noch in der Bäckerei außer diesem Treidel und dem Azubi?«

»Frau Brodbeck ist im Verkauf tätig, aber nicht jeden Tag. Dann gibt es zwei weitere Mitarbeiterinnen«, Harry zog ein Notizbuch hervor. »Danuta Michalski und Manuela Löwe. Hier sind die Adressen und Telefonnummern.«

»Gut. Dann machen wir Feierabend, Jungs. Ich muss was essen. Bis morgen.«

Mit diesen Worten schickte Hölzle seine Kollegen aus seinem Büro.

Auf dem Nachhauseweg erreichte ihn ein Anruf von Sabine Adler-Petersen.

»Lust, was essen zu gehen? Ich sterbe vor Hunger, und alleine kochen will ich nicht«, überraschte sie ihn.

»Gern. Aber nicht zum Griechen, wenn's geht.«

»Gut. Such dir was aus.«

»Dann zum Inder in Findorff. Von dort kann ich zu Fuß nach Hause gehen.«

»War mir klar, dass du's dir wieder bequem machst«, frotzelte Sabine. »Aber, gut, wir sehen uns dort. Ich reserviere uns einen Tisch. Halbe, dreiviertel Stunde?«

»Schaff ich. Bis gleich.«

40 Minuten später saß Hölzle umgezogen an einem Zweiertisch in einer ruhigen Ecke und stöberte in der Speisekarte. Wie immer fiel es ihm schwer, sich zu entscheiden. Vielleicht konnte er Sabine überreden, dass sie eine Variation dieser verdammt leckeren Vorspeisen nahmen und sich ein Hauptgericht teilten. Mengenmäßig reichte das dicke. Als der Kellner an seinen Tisch kam, bestellte Hölzle sich ein Wasser und einen Rotwein.

Er dachte an seinen vergangenen Sommerurlaub, den er am Bodensee verbracht hatte. Zuerst war er ein paar Tage in Straßburg bei seiner Schwester gewesen und von dort weiter nach Konstanz gefahren. Dort war er auf die interessante Anzeige einer Agentur gestoßen. ›Dinner in private‹ vermittelte Gäste an Hobbyköche. Spontan hatte er beschlossen, sich dort zu melden und zwei Tage später einen wunderbaren Abend in einer tollen alten Villa in Litzelstetten verbracht. Die Hausbesitzerin und Köchin, Malie Abendroth, war mütterlicherseits Thailänderin und stammte ursprünglich aus Bremen, wie sich im Laufe des gemütlichen Abends herausgestellt hatte. Gekocht hatte sie göttlich, es gab diverse thailändische und indische Köstlichkeiten, und Hölzle bedauerte, dass zwischen Konstanz und Bremen 800 Kilometer lagen. Immerhin hatten sich Malie und er versichert, in Kontakt zu bleiben, und sollte sie in Bremen sein, um ihre Mutter zu besuchen, würde sie sich melden.

Wahrscheinlich kommt die Malie an Weihnachda noch Bremen, ond i fahr zu meiner Schweschter. Subber, dachte Hölzle, der die hübsche Malie auf Anhieb gemocht hatte. Außerdem hatte sie ihm versprochen, die ganze Geschichte, in die sie samt ihrer Freundin Lioba* hineingeraten war, ihm in aller Ruhe zu erzählen.

Plötzlich schlangen sich zwei schlanke Arme um seinen Hals, und ein Küsschen wurde ihm auf die Wange gedrückt. Sabines Parfum stieg ihm in die Nase, ein warmer, holziger Duft mit einem Hauch Zitrone. Sehr angenehm.

»Sorry, hab's doch nicht ganz pünktlich geschafft«, sie löste sich von ihm und setzte sich gegenüber.

»Was soll ich dazu sagen? Seid ihr Frauen jemals pünktlich?«, stichelte Hölzle. Seine Augen blieben liebevoll an Sabines markantem Gesicht hängen. Auch an ihren langen, wohlgeformten Beinen, die in einer Röhrenjeans und hohen Stiefeln steckten, konnte er sich nicht sattsehen. Schon Christiane hatte, wie es ihm schien, außerordentlichen Wert auf ihre Kleidung gelegt. Aber Sabine war im Vergleich zu Christiane das reinste Supermodel. Zu ihrer eleganten Jeans trug sie eine eisblaue Jerseyjacke, die durch ihre farblich abgesetzten Seiteneinsätze ihre schmale Taille noch mehr betonte.

»Das Warten hat sich auf jeden Fall gelohnt, du siehst klasse aus.«

---

* Ausgerottet – der erste Fall für Malie Abendroth und Lioba Hanfstängl

Sabine quittierte das Kompliment mit einem Luftküsschen.

»Schönen Dank. Woran hast du gerade gedacht, als ich kam? Du schienst meilenweit weg zu sein.«

Sie nahm die Speisekarte und studierte sie.

»An den Bodensee. Vielmehr an dieses Dinner, von dem ich dir erzählte.«

Sabine sah auf, ihre bernsteinfarbenen Augen funkelten, ihre Lippen umspielte ein mokantes Lächeln.

»Wohl eher an die Köchin.«

»Auch daran«, gab er zu. »Wollen wir Pakoras und Samosa nehmen und uns ein Thaligericht teilen?«, wechselte er das Thema.

»Von mir aus gern«, sie blätterte weiter in der Karte, »dann nehmen wir aber die Nummer zwei von den Thalis. Hast du schon was zu trinken bestellt?«

Ihre Frage beantwortete sich von selbst, denn gerade kam der Kellner mit einer großen Flasche Wasser, einem Glas dazu und einem Glas Rotwein an den Tisch.

»Was ist das für ein Wein?«, wollte Sabine wissen.

»Merlot«, antwortete Hölzle.

Sabine sah zu dem Kellner auf.

»Ich nehme dann auch einen Merlot, bitte. Und ein weiteres Glas für das Wasser.«

»Bringe ich Ihnen gleich. Haben Sie was zu essen ausgesucht?«

Der Mann zückte einen kleinen Block und einen Kugelschreiber.

Hölzle gab die Bestellung auf und wandte sich wieder seinem Gegenüber zu.

»Gibt's noch was zu der Leiche des Bäckers?«

»Rotenboom hat mit seiner Mannschaft ein schweres gusseisernes Backblech gefunden, an dem Haare von Carl Brodbeck klebten. Das hat ihm der Mörder wohl über den Schädel gezogen, bevor er zugestochen hat. Passt jedenfalls schön zu meinem Befund.«

Der Kellner brachte Sabines Wein und ein weiteres Glas, welches Hölzle mit Wasser füllte. Als der Kellner weg war, stießen Sabine und Hölzle an.

»Fingerabdrücke?«, fragte Hölzle, nachdem er den Wein gekostet hatte.

»Ja. Natürlich die von Brodbeck selbst und weitere, die Markus noch abgleichen muss. Wer arbeitet denn alles in dieser Bäckerei?«

Hölzle hob die rechte Hand und zählte an den Fingern ab.

»Roman Treidel, der Geselle, dann gibt es noch einen Azubi, zwei Bäckereifachverkäuferinnen und Frau Brodbeck selbst. Der Geselle war schon zur Aufnahme seiner Aussage da. Von ihm haben wir einen Satz Fingerabdrücke, die Markus dann haben kann.«

Die Vorspeisen kamen, und beide genossen die in Kichererbsenmehlteig gewendeten Auberginenscheiben und die mit Gemüse gefüllten Teigtaschen. Hölzle liebte die dazu servierte Joghurtminzsauce, Sabine bevorzugte das Mangochutney.

»Das Messer haben die Kriminaltechniker übrigens nicht gefunden.«

»Schade, wäre zu schön gewesen.«

»Dafür gibt es Metallspuren an der fünften Rippe. Das Messer ist an ihr entlanggeschrammt und hat eine ordentliche Kerbe hinterlassen. Die Klinge hat mit

Sicherheit etwas abbekommen. Was bedeutet, dass die Materialwissenschaftler versuchen können, die genaue Zusammensetzung der Klinge herauszubekommen. Und dann können wir sogar die Herstellerfirma eruieren.«

Die Bedienung räumte die leeren Teller weg, fragte nach, ob es ihnen geschmeckt hatte, was beide begeistert bestätigten.

»Und wie weit seid ihr? Schon irgendeinen Verdächtigen?«

Sabine trank einen großen Schluck Wein.

»Der ist ganz lecker. Ich glaub', ich bestell mir später noch ein Glas.«

»Du musst noch fahren«, erinnerte Hölzle sie sanft. »Es gibt einen Vater, dessen Kind durch Brodbecks Klaben umgekommen ist«, beantwortete er Adler-Petersens Frage. »Der Kleine war Allergiker und der Klaben falsch verpackt. Ohne Mandeln, soll auf der Verpackung gestanden haben, dem war aber nicht so. Armer Kerl. Uhlig, so heißt der Mann, hat eine Klage gegen Brodbeck angestrengt, weil seine Frau nach dem Verlust des Kindes eine Depression entwickelt hat und nicht mehr arbeiten kann.«

Das Essen kam, und beide griffen herzhaft zu.

»Und was hat dieser Uhlig davon, wenn er den Bäcker umbringt? Sein Kind wird davon nicht lebendig und die Frau nicht aus ihrer Depression herauskommen. Im Gegenteil, wenn er's war, geht er hinter Gitter, und seine Frau kann dann bis in alle Ewigkeit in Behandlung bleiben«, überlegte Sabine laut und nahm sich einen Löffel des wunderbar aromatischen Beef Korma.

»Hab ich mich auch schon gefragt. Aber du weißt nie,

was in einem Menschen vor sich geht. Im Moment ist er jedenfalls unser einziger Verdächtiger. Er soll Brodbeck auch angegriffen und bedroht haben, hat Harry erzählt.«

Sie unterhielten sich noch eine Zeit lang über den Fall, und Sabine bestellte, nachdem sie die kleinen Schüsselchen leergeputzt hatten, ein weiteres Glas Wein. Hölzle hob vorwurfsvoll die Augenbrauen.

»Jetzt guck nicht so. Mit zwei Gläsern Wein darf ich vielleicht nicht mehr fahren, aber zu Fuß gehen kann ich noch gut«, reagierte Sabine darauf mit einem unschuldigen Augenaufschlag.

»Von hier bis zu dir nach Hause? Na dann viel Spaß bei deiner Nachtwanderung. Nimm doch lieber die Straßenbahn. Dauert zwar auch, aber ist auf jeden Fall schneller.«

Sabine hatte sich letztes Jahr ein Haus im Stadtteil Borgfeld gekauft, und von Findorff bis dahin waren es zu Fuß etwa neun Kilometer.

»Wer hat gesagt, dass ich bis nach Borgfeld will?«

Sie hob ihr Glas und prostete ihm zu.

Hölzle kapierte endlich, worauf sie hinauswollte.

»Und du meinst, du kannst einfach so bei mir übernachten? Ich bin doch kein Hotel.«

»Aber, ein guter Freund vielleicht?«

Sie setzte eine Unschuldsmiene auf.

»Ja, bin ich«, gab er genau so unschuldig zurück. Dann grinste er maliziös. »Aber dafür lädst du mich heute ein.«

Er winkte dem Kellner, der wenige Minuten später mit der Rechnung kam, die Sabine widerspruchslos bezahlte.

»Lass uns gehen«, sagte sie und griff nach Hölzles Hand.

RÜCKBLENDE

Wütend warf sie ihr Mathebuch an die Wand. Der Wurf war so kräftig, dass der Rücken des Buches brach und eine Schramme an der Raufasertapete hinterließ. Klasse Wurf. Finja Evert war stolz auf ihre Arm- und Beinmuskeln, die sich im Laufe der Jahre harten Trainings entwickelt hatten. Nicht umsonst war sie Mannschaftskapitänin der weiblichen A-Jugend des Bremer Hockeyclubs. Finja träumte von den Olympischen Spielen. Irgendwann wäre sie im Nationalkader, dann die Weltmeisterschaften und dann Olympia. Vielleicht schon 2020 in Tokio. Dann wäre sie 19. Nicht die erste Sportlerin, die in diesem Alter eine Medaille gewonnen hatte.

Versonnen kritzelte sie wiederholt die fünf ineinander verschlungenen Olympischen Ringe auf das karierte Blatt. Wer brauchte dazu schon Stochastik. Allein dieses Wort. Das blieb einem regelrecht im Hals stecken, außer man war Schweizer. Und es war nichts anderes als Wahrscheinlichkeitsrechnung, hörte sich nur eleganter an, aber auch das nutzte ihr wenig. Finja verstand einfach nur Bahnhof. Das Einzige, was wirklich wahrscheinlich war, war die Tatsache, dass sie das Schuljahr wiederholen musste, wenn ihre Mathenoten nicht bald besser wurden. Und nicht nur die Mathenoten. Auch in Physik und Chemie stand sie ziemlich auf der Kippe.

Konnten die sich nicht klarer ausdrücken? Zehnmal hatte sie den Satz gelesen und absolut null verstanden.

›Der Binomialkoeffizient ist eine mathematische Funktion, mit der sich eine der Grundaufgaben der Kombinatorik lösen lässt. Der Binomialkoeffizient gibt an, auf wie viele verschiedene Arten man k Objekte aus einer Menge von n verschiedenen Objekten auswählen kann. Der Versuch wird dabei ohne Zurücklegen und ohne Beachtung der Reihenfolge durchgeführt.‹

Das Mädchen seufzte, hob das Buch auf und strich die Seiten glatt. Wenn sie schon diesen einleitenden Satz nicht kapierte … Frau Bömermann machte es sich wirklich zu einfach. Sie erklärte die Sache einmal, und wer dann nicht zugehört hatte oder zu doof war, gleich zu verstehen, was gemeint war, hatte eben Pech gehabt.

»Leute, wir müssen mit dem Stoff durchkommen. Wozu haben wir die Lehrbücher. Lesen Sie nach. Lesen können Sie ja Gott sei Dank. In Ihren Büchern steht alles drin, was Sie wissen müssen.«

Finja hatte bei dieser Ansage leise vor sich hin gemault, warum man die Alte überhaupt noch auf die Schüler loslassen würde, und die Bömermann hatte es prompt gehört. Taub war die offenbar nicht.

»Finja, es ist mir ein Rätsel, dass Eltern so unterschiedlich mathematisch begabte Kinder haben können. Aber vielleicht springt der Funke auch noch bei Ihnen über. Ihr Bruder hat das alles«, sie kreiste mit den Armen wie die Rotorblätter eines Hubschraubers, »aufgesaugt wie ein Schwamm.«

Gut, dann würde sie den Schwamm mal auspressen.

Finja liebte und bewunderte ihren Bruder abgöttisch. Fabian war vier Jahre älter als sie und studierte an der Hochschule Architektur. Es gab kein Fach, in dem Fabian in der Schule nicht geglänzt hatte. Er hätte alles studieren können. Auch sportlich war ihr Bruder ein Ass. Im Augenblick belegte er Platz 51 der Rangliste des deutschen Tennisbundes. Sein Aufschlag war der reinste Hammer. Wenn Fabian einem den Ball zwischen die Augen hauen würde, würde der Gegner flach auf dem Boden liegen und erstmal nicht wieder aufstehen. Ein Aufschlag wie einst Boris Becker, das war zumindest Finjas Eindruck.

Finja nahm ihr ramponiertes Buch, klebte mehrere gelbe Post-it-Zettel auf verschiedene Seiten, deren Inhalt ihr Rätsel aufgab, und stürmte aus dem Zimmer.

»Fabi, Fabi, Hilfe, hast du kurz Zeit für deine doofe Schwester?«, brüllte sie durchs Haus.

Fabian hatte im Dachgeschoss seine kleine eigene Wohnung, und wenn er die Musik laut gestellt hatte, hörte er meist kein Wort von dem, was unter ihm vor sich ging. Doch heute war von oben nichts zu hören. Sie stieg die Treppe hinauf, zwei Stufen auf einmal nehmend, und klopfte vorsichtshalber an der Zimmertür an. Man wusste ja nie. Sie grinste in sich hinein.

Fabian sah auch noch klasse aus. Wenn ihre Freundinnen da waren und sich ihr Bruder mal blicken ließ, bekamen Marlena und Zoe ganz glasige Augen. Was sie ihm natürlich stolz berichtet hatte. Ihr Bruder hatte aber nur genervt mit den Augen gerollt, denn für Fabian gab es nur die eine: Vanessa.

So richtig konnte Finja ihren großen Bruder nicht

verstehen. Vanessa Brodbeck, der Name war schon die reinste Langeweile. Und so sah Nessi ihrer Meinung nach auch aus. Langweilig. Finja fand diese Abkürzung des Namens äußerst passend und genial, denn wie Nessi aus dem berühmten schottischen See sah Fabians Freundin auch aus: ihre blonden Haare, die Finja an hellen Schlamm erinnerten, Krokodilsaugen, und irgendwie war sie altmodisch. Vanessa war zwei Klassen über ihr und machte im nächsten Jahr Abitur. Es war Finja ein Rätsel, wie dieses Mädchen sich ihren Bruder geangelt hatte. Aber egal, Hauptsache, Fabian war glücklich.

Als Finja keine Antwort erhielt, öffnete sie vorsichtig die Tür einen Spalt und lugte in das große Wohn-Schlafzimmer mit der kleinen Kochnische. Ihr Bruder war nirgendwo zu sehen.

»Fabi, bist du im Bad?«

Keine Antwort.

Wo steckte er denn? Noch vor einer halben Stunde hatte sie geglaubt, oben Schritte zu hören. Finja schloss die Tür und hüpfte die Treppe hinunter.

»Mama, wo ist Fabi?«, schrie sie in Richtung Küche.

»Keine Ahnung, aber wenn du ihn siehst, das Abendessen ist gleich fertig. Die Lasagne braucht noch zehn Minuten, du kannst schon mal den Tisch decken.«

Den letzten Satz hatte Finja schon nicht mehr gehört. Wenn er nicht oben war, musste er im Keller sein. Ihr Vater hatte für seine beiden sportbegeisterten Kinder einen Fitnessraum eingerichtet, wo sie in Ruhe am Aufbau ihrer Muskeln und an ihrer Kondition arbeiten konnten. So häufig nutzte Finja den Raum nicht, trainierte lieber mit ihren Teamkolleginnen zusammen im

Kraftraum des Clubs; aber wann immer es Fabians Zeit erlaubte, powerte er sich dort unten aus.

»Hey, Bruder, lass gut sein, dein Body ist stramm genug. Mama hat gesagt, das Essen ist gleich fertig, Lasagne mmhhh.«

Ungestüm wie es ihre Art war, riss Finja die Tür auf und blieb abrupt stehen. Wie ein Besessener schlug Fabian auf den Sandsack ein, der von der Decke baumelte. Seine Handschuhe hingen an der Wand, und er trommelte mit bloßen Fäusten auf den schweren Sack ein. Schon von der Tür aus konnte Finja erkennen, dass Fabians Knöchel blutig waren. Bei jedem Schlag auf den plumpen Gegner entrang sich Fabians Kehle ein Schluchzen. Fast hätte sie sich einfach stumm umgedreht, um wieder nach oben zu gehen, um zu vergessen, was sie gerade gesehen hatte. Doch trotz ihrer Verstörung blieb sie. Was war nur mit Fabian los? Leise, beinahe im Flüsterton fragte sie: »Fabi? Fabi? Alles in Ordnung mit dir?«

Ihr Bruder gab keine Antwort, wahrscheinlich hatte er sie weder gehört noch bemerkt. Er schlug nur noch härter auf den Sack ein. Schweiß lief ihm in kleinen Rinnsalen über das Gesicht, mischte sich mit den heißen Tränen. Finja kannte nur einen Grund, warum man in diesem Alter so unglücklich sein konnte. An seinen Ergebnissen im Sport oder im Studium konnte es nicht liegen. Misserfolge – wenn sie überhaupt bei Fabian mal vorkamen – tat er mit einem Lächeln ab. Hier steckte etwas ganz anderes dahinter.

Eine Frau. Vanessa. Hatte die Kuh mit ihm Schluss gemacht? Phhh, Fabian konnte sich doch glücklich schätzen, wenn er die los wäre. Es standen doch schon die nächsten Weiber im Startloch und scharrten mit den Hufen, um sich an ihren Bruder ranzuwanzen. Und die hatten eine ganz andere Klasse. Zoe zum Beispiel sah verdammt gut aus. Ihre Freundin hatte sich schon längst in Position gebracht, um irgendwann Vanessas Nachfolge anzutreten. Es gab kaum jemand, der gehässiger über Fabians Freundin redete als Zoe. Zoe war wirklich ab und an so gemein, dass sogar Finja manchmal der Kragen platzte und sie sich genötigt sah, Vanessa zu verteidigen. Zoe wollte sogar einen fiesen Post auf Facebook hinterlassen, aber das hatte Finja zu verhindern gewusst. Egal, Vanessa gehörte offensichtlich der Vergangenheit an.

Leise drückte sie die schwere Tür wieder zu. Fabian hatte sie immer noch nicht wahrgenommen. Sollte er sich nur austoben und seinen ganzen Frust an diesem braunen Sandsack auslassen. Mit jedem Schlag würde Fabian Vanessa ein wenig mehr vergessen, dessen war sich Finja sicher. Die Mathearbeit stand erst in ein paar Tagen an, und wenn Fabian morgen wieder der alte wäre, konnte sie ihn immer noch mit ihren Fragen zur Scholastik, wie er es manchmal mit einem Augenzwinkern ausdrückte, nerven.

KAPITEL 5

Hölzle erwachte, weil er fror. Es dauerte kurz, dann wurde ihm klar, woran das lag. Sabine hatte es geschafft, sich komplett in die große Bettdecke einzurollen, und er hatte das Nachsehen. Sanft schubste er sie an. Mit einem widerwilligen Grummeln drehte sie sich ein Stück zur Seite, sodass er die Decke unter ihr hervorzerren konnte. Hölzle sah auf die Digitalanzeige seines Weckers. Sechs Uhr. In einer halben Stunde musste er aufstehen. Genüsslich kuschelte er sich in die warme Decke, lauschte Sabines regelmäßigen Atemzügen, versuchte wieder einzudämmern. Keine Chance. Sein Gehirn hatte bereits begonnen, auf Hochtouren zu laufen. Dieser Uhlig war zwar momentan der einzige Verdächtige, aber sollte sich ein Kellner oder Gast an ihn in irgendeiner Kneipe erinnern und bestätigen, dass sich Uhlig zum fraglichen Zeitpunkt zugedröhnt hatte, hätte er ein Alibi. Hölzle nahm sich vor, als Nächstes die anderen Angestellten aufzusuchen. Mal hören, was die so über ihren Chef zu berichten hatten. Wieder kam ihm der Klaben in den Sinn. Marthe. Hilke Maiers Geburtstagskaffee. Sollte er in diese Richtung ermitteln? Weil ein Weihnachtsgebäck komisch schmeckte? Auf jeden Fall sollte er das im Hinterkopf behalten.

Hölzle warf erneut einen Blick auf die Uhr und entschied, dass es an der Zeit war aufzustehen und zu duschen, einnicken würde er sowieso nicht mehr. Er schälte sich aus dem Bett, tappte barfuß im Dunkeln aus dem Schlafzimmer, schloss leise die Tür.

20 Minuten später saß er bereits bei seiner zweiten Tasse Kaffee und las den Weser-Kurier. Erdbeben, Flüchtlingskrise, Terroranschläge, politisches Verbalgemetzel, Steuerhinterziehungen im ganz großen Stil. Ein erster kurzer Bericht über den Mord an Brodbeck.

»Moin«, gähnte Sabine, die verstrubbelt und in seinen Bademantel gehüllt zum Tisch kam.

»Hast du zufällig ein frisches Handtuch für mich?«

Hölzle sah auf.

»Ja.«

»Kann ich eins haben?«

Sie nahm einen Schluck von seinem Kaffee.

»Unverschämt bist du gar nicht, oder? Mein Bademantel, mein Kaffee, meine Handtücher. Sonst noch was?«

Er machte ein finsteres Gesicht.

Sabine lachte leise, wuschelte ihm durchs Haar, drückte ihm einen dicken Kuss auf den Scheitel.

»Ich denk drüber nach.«

»Schau mal in den Schlafzimmerschrank. Unten rechts liegen Handtücher.«

Ein weiterer Kuss direkt neben sein rechtes Ohr, laut genug, um ihn zusammenzucken zu lassen. Er schob sie von sich.

»Komm, geh duschen oder auch nicht. Geh mit Gott, aber geh.«

Gespielt beleidigt drehte sie sich um, Hölzle gab ihr einen Klaps auf den Po. Er wusste immer noch nicht, woran er war. Wollte sie nun eine feste Beziehung oder nicht? Er beschloss, das Thema erstmal nicht anzuschneiden.

Nachdem er Sabine bei ihrem Auto abgesetzt hatte, war Hölzle zum Präsidium gefahren. Die anderen waren schon da, und nach der üblichen Teambesprechung fuhr er mit Nuray Toprak zu Danuta Michalski, eine der beiden Bäckereifachverkäuferinnen.

Frau Michalski war eine dralle kleine Person, ihre angegrauten, dünnen Haare hatten offenbar heute Morgen noch keine Bekanntschaft mit einer Bürste gemacht. Freundlich bat sie Hölzle und die Praktikantin in ihre kleine Küche, in der Spüle türmten sich Töpfe und Pfannen, eine Kaffeemaschine blubberte vor sich hin.

»Entschuldigen Sie bitte, wie es hier aussieht, aber ich bin immer noch geschockt und war nicht in der Lage aufzuräumen. Bitte nehmen Sie Platz.«

Hölzle zuckte mit den Schultern.

»Das stört uns nicht. Frau Michalski, arbeiten Sie jeden Tag in der Bäckerei?«

Er hatte sich auf einem der beiden Küchenstühle niedergelassen, Nuray hatte es vorgezogen stehen zu bleiben. Danuta Michalski setzte sich Hölzle gegenüber.

»Ja, ich arbeite seit zwei Jahren in Vollzeit, die Kinder sind groß genug. Früher habe ich nur stundenweise gearbeitet.«

»Wie lange sind Sie schon bei Brodbeck beschäftigt?«

»Fünf, sechs Jahre«, sie überlegte kurz, »ja, doch sechs Jahre sind es nun.«

»Wie war Ihr Verhältnis zu Carl Brodbeck?«, wollte Hölzle wissen.

»Och, was soll ich dazu sagen. Im Grunde ganz gut. Natürlich gab es immer mal Tage, wo er schlecht drauf war und man ihm nichts rechtmachen konnte. Ich war früher bei einer Bäckereikette beschäftigt, da war das Arbeitsklima deutlich schlechter und die Bezahlung auch.«

»Ist Ihnen in der letzten Zeit etwas Ungewöhnliches aufgefallen? Gab es beispielsweise Streit zwischen Roman Treidel und Ihrem Chef?«

»Nee, die beiden kamen ganz gut miteinander klar. Arbeiteten seit Jahren Hand in Hand. Mir ist nichts aufgefallen.«

Alles in allem förderte das Gespräch mit Danuta Michalski nichts zutage, was für die Ermittlungen relevant sein könnte, und Hölzle fuhr mit Nuray weiter zu Manuela Löwe, der zweiten Bäckereifachverkäuferin.

Die schlanke Mittdreißigerin bat die beiden herein und hieß sie ihm Wohnzimmer Platz zu nehmen. Selbstgemalte Kinderbilder hingen an einer Wand, das Radio dudelte leise, auf dem Wohnzimmertisch stand ein Adventskranz aus echten Tannenzweigen mit dunkelvioletten Schleifen und ebensolchen Kerzen.

Hölzle stellte ihr dieselben Fragen wie zuvor ihrer Kollegin. Als er nach Auffälligkeiten oder ungewöhnlichen Vorkommnissen fragte, überlegte die junge Frau kurz. Zuerst hatte sie den Kopf geschüttelt, nein da wäre nichts gewesen. Doch nach einem kurzen Moment des Nachdenkens erzählte sie von sich häufenden Beschwerden seitens der Kunden, Beschwerden über die mangelnde Qualität der Klaben.

»Zu Anfang waren es nur ein oder zwei, die meinten,

der Klaben schmecke nicht mehr so wie früher. Aber dann wurden es mehr.«

Nuray Toprak hatte von Hölzle den Auftrag erhalten, sich Notizen zu machen, und schrieb tatsächlich fleißig mit.

»Gab es sonst noch Vorfälle? Zum Beispiel Streitigkeiten, die sich schon vor längerer Zeit abgespielt haben?«

»Na ja, er hat den Azubi rausgeworfen beziehungsweise ihm gekündigt«, berichtete Manuela Löwe.

»Weswegen?«, Hölzle wartete gespannt.

»Offizieeell«, antwortete sie gedehnt, »weil Samir schon zwei Abmahnungen erhalten hatte. Er hat öfter die Berufsschule geschwänzt. Und dann kam er einmal nicht zur Arbeit, unentschuldigt versteht sich.«

»Und inoffiziell?«, fragte Hölzle, der die Zwischentöne sehr wohl registriert hatte, mit hochgezogenen Augenbrauen.

Manuela Löwe senkte ihre Stimme.

»Samir hat im Frühling versehentlich die falsche Verpackung gewählt. Wir stellen zweierlei Klaben her, mit und ohne Mandeln, wegen der Allergiker. Und unser Azubi hat dann unglücklicherweise die mit Mandeln in die Tüte gesteckt, auf der mandelfrei steht.«

Aha, hier gab es ein weiteres Motiv und damit einen weiteren möglichen Täter. Dass der Azubi schuld an den vertauschten Klaben war, war ihnen bekannt, aber dass er deswegen seinen Ausbildungsplatz verloren hatte, war dem Ermittler neu. Wieso hatte es bisher keiner für notwendig gehalten, ihm davon zu erzählen? Weder Roman Treidel, noch Isabell Brodbeck noch Manuela Löwes Kollegin hatten den Vorfall erwähnt.

»Ein Kind ist deswegen gestorben«, verriet Manuela Löwe, nicht wissend, dass Hölzle darüber bereits im Bilde war. »Das war einfach schrecklich. Samir hat sich solche Vorwürfe gemacht, er hatte die Verpackungen ja nicht absichtlich vertauscht. Auf jeden Fall gab es einen Prozess, mein Chef musste ziemlich viel bezahlen. Gleich am Tag nach der Verhandlung stürmte der Vater des armen Kindes in den Laden und hat Brodbeck am Kragen geschnappt und ihn angebrüllt. Wenige Tage später kam die Mutter des kleinen Jungen zu uns in die Bäckerei und hat schreiend rumgetobt. Entsetzlich. Sie war völlig hysterisch, und dann hat sie auf einmal aus ihrer Handtasche ein Messer gezogen, als mein Chef in den Verkaufsraum kam, um nachzusehen, was los war. So ein kleines Schälmesser.«

Sie räusperte sich kurz.

»Dann ist sie, also die Mutter des Kindes, plötzlich zusammengeklappt wie ein Taschenmesser, hat Heulkrämpfe bekommen, und ich habe die Polizei und den Notarzt gerufen.«

»Wissen Sie, was aus dem Auszubildenden geworden ist?«

Manuela Löwe schüttelte den Kopf.

»Nein, ich habe ihn seither nicht gesehen. Er hatte sich auch von niemandem verabschiedet, ich glaube, der Chef wollte das nicht. Der wollte ihn nur noch aus den Augen haben. Schade eigentlich, war ein netter Kerl.«

Hölzle bedankte sich bei Frau Löwe und verließ mit Nuray das Haus. Wenigstens hier war er an ein paar neue interessante Informationen gekommen.

»Haben Sie alles notiert?«, fragte er die Praktikantin im Auto.

»Ja, ja. Dieser Azubi könnte es auch gewesen sein, oder nicht?«

»Zumindest hätte er ein Motiv«, erwiderte Hölzle. »Allerdings liegt der Rausschmiss schon einige Monate zurück. Warum sollte er erst jetzt den Bäcker umbringen?«

Nuray Toprak wusste keine Antwort, was Hölzle auch nicht erwartet hatte. Zurück im Präsidium trug er Nuray auf, ihre Notizen ins Reine zu tippen und ihm dann vorzulegen. Damit er sie im Blick behalten konnte, ließ er sie in seinem Büro an einem Nebentisch sitzen.

Peter Dahnken hatte die Zeit damit verbracht, nach und nach die Leute zu kontaktieren, die sich auf den Artikel im Weser-Kurier wegen des Babys gemeldet hatten. Wie immer hatten sich viele Menschen gemeldet, denn das Aussetzen eines Babys schockierte die Leute, und jeder wollte etwas dazu beitragen, die ›Rabenmutter‹ zu finden. Und wie immer waren 99 Prozent der Hinweise völlig unbrauchbar. Sie wussten nach wie vor nicht, wer die Mutter war und wer es ausgesetzt hatte. Die einzig positive Nachricht war, dass sich die kleine Magdalena im Krankenhaus gut entwickelte.

Harry erschien mit einer Tüte noch warmer Franzbrötchen, die ihren köstlichen Zimtduft in Hölzles Büro verströmten.

»Hast du gewusst, dass Brodbeck seinen Lehrling rausgeschmissen hat?«, legte er ohne Begrüßung los.

»Ja, gerade vorhin erfahren. Hast du mit diesem Samir gesprochen?«

»Nein, ich habe mich mit Frau Brodbeck unterhalten, nachdem ich den Azubi nicht erreichen konnte. Wieso hat sie das nicht gleich gesagt? Das ist doch wichtig!«

Hölzle griff sich ein Franzbrötchen und biss hinein. Göttlich.

»Keine Ahnung, die war verständlicherweise komplett von der Rolle, als sie erfahren hat, dass ihr Mann nicht mehr lebt. Sie hatte ja auch kein Wort über die Uhligs verloren. Was hat sie denn dazu gesagt? Also, zu diesem Azubi, meine ich.«

Harry langte ebenfalls in die Tüte, legte seine Notizen auf den Tisch.

»Der Lehrling hatte wohl schon zwei Abmahnungen wegen unentschuldigten Fehlens bekommen. Als er dann noch mal grundlos wegblieb, hat Carl Brodbeck ihm gekündigt. Die letzten Wochen, in denen Samir …«, er sah in seinen Aufzeichnungen nach und biss nebenbei ein Stück von dem Franzbrötchen ab, »… Alavi noch gearbeitet hat, waren wohl ziemlich schwierig. Der junge Mann fühlte sich gegängelt, so hat sich Frau Brodbeck ausgedrückt, und ständig zu Unrecht behandelt. Was aber wohl nicht der Fall war, beteuert sie. Frau Brodbeck ließ aber auch durchblicken, dass sie schon im Vorfeld skeptisch gewesen war, als ihr Mann Alavi eingestellt hat.«

»Was ist dieser Samir Alavi denn für ein Landsmann?«, fragte Peter Dahnken.

»Stammt aus dem Iran, seine Familie ist schon vor Jahren nach Deutschland gekommen. Wieso, macht das einen Unterschied, woher er kommt?«

»Blödsinn, reines Interesse. Dachte gerade nur, ob es seine Herkunft war, die Frau Brodbeck störte.«

»Schoss mir auch durch den Kopf, sie vertritt nämlich die Auffassung, dass ein deutscher Lehrling sich wiederholte Fehlzeiten sicher nicht geleistet hätte.«

»Ja, klar«, kommentierte Hölzle sarkastisch. »Das hat mit der Arbeitseinstellung zu tun und nicht mit dem ethnischen Hintergrund.«

Er leckte sich die klebrigen Fingerspitzen ab.

»Kam es zu weiteren Auseinandersetzungen zwischen Alavi und Brodbeck?«

»Nein, laut Aussage von Isabell Brodbeck nicht.«

»Okay, bleib an diesem Samir Alavi dran, sieh zu, dass du ihn aufstöbern kannst.«

Das Telefon klingelte, und Hölzle hob ab.

»Ah, Frau Deuter«, offensichtlich war am anderen Ende die Staatsanwältin. »Oh, schau mal an. So, so. Vielen Dank!«

Er legte auf.

»Uhlig war wohl nicht der Einzige, mit dem Brodbeck vor Gericht gewesen ist. Er liegt auch im Clinch mit seinem Bruder, hat mir unsere Staatsanwältin gerade gesteckt. Ein Richter hat sie angerufen und ihr von einem Unterlassungsanspruch erzählt, den Brodbeck gegen seinen Bruder Stefan erwirkt hatte.«

»Holla, worum ging's da genau?«, fragte Peter und drehte sich dabei zu Nuray Toprak um, die immer noch ihre Notizen im Zweifingersuchsystem abtippte. »Wollen Sie eigentlich auch ein Franzbrötchen?«

»Nee, zu viele Kalorien«, lehnte sie ab, ohne vom Bildschirm hochzusehen.

»Carl hat die Bäckerei von seinem Vater geerbt und damit das alleinige Recht, die Bezeichnung Original-

Klaben nach Rezept von fünfzehnhundert-was-weiß-ich-wann-genau zu verwenden. Sein Bruder hat ebenfalls eine Bäckerei, in Syke übrigens, und er hat die Bezeichnung auch verwenden wollen, was ihm Carl per Gericht untersagt hat.«

»Besuchen wir Bäcker Nummer zwei, Heiner?«, grinste Harry.

»Aber hallo«, bestätigte Hölzle. »Bin gespannt, was der uns zum Tod seines Bruders und den Streitigkeiten mit ihm zu sagen hat.«

»Was bedeutet ›wir‹?«, grätschte Peter Dahnken dazwischen. »Dachte, du kümmerst dich um den Iraner. Also fahre ich mit dem Chef nach Syke zu dieser Bäckerei.«

»Ähm, sorry, ich bin fertig mit Tippen«, unterbrach Nuray das Gespräch, »kann ich mir irgendwo was zu essen holen? Obst oder so?«

Hölzle drehte den Kopf.

»Ja, sicher. Nicht weit von hier ist ein Supermarkt. In einer halben Stunde sollten Sie dann wieder hier sein.«

Nuray Toprak stand auf, schlüpfte in eine schwarze Jacke, die mit aufwendigen Applikationen besetzt war, und verschwand. Kaum war sie aus der Tür, bot Harry seinem Kollegen Dahnken an, sie könnten ja ›Stein-Schere-Papier‹ spielen, der Gewinner würde mit Hölzle fahren, der andere sich mit der Praktikantin darum kümmern, den Iraner aufzuspüren. Hölzle verdrehte nur die Augen, als Peter Dahnken sich auf das Spiel einließ.

»Wir spielen aber mit Brunnen, oder?«

»Logisch. Also los«, erwiderte Harry eifrig.

Nach dem zweiten Mal stand es eins zu eins, beim entscheidenden dritten Durchgang entschied sich Peter für den Stein, Harry formte mit der Hand einen Brunnen.

»Ha! Ich hab gewonnen! Dein Stein fällt in meinen Brunnen. Ich fahr mit Heiner!«

»Du wolltest die Schere nehmen! Ich hab genau gesehen, wie du im letzten Augenblick noch einen Brunnen gemacht hast. Du hast beschissen«, ereiferte sich Dahnken. »Und deshalb fahre ich mit nach Syke.«

»Stimmt gar nicht«, schmollte Harry und hob an, sich lautstark zu verteidigen, doch Hölzle fuhr dazwischen.

»Himmelherrgottnochmal, euch ist echt nicht mehr zu helfen. Da wirkt ja unsere kleine Praktikantin erwachsener als ihr. Harry kommt mit mir, Ende der Durchsage.«

Schipper streckte Peter mit einem unverschämten Grinsen die Zunge heraus, was dieser mit einem angedeuteten Stinkefinger quittierte.

»Harry, worauf wartest du noch? Nimm deine Jacke, wir fahren.«

Während Hölzle und Schipper nach Syke fuhren, verließ Nuray Toprak den Supermarkt mit einer Tüte Äpfel und einer Cola light. Nach ein paar Metern in Richtung Präsidium trat ihr ein Mann in den Weg und sprach sie an. Thorben Schmink wollte eigentlich zu Heiner Hölzle persönlich, um ihm ein paar Insiderinformationen abzuringen. Er wusste, dass dieser Gang wahrscheinlich vergebens sein würde. Aber steter Tropfen höhlt den Stein, hieß es doch. Als der Reporter das Mädchen erblickte, erschien es ihm wie ein Wink des Schicksals, ihr gerade jetzt über den Weg zu laufen. Die junge Frau war ihm schon am

Tatort aufgefallen. So wie sie behandelt wurde, lag für Schmink der folgerichtige Schluss nahe, dass es sich um eine Schülerpraktikantin handelte. Er war einer der ersten seiner Zunft gewesen, die im Schnoorviertel aufgetaucht waren, um über die mörderische Tat an Bäcker Brodbeck zu berichten. Das hübsche Mädchen hatte sofort Schminks Augen auf sich gezogen. Sie hatte etwas verloren ausgesehen und unschlüssig gewirkt, wie sie sich verhalten sollte, als sie am Eingang zur Backstube hinter der Polizeiabsperrung gestanden hatte. Als sie wenig später mit Schipper hineingegangen war, hatte es keiner großen Gehirnleistung bedurft, eins und eins zusammenzuzählen.

»Guten Appetit«, sagte er freundlich, als Nuray kräftig in einen rotglänzenden Apfel biss.

»Äh, danke«, antwortete sie irritiert und wollte schon an Schmink vorbeigehen.

»Darf ich Sie etwas fragen?«

Mit einem Lächeln, das Schmink selbst für unwiderstehlich hielt, berührte er sie sanft am Oberarm.

Nuray Toprak blieb stehen.

»Jaaa«, dehnte sie das Wort in die Länge, »kommt darauf an. Was wollen Sie denn wissen?«

»Sie machen ein Praktikum bei der Kripo, stimmt's?«

Nuray nickte, grub ihre weißen Zähne ein weiteres Mal in den Apfel.

»Sie sind mir gleich am Tatort aufgefallen. Wie kommt so eine hübsche junge Frau dazu, sich für so etwas Schreckliches wie Mord zu interessieren? Wollen Sie später mal zur Polizei?«

Nuray fühlte sich geschmeichelt, außerdem war der Typ gar nicht so unansehnlich für sein Alter.

»Nein, bloß nicht. Das Praktikum hat mir mein Onkel besorgt, viel lieber wäre ich zu einer Zeitung. Hat aber nicht geklappt. Ich möchte später gerne Journalistik studieren.«

Schmink freute sich ein Loch in den Bauch. Besser ging's ja gar nicht!

»Wirklich? Das ist ja fabelhaft. Bin selbst Journalist. Ich kann zwar nichts versprechen, aber wenn Sie mir ein paar, sagen wir mal Informationen aus dem Inner Circle liefern, dann rede ich mit meinem Chefredakteur. Bestimmt können Sie dann nach dem Abi – Sie schreiben doch sicherlich im kommenden Frühjahr das Abi, nicht wahr? – bei unserer Zeitung volontieren. Und wenn Sie an der Hochschule Bremen studieren, bestimmt nebenbei bei uns mitarbeiten. Was meinen Sie?«

Nurays feines Gesicht verzog sich zu einem strahlenden Lächeln. Heute war ihr Glückstag! In ihrem Kopf raste es. Nach dem Abi gleich ein Volontariat, bevor es dann im darauffolgenden Herbst ans Studieren ging. Und dann noch die Aussicht, nebenbei mitzuarbeiten! Hammer! Sie könnte schon so viele Erfahrungen sammeln. Wie hätte sie dieses Angebot abschlagen können. Nuray und Thorben verabredeten sich für später in einem Café im Viertel.

RÜCKBLENDE

Seit drei Tagen hatte sich Fabian nicht mehr blicken lassen. Weder zum Frühstück, noch zu einer sonstigen Mahlzeit. Nachdem er den Sandsack bearbeitet hatte, war er in seiner Wohnung verschwunden, hatte die Tür abgeschlossen und seine Musik auf volle Lautstärke gedreht. Es lief rund um die Uhr derselbe Titel. ›Lullaby‹ von The Cure. Finja hatte diesem Song noch nie etwas abgewinnen können. Das Lied war sooo düster. Uralt, aus dem Jahr 1989, da war sie noch nicht mal geboren gewesen. Und der Sänger sah zum Fürchten aus. Fabian hatte ihr das Musikvideo auf Youtube gezeigt. Sie hatte eine Gänsehaut bekommen, diese unheimliche Melodie, und dann der Typ, wie er da in seinem Bett lag und allmählich von einer Spinne eingewickelt wurde. Die dichten Spinnweben über seinem totenblassen Gesicht, die grellroten Lippen, die sich unter dem klebrigen, seidigen Netz bewegten. ›The spiderman is having me for dinner tonight …‹, was für eine grauenerregende Vorstellung. Sie hasste Spinnen, ja fürchtete die Tiere geradezu abgrundtief. Finja kam einfach nicht an ihren Bruder ran. Ihr Vater war nicht da, Wandern im Harz mit ein paar alten Freunden, und ihre Mutter hatte ebenso vergeblich an Fabians Tür geklopft. Er hatte überhaupt nicht darauf reagiert. Jetzt reichte es Finja.

Sie lud zwei belegte Brötchen und eine Tasse Tee auf ein Tablett und stellte es vor Fabians Tür ab. Dann hämmerte sie wild entschlossen los, traktierte mit Fäusten und Füßen das Holz, sodass das Werder-Emblem aus Blech, das an der Tür hing, nur so schepperte.

»Mach endlich dieses schreckliche Gedudel aus! Mach auf!!! Was ist los, verdammt noch mal? Rede mit mir!«

Fabian blieb hinter der Tür verschwunden. Die Musik wurde noch lauter. Und Finja schrie, wie sie noch nie geschrien hatte. Laut, schrill, aus vollem Hals, der schon nach kurzer Zeit so schmerzte, als hätte sie eine heiße Kartoffel verschluckt. Dann hockte sie sich vollkommen erschöpft schluchzend neben das Tablett, lehnte mit dem Rücken an der Tür. In der Wohnung wurde die Musik leiser, dann verstummte sie ganz. Der Schlüssel drehte sich im Schloss, und fast wäre Finja in das Zimmer gefallen, als Fabian die Tür mit einem Ruck öffnete.

Wortlos nahm er das Tablett hoch und stellte es auf seinem Esstisch ab.

»Komm rein.«

Müde und gebeugt wie ein alter Mann schlich er zu seinem Bett. Ein fürchterlicher Geruch herrschte in seiner Bude. Fabian schien seit drei Tagen die Klamotten, Boxershorts und T-Shirt, nicht gewechselt zu haben, und weder Seife noch Zahnbürste hatten offensichtlich Gnade vor seinen Augen gefunden. Seine dunkelbraunen Haare klebten fettig am Kopf. Finja kippte das Dachfenster, frische Luft drang in die miefige Wohnung. Wortlos nahm sie den Teebecher vom Tablett und hielt ihn ihrem Bruder, der mit angestellten Beinen, die Arme unterhalb der Knie verschlungen, auf dem Bett kauerte, unter die Nase.

»Trink was. Du siehst schon ganz verdorrt aus. Ohh Mann, nicht nur, dass du diesen alten Scheiß hörst, jetzt gleichst du schon diesem Typ in seinem Spinnenbett.«

Unter den Augen ihres Bruders lagen dunkle Schatten, seine Haut war aschfahl.

»Also, wenn es dir nur darum ging, diesem Zombie ähnlich zu sehen, dann hätten Haargel und dunkle Schminke ausgereicht. Hätte ich dir gerne zur Verfügung gestellt. Mitsamt einem roten Lippenstift.«

Wider Willen musste Fabian schmunzeln. Das war seine kleine Schwester. Sie schaffte es immer wieder, durch ihr freches Mundwerk die Leute zum Lachen zu bringen. Er klopfte neben sich auf das Bett und rückte beiseite.

»Setz dich. Was ich dir jetzt erzähle, geht Mama und Papa nix an. Hast du verstanden?«

Finja nickte ernst und setzte sich im Schneidersitz neben ihren Bruder und nahm seine Hand.

»Los, was ist so schlimm, dass du drei Tage nicht aus deinem Loch kriechst, stinkst wie eine alte Socke und nichts außer diesem beschissenen Lied hörst?«

»Das Lied ist nicht beschissen. Aber das spielt jetzt keine Rolle.« Er schluckte schwer. »Vanessa ist schwanger.«

Erst mal musste Finja das Gehörte verdauen, dann entfuhr ihr ein leises »Ach du Scheiße.«

Zu einer weiteren Reaktion war sie im Moment nicht fähig. In ihrem Kopf ging es drunter und drüber, ihre Eltern wären nun wirklich nicht begeistert, Großeltern zu werden. Und noch schlimmer, sie würde dann Tante. Wie alt hörte sich das denn an? Oh Gott, was würde Zoe dazu sagen? Und Marlena? Doch die beiden waren nun im Augenblick wirklich nicht das Problem.

»Wie das denn?«

»Was, wie das denn?«, äffte er sie nach und verdrehte die Augen. »Du weißt ja wohl Bescheid, wie das geht.«

»Witzig. Du weißt genau, was ich meine. Wie konnte das passieren? Was willst du jetzt machen? Nimmt die nicht die Pille?«

»Ich mach gar nix. Das Kind ist nicht von mir. Sehr wahrscheinlich.«

Finja schnappte nach Luft. Das war ja ein Ding. Da ließ sich diese Tucke schwängern, blöd wie sie war, und dann war Fabian nicht mal der Vater? Der blanke Wahnsinn!

»Soll das heißen, sie hat neben dir noch mit einem anderen rumgebumst? Das ist doch wohl ein schlechter Gag, oder?« Skeptisch betrachtete sie ihren Bruder.

»Schön wär's. Leider kein Witz. Sie war hier und hat mir alles gebeichtet. Dass sie schwanger ist, dass sie das Kind bekommen will, dass ich ziemlich sicher nicht der Vater sei.«

»Wer dann?«

»Samir heißt der, mit dem sie in die Kiste gestiegen ist. Der Typ ist Iraner. Hatte bei ihrem Vater 'ne Lehre gemacht, ist dann aber rausgeflogen. Also, insgesamt auch 'ne echt beschissene Situation für Vanessa.«

»Hast du sie noch alle? Hast du auch noch Mitleid mit der Schlampe? Erst betrügt sie dich nach Strich und Faden, und dann ist sie so behämmert, sich von dem Assi ein Kind machen zu lassen? Wie krank bist du denn? Du kannst von Glück sagen, dass sie dir nicht diesen Muslimbastard unterschiebt!«

Finja war vom Bett gesprungen und marschierte empört durch die Wohnung. Sie nahm ein Brötchen vom Tablett, biss hinein und warf es dann gezielt auf ein Foto von Vanessa, das auf einem kleinen Tisch neben Fabians Bett stand. Der Bilderrahmen fiel zu Boden, und das Glas zerbarst in winzige Stücke.

»Scheiße. Du hast ihr doch hoffentlich einen Arschtritt verpasst. So ein Dreckstück.«

»Finja, komm wieder runter. Natürlich ist Schluss mit uns. Aber irgendwie – keine Ahnung, ich weiß ja auch nicht. Was ist, wenn ich vielleicht doch der Vater bin?«

Fabian traten die Tränen in die Augen. Sofort war Finja bei ihm und nahm ihn kurz in die Arme, rückte dann von ihm ab und sah ihn eindringlich an.

»Fabi, schmink dir das ab. Wenn sie nur annähernd diesen Verdacht hätte, du könntest der Vater sein, wäre sie doch gleich mit Sack und Pack bei dir eingezogen und nicht hier aufgekreuzt, um dir rotzfrech mitzuteilen, dass sie mit einem anderen rumgemacht hat. Sei froh, dass du das billige Stück los bist. Meine Fresse, wie bescheuert muss man sein?«, wütend setzte sie ihre Schimpftirade fort.

»Du bist doch das Beste, was der jemals über den Weg gelaufen ist. Wie kann dieses Miststück einen anderen dir vorziehen, kapier ich nicht. Krank ist die, der hat doch einer ins Hirn geschissen. Du könntest fünf an jedem Finger haben, und diese Bitch macht mit einem *Iraner* Matratzengymnastik. Ich glaub's einfach nicht!«

Finja war vollkommen fassungslos. Da saß ihr heißgeliebter Bruder wie ein Häufchen Elend auf dem Bett, aß nichts mehr, sah aus wie ein Obdachloser und stank auch noch so; und das alles, weil ihm diese hirnamputierte Tusse, die ihn sowieso nicht verdiente, Hörner aufgesetzt hatte.

Alles, was Fabian dazu sagte, war: »Schwesterherz, du hängst zu viel mit Zoe rum. Deine Ausdrucksweise war auch schon mal gepflegter.«

»Kann sein. Ist mir egal. Los, jetzt iss was, geh duschen und komm aus dieser Höhle. Du wirst sehen, morgen sieht alles schon besser aus. Stell dir vor, du wärst wirklich der Vater! Dein Leben wär doch ruiniert. Und unsere Eltern würden die Oberkrise schieben. Lass uns 'ne Runde Tennis spielen, das bringt dich auf andere Gedanken. Ich lass dich auch gewinnen.«

Augenzwinkernd und grinsend knuffte sie ihn in die Seite.

»Na komm schon.«

Finja zog Fabian an beiden Händen vom Bett und schob ihn in Richtung Badezimmer.

»Ich warte unten auf dich. Und lass die Finger von dieser grässlichen Musik.«

KAPITEL 6

In der Bäckerei Brodbeck in Syke war kaum etwas los, als Hölzle und Harry ankamen. Sie fragten die Angestellte nach dem Inhaber und wurden nach nebenan geschickt. Der Chef wohne im angrenzenden Haus, sie sollten dort mal klingeln.

Stefan Brodbeck öffnete selbst und ließ die Kriminalbeamten, nachdem diese sich ausgewiesen hatten, herein. Im Vergleich zu seinem Bruder war Stefan drahtiger und größer, besaß nahezu volles hellbraunes Haar. In seinem Gesicht zeigten sich viele kleine rote Äderchen, die Haut insgesamt war grobporig, die Bindehaut, die seine braunen Augen umgab, sah ungesund aus. Stefan Brodbeck war offensichtlich dem Alkohol nicht ganz abgeneigt. Der Bäcker bat sie, im Wohnzimmer Platz zu nehmen, Harry und Hölzle wählten zwei sich gegenüberstehende Sessel, Brodbeck setzte sich auf das Sofa.

»Sie kommen sicher wegen meines Bruders. Ich kann es immer noch nicht fassen, dass er tot ist. Meine Schwägerin hat mich informiert, kaum einen Ton hat sie rausgebracht, war nur am Heulen.«

Langsam bewegte er seinen Kopf hin und her, um seine Fassungslosigkeit zu unterstreichen.

»Herr Brodbeck«, begann Hölzle, »Sie und Ihr Bruder Carl hatten Streit, wie wir bereits wissen, welcher vor Gericht mit einer Unterlassungsklage endete. Erzählen Sie uns bitte davon.«

Stefan Brodbeck stützte seine Ellbogen auf die Oberschenkel, vergrub sein Gesicht in den Handflächen, atmete tief ein und wieder aus. Dann hob er den Kopf und sah von einem zum anderen. Er erzählte von seinem Vater und dessen Rat, er, Stefan, solle lieber nicht das Bäckerhandwerk erlernen, wegen der jahrhundertealten Tradition, dass der Erstgeborene – also in diesem Fall sein Bruder Carl – Bäcker würde und so irgendwann das Rezept erbte. Sein Vater war streng, gerecht, aber auch sehr traditionsbewusst, ja fast fanatisch, was den letzten Punkt anging. Doch, er, Stefan, habe sich nicht von seinem Berufswunsch abbringen lassen, dazu liebte er das Backhandwerk zu sehr.

Leider war es in den letzten Jahren immer mehr mit seiner Bäckerei bergab gegangen, die Kunden legten immer mehr Wert auf Dinge aus Uromas Zeiten, wie Stefan es ausdrückte. Ein regelrechter Boom sei das. Klöppeln, Stellmacherei, Zinngießen, viele alte Handwerke fänden wieder regen Zuspruch, und die Handwerksmärkte wären immer gut besucht. Und so wäre es mit Lebensmitteln, hergestellt nach alten Rezepten, auch. Und die anderen, die das nicht interessierte, die dem Geiz-ist-geil-Motto folgten, gingen zum Discounter.

Hölzle nickte verständnisvoll.

»Wahrscheinlich brauchen die Menschen wieder mehr Traditionelles, nachdem Smartphones, iPads und Notebooks die Welt regelrecht überschwemmen. Sozusagen die Entdeckung der Langsamkeit«, sinnierte er.

Stefan Brodbeck lächelte schwach.

»Ja, ich glaube, Sie bringen es auf den Punkt.«

»Und dadurch kamen Sie auf die Idee, sich auch des alten Familienrezeptes, das Ihr Bruder geerbt hatte, zu bedienen. Um Ihre Backwaren mit dem Traditionsstempel zu versehen?«, fragte Harry.

»Na ja, so ungefähr. Meine Ware ist ja auch altes Backhandwerk, daran liegt es ja nicht. Aber haben Sie den Schuppen an der Ecke gesehen? Diesen Discounter? Der bietet Brot und Brötchen, Croissants und was weiß ich noch an. Gegen dessen Preise komm ich einfach nicht an. Wenn ich wenigstens etwas ganz Außergewöhnliches anbieten könnte, so etwas wie ein Klaben, dessen Rezept seit Hunderten von Jahren nicht verändert worden ist. Aber ich bin ja nicht im Besitz des Rezepts, ich wollte nur, dass Carl mir erlaubte, die Verpackung zu ändern.«

»Das müssen Sie uns erklären«, verlangte Hölzle.

»Ich bat ihn, mir zu erlauben, dass auf der Verpackung ›nach Originalrezept von 1593‹ stehen darf. Allein das hätte den Verkauf der Klaben schon gesteigert, ob sie nun nach altem Familienrezept gebacken wurden oder nicht«, erläuterte Brodbeck.

»Ist das nicht, wie sagt man gleich? Unlauter. Genau so sagt man«, wandte Harry ein.

Stefan Brodbeck winkte ab.

»Ach kommen Sie, ich glaube kaum, dass meine Zutaten in den Klaben so stark vom Originalrezept abweichen. Und mal ehrlich, denken Sie wirklich, die Kunden prüfen das nach? Pfff, im Leben nicht.«

»Kennen Sie denn das Rezept Ihrer Vorfahren?«, fragte Hölzle interessiert.

»Nein. Ich sagte ja schon, unser Vater war sehr traditionsbewusst. Das Ding lag in einem Bankfach, nur der Notar besaß den Schlüssel dazu. Das muss man sich mal vorstellen! Als unser Vater verstarb und das Testament eröffnet wurde, erhielt Carl den Schlüssel, konnte sich das Rezept ansehen, kopieren, und dann wurde der Wisch zurück in den Safe gelegt.«

Stefan klatschte sich selbst mit der flachen Hand an die Stirn, um deutlich zu machen, was er davon hielt.

»Hat Sie das getroffen, dass Ihr Vater nicht mit der Tradition gebrochen hat, nachdem beide Söhne Bäcker lernten und von dem Rezept profitieren hätten können?«, hakte Harry nach.

»Ach was, nein. Ich hatte damit kein Problem. Meine Bäckerei lief ja ganz gut, auch ohne das Rezept. Damals konnte ich nicht ahnen, dass sich die Zeiten derart ändern würden. Mein Vater ist seit 20 Jahren tot. Herzinfarkt mit 55. Schob noch Brote in den Ofen, klappte die Tür zu und zack, aus, Ende. So schnell kann's gehen«, Stefan Brodbecks Blick verschleierte sich, er schien weit weg zu sein.

Hölzle räusperte sich.

»Wie war Ihr Verhältnis zu Ihrem Bruder, nachdem er eine Unterlassungsklage gegen Sie anstrengte?«

Stefan zuckte mit den Achseln.

»Gut wäre übertrieben. Natürlich war ich erst stinksauer, wie Sie sich vorstellen können, aber irgendwie kamen wir mit der Zeit klar. Na ja, so gut es eben ging. Wir haben uns in den letzten Monaten kaum gesehen. Höchstens zu Familienfeiern, aber das war okay.«

»Wo waren Sie gestern zwischen zwei und fünf Uhr morgens?«, konfrontierte Harry ihn mit der Tatzeit.

Brodbeck stierte ihn an, gab keine Antwort.

»Herr Brodbeck, bitte beantworten Sie die Frage meines Kollegen«, Hölzle blieb ganz ruhig.

»In meiner Backstube, wie sonst auch«, die Stimme des Bäckers klang heiser, »glauben Sie, ich hätte …«

Hölzle beugte sich nach vorne, legte seine Hand auf Stefans Arm.

»Wir glauben nichts, wir müssen nur alle Personen im Umfeld Ihres Bruders befragen. Kann jemand bezeugen, dass Sie in der Bäckerei waren?«

Stumm schüttelte Stefan Brodbeck den Kopf und sah auf seine Füße, die in dunkelgrauen Filzpantoffeln steckten.

Während Hölzle und Schipper bei Stefan Brodbeck saßen, suchte Peter Dahnken gemeinsam mit der Praktikantin das Elternhaus von Samir Alavi auf. Eine gepflegte Frau mittleren Alters öffnete mit misstrauischer Miene die Haustür, als Peter Dahnken klingelte. Sie trug eine schwarze Hose, dazu einen hellgrauen, flauschigen Pullover, in ihren Ohrläppchen steckten kleine goldene Ohrringe.

Wenigstens scheint die Familie Alavi moderner eingestellt zu sein, und sie muss ihre Haare nicht unter einem Kopftuch verstecken, ging es Dahnken spontan durch den Kopf.

»Ja, bitte?«

Ihre Stimme klang warm und dunkel, eingefärbt mit einem starken Akzent. Hinter ihr kam ein etwa zehnjähriges Mädchen angelaufen, das nach der Hand der Mutter griff.

»Frau Alavi, nehme ich an. Mein Name ist Dahnken, ich bin von der Kriminalpolizei Bremen und würde gerne mit Ihrem Sohn Samir sprechen.«

Dahnken zückte nebenbei seinen Ausweis.

»Was wollen Sie von meinem Sohn?«

Die Frau blieb auf der Türschwelle stehen, bat die beiden nicht herein. Sie sagte etwas auf Farsi zu dem kleinen Mädchen, das sich daraufhin umdrehte und verschwand.

»Frau Alavi, ist Samir nun zu Hause oder nicht?«

»Erst sagen Sie mir, was er verbrochen haben soll.«

Dahnken hatte weder mit Widerstand gerechnet, noch damit, dass die Frau sehr gut Deutsch sprach. Man sollte eben keine Vorurteile haben, schimpfte er sich stumm.

»Also gut. Ihr Sohn wurde vor einiger Zeit von der Bäckerei Brodbeck entlassen. Wir wollten gerne mehr darüber erfahren und zwar direkt von Samir.«

»Es war nicht richtig von diesem Mann, Samir rauszuwerfen. Dass er wieder zu spät gekommen sein sollte, war nur ein Vorwand.«

Interessiert zog Dahnken die Augenbrauen hoch, auch Nuray zeigte Neugierde. Also hatte Manuela Löwe nicht übertrieben. Die Bäckereifachverkäuferin hatte ja genau dasselbe gesagt.

»Ein Vorwand wofür?«

»Weil mein Sohn sich mit diesem Mädchen eingelassen hat. Glauben Sie mir, weder mein Mann noch ich waren davon begeistert. Aber Samir wollte nicht auf uns hören.«

Dahnken wechselte das Standbein und hakte nach.

»Von welchem Mädchen sprechen Sie?«

»Vanessa. Vanessa Brodbeck.«

Wow, das war mal eine interessante Neuigkeit. Nuray Toprak stieß einen leisen Pfiff aus, woraufhin Dahnken ihr einen warnenden Blick zuwarf. Auch Frau Alavi musterte die Schülerin mit durchdringendem Blick.

»Ich frage Sie noch einmal, Frau Alavi: Wo ist Ihr Sohn?«

»Ich habe ihn seit Tagen nicht mehr gesehen. Samir ist erwachsen, er kann tun, was er will.«

Ihr Gesichtsausdruck strafte ihr Gesicht Lügen. Dahnken glaubte ihr zwar, dass Samir nicht zugegen war, doch dass dieser tun konnte, was ihm beliebte, war ihr definitiv nicht egal.

Er reichte ihr seine Karte.

»Rufen Sie mich an, wenn Sie ihn sehen. Bitte.«

Mit spitzen Fingern nahm Samirs Mutter die Karte entgegen, nickte und drückte die Haustür zu.

»Wieso haben Sie ihr nicht gesagt, dass der Bäcker tot ist?«, wollte Nuray wissen, als sie zum Auto gingen.

»Wozu? Dann hätte sie garantiert gleich dichtgemacht. So wissen wir nun, dass Samir eine Beziehung zur Tochter seines Chefs unterhielt. Vermutlich weiß Frau Alavi auch schon, dass Brodbeck tot ist. Über den Mord wurde bereits in den Nachrichten berichtet.«

»Und jetzt? Wird er zur Fahndung ausgeschrieben oder wie sich das nennt?«

Im Wagen wickelte sie einen Kaugummi aus dem Silberpapier und schob ihn in den Mund.

»In diesem Fall nennen wir es Aufenthaltsermittlung. Wir werden ihn offiziell zur Vernehmung vorladen, mehr können wir erstmal nicht tun.«

Peter Dahnken schnallte sich an, startete den Motor und fuhr los.

»Gott, ist das kompliziert. Kann man ihn nicht über Facebook oder so suchen?«

»Nein. Das würde ihn bloßstellen. Er ist Zeuge und kein entflohener Sträfling. Stellen Sie sich mal vor, die Polizei möchte Sie was fragen und sucht Sie über soziale Netzwerke! Da sind Sie gleich als Verbrecherin abgestempelt«, erklärte Peter. »Was würden Sie denn als Nächstes machen?«

»Hmm, keine Ahnung. Wenn dieser Samir nicht zu finden ist …«, sie überlegte kurz, dann fuhr sie aufgeregt fort. »Klar doch! Mit dem Mädchen reden! Und mit der Bäckersfrau!«

»Ganz genau, Nuray, ganz genau«, lobte Dahnken seine Beifahrerin und lenkte den Dienstwagen in Richtung Polizeipräsidium.

❄

Draußen bestimmte ein strahlend blauer Himmel das Wetter in Bad Gandersheim, die Sonne schien, und fast hätte man glauben können, mitten im Hochsommer zu sein. Wenn die Menschen draußen nicht so dick eingemummelt gewesen wären und der eisige Wind ihnen nicht rote Gesichter beschert hätte. Der Blick von ihrem Zimmer der Rehaklinik in den Park hätte nicht wunderschöner sein können, obwohl es spät im Jahr war. Die Bäume hatten ihr Laub verloren und standen wie riesige knorrige alte Männer, die mit ihren Ästen, die der Wind gründlich schüttelte, den Patienten in ihren Zimmern zuwinkten.

Doch Mareike Uhlig hatte keinen Sinn für die Schönheiten ihrer Umgebung. Sie starrte aus dem Fenster, ohne einen bestimmten Punkt im Auge zu haben. Ein kleiner Junge erregte ihre Aufmerksamkeit, der an den Händen eines älteren Mannes, vermutlich sein Großvater, zerrte, so, als wolle er ihn zum Aufstehen bewegen. Zwischen den Bäumen standen Bänke, auf denen sich ein paar Unverdrossene, die der Kälte trotzten, niedergelassen hatten. Der Mann, wahrscheinlich ein Reha-Gast wie sie, hatte es sich auf der Bank bequem gemacht, und sein Enkel zog und zerrte, mal mehr, mal weniger erfolgreich. Denn der Mann machte sich einen Spaß daraus, immer wieder ein wenig seinen Hintern zu lupfen, um sich dann wieder auf die Bank plumpsen zu lassen. Der Kleine quietschte vor Vergnügen, sein helles Lachen drang durch das gekippte Fenster in Mareikes Zimmer, setzte sich in ihren Ohren fest, folterte ihr Gehirn mit Erinnerungen.

Tobias. Niemals mehr würde sie seine Stimme hören, seine kleinen Finger in ihren Händen spüren, sein strahlendes Lachen sehen. Die Tränen schossen aus ihren Augen und liefen wie winzige Sturzbäche über ihr Gesicht, benetzten ihre Lippen, sodass sie das Salz darin schmecken konnte. Was sollte sie eigentlich hier? Sie nannten es Depression. Es war keine Depression, das wusste sie. Eine Depression konnte vergehen. Das hier nicht. Niemals. Diese unendliche Leere, dieses Gefühl, diese Gewissheit, dass ein Stück von ihr für immer verschwunden war. Verschwunden in einem schwarzen Loch, angefüllt mit Verzweiflung und Traurigkeit. Die Trauer würde immer bleiben, da konnten die Ärzte ihr noch so viel erzählen und sie von einer Reha zur nächsten schicken.

Sie werden sehen, eine andere Umgebung wird Ihnen guttun. Sie brauchen sich um nichts zu kümmern. Die Gesprächskreise stehen Ihnen jederzeit offen. Tauschen Sie sich aus mit anderen, die einen ähnlichen Schicksalsschlag erlitten haben. Reden wird Ihnen helfen. So etwas kann man alleine nicht verarbeiten. Das Therapiekonzept der Rehaklinik ist sehr gut, wirklich empfehlenswert. Das war die Meinung ihres Hausarztes. Aber nicht ihre.

Was sollte sie denen erzählen? Ihr Kind war tot, ihr geliebter Tobias. Erstickt, weil der Klaben in einer falschen Verpackung gesteckt hatte. Nie war ihr etwas entgangen, seitdem Bernd und sie wussten, dass Tobias allergisch auf alle Mandeln und verschiedene Nussarten reagierte. Kann Spuren von Mandeln oder Nüssen enthalten. Mit Adleraugen hatte sie auf allen Verpackungen nach diesem Hinweis gesucht, und wenn sie ihn entdeckt hatte, war schon das kleinste Krümelchen dieses Lebensmittels für ihren Sohn tabu. Aber dieser Klaben war falsch deklariert gewesen. *Frei von Mandeln und Haselnüssen*. Seitdem machte sie sich schwere Vorwürfe, nicht selbst zuvor ein Stück probiert zu haben, dann hätte sie bemerkt, dass in diesem Klaben Mandeln verarbeitet worden waren. Hätte… Aber sie hatte nicht. Und dann war es zu spät gewesen. Es gab keine Antworten auf ihre Fragen.

Am dritten Tag ihrer Reha hatte sie in der therapiefreien Zeit die Stiftskirche von Bad Gandersheim aufgesucht. Zu Hause ging sie selten in die Kirche, doch irgendwie hatte sie das Bedürfnis nach einer stillen Zwiesprache mit dem Schöpfer gehabt. Direkt vor dem schlichten Kreuz hatte sie sich hingesetzt und Gott stumm gefragt, warum Tobias hatte sterben müssen. Natürlich hatte sie keine Antwort bekommen. Auch nicht auf die Frage, warum dieser Bäcker die Arbeit seines Mitarbeiters nicht kontrolliert hatte. Man konnte doch einen Lehrling nicht einfach so schalten und walten lassen. Und welche Konsequenzen hatte es für die beiden gehabt? Keine großen jedenfalls. Eine Geldstrafe hatte dieser Bäckermeister bekommen. 150 Tagessätze à 50 Euro. Als ob man mit Geld den Verlust, den Bernd und sie erlitten hatten, wiedergutmachen könnte. Die Beerdigung, den Blumenschmuck und den kleinen hellblauen Sarg hatte Brodbeck auch bezahlt. Hellblau war Tobias' Lieblingsfarbe gewesen.

Mama, ich mag nur Schlumpfeis.

Mareike hatte das nicht gewollt, weil sie nie wieder etwas mit diesem Menschen zu tun haben wollte. Aber er war dazu verurteilt worden, die Kosten zu tragen. Ihr Mann Bernd hatte es etwas pragmatischer gesehen. Eine Beerdigung war teuer, und sie konnten das Geld gebrauchen. Als die Beileidskarte der Brodbecks gekommen war, hatte sie das Büttenpapier zerrissen. Und wenn die Brodbecks es gewagt hätten, zur Beerdigung zu erscheinen, hätte sie den ganzen Friedhof zusammengeschrien. Aber sie waren nicht gekommen. Zum x-ten Mal wünschte sie sich, sie hätte den Mut und die Kraft gehabt, Brodbeck das kleine Schälmesser ins Herz zu stoßen. Doch selbst wenn, hätte ihr das geholfen, ihre Trauer zu mildern?

Als Bernd dann damit anfing, Schmerzensgeld einklagen zu wollen, hatte sie noch nicht einmal mehr die Kraft gehabt, sich deswegen mit ihm zu streiten. Sie wollte von diesen Menschen kein weiteres Geld. Sie wollte einfach nur ihren Sohn zurück. Doch Bernd hatte ihr sanft und vernünftig erklärt, dass kein Weg daran vorbeiführe. Seit dem Tod von Tobias war sie nicht mehr in der Lage zu arbeiten. Und sie waren auf das zweite Gehalt angewiesen. Aber wie sollte sie mit diesem unsäglichen Schmerz, der sich in einer endlosen Spirale durch ihren Geist und Körper fraß, arbeiten? Das Herz war ihr herausgerissen worden; nein, sie wollte nur noch in Ruhe gelassen werden. Am liebsten wollte sie sterben.

Mareike Uhlig trocknete sich die Tränen ab. Der kleine Junge hatte es aufgegeben, seinen Großvater von der Bank ziehen zu wollen. Nun saßen die beiden einträchtig zusammen und beobachteten zwei Eichhörnchen, die sich zwischen den kahlen Ästen jagten. Die Wanduhr über ihrem Bett zeigte halb drei. Bald schon würde es dunkel werden. Der Tag heute war eine Ausnahme. Seit ihrer Ankunft in Bad Gandersheim war es bewölkt und grau gewesen, selbst ein paar Schneeflocken hatten sich auf den Weg gemacht. Doch es war noch zu mild gewesen, und kaum, dass sie die Erde berührten, waren sie schon wieder verschwunden.

Heute dagegen dieser strahlende, kalte Tag. Gleich würde Bernd kommen. Nicht, dass sie es unbedingt gewünscht hätte. Sie wusste ja, wie er sich abhetzen musste, die Zeit für sie zu finden. Alles war nun an Bernd hängen geblieben. Das Geldverdienen, der Haushalt, der Streit wegen des Schmerzensgeldes, die Versorgung ihrer Mutter.

Es klopfte an der Zimmertür. Das konnte nicht Bernd sein, dazu war es zu früh. Mareike Uhlig fuhr sich mit einer unbewussten Geste durch die Haare und stand auf.

»Ja? Herein.«

Die Tür öffnete sich und ihre Psychotherapeutin Frau Wirtz, die gleich am Aufnahmetag mit ihr gesprochen hatte, stand im Türrahmen.

»Frau Uhlig, darf ich reinkommen? Ich möchte etwas mit Ihnen besprechen.«

Fragend schaute Mareike die dunkelhaarige Mittvierzigerin an, zuckte dann mit den Schultern und wies auf den zweiten Stuhl, der neben dem Holztisch mit der künstlichen Orchidee stand.

»Frau Uhlig, wir haben Ihren Mann gebeten, es Ihnen nicht selbst zu sagen«, begann Henrike Wirtz, nachdem sich beide gesetzt hatten.

Mareike wappnete sich innerlich gegen einen neuen Schlag und hielt für einen Augenblick die Luft an.

»Ich muss Ihnen mitteilen, dass der Mann, den Sie für den Tod von Tobias verantwortlich machen, nicht mehr lebt. Der Bäcker, Carl Brodbeck, ist vor einigen Tagen tot aufgefunden worden.«

Mareike Uhlig entfuhr ein leiser Schrei, von dem sie selbst nicht sagen konnte, welche Emotionen er beinhaltete. Sie wollte etwas sagen, doch Frau Wirtz kam ihr zuvor.

»Bitte Frau Uhlig, lassen Sie mich weitersprechen. Sie haben so viel von dem Hass geredet, den Sie für diesen Mann empfinden, mehr als auf den Lehrling selbst. Dass

Sie ihm den Tod wünschten. Frau Uhlig, der Tod dieses Mannes, wird Ihren Schmerz nicht lindern können, glauben Sie mir. Ich bin sicher, dass Sie das auch wissen und schon viel darüber nachgedacht haben.«

Eindringlich sah die Psychotherapeutin ihre Patientin an, als sie fortfuhr. »Bitte kommen Sie nun aber dadurch nicht auf die Idee, Sie hätten mit Ihrem Wunsch zum Tod von Herrn Brodbeck beigetragen. Frau Uhlig, Sie werfen sich schon den Tod Ihres Sohnes vor. Ich möchte einfach, dass Sie das wissen und sich dessen bewusst sind, dass Sie weder Schuld an Tobias' Tod noch an dem des Bäckers tragen.«

»Aber was ist denn passiert? Hat er sich umgebracht?« Mareike Uhlig hätte noch vor ein paar Minuten geschworen, dass sie sich ob einer solchen Nachricht gefreut hätte. Doch ihr Inneres war leer. Nun hatte sie noch nicht einmal jemanden, gegen den sie ihren Hass richten konnte.

»Nein, Ihr Mann hat uns benachrichtigt, eigentlich wollte er es Ihnen selbst erzählen. Herr Brodbeck ist das Opfer eines Gewaltverbrechens geworden, wie Ihr Mann sagte. Man hat ihn Dienstagfrüh gefunden, da war er offenbar erst ein paar Stunden tot. Frau Uhlig, ich weiß, dass Ihr Mann Sie heute noch besuchen wird. Bitte versuchen Sie mit der neuen Situation ganz ruhig umzugehen. Wenn Sie Hilfe brauchen oder sich überfordert fühlen, dort steht das Telefon, rufen Sie mich an. Ich habe heute Nachtdienst und bin bis morgen früh um sechs in der Klinik. Die Nummer haben Sie ja am Aufnahmetag bekommen.«

Mareike Uhlig war während des Gesprächs aufgestanden, ein Unruhegefühl hatte sich ihrer bemächtigt.

Doch plötzlich wurde ihr schwindlig, und sie musste sich aufs Bett setzen. Zu viele beunruhigende Gedanken schwirrten durch ihren Kopf, die sie erst in Ruhe versuchen musste zu sortieren.

»Möchten Sie, dass ich noch bleibe, vielleicht, bis Ihr Mann kommt? Wir können gerne in mein Sprechzimmer gehen und uns dort unterhalten, wenn Ihnen das lieber ist.«

»Nein, danke, ist schon in Ordnung. Ich komme klar. Ich möchte jetzt alleine sein. Gehen Sie bitte.«

Henrike Wirtz verabschiedete sich. Mehr konnte sie im Moment nicht tun.

Als Bernd Uhlig zwei Stunden später in Mareikes Zimmer kam, saß seine Frau noch genauso auf dem Bett, wie Henrike Wirtz sie verlassen hatte.

»Du hast es schon gehört.« Es war weniger eine Frage als eine Feststellung. »Manchmal nimmt das Schicksal doch seinen gerechten Gang. Tausend Mal hab ich ihm den Tod gewünscht«, fuhr Bernd fort. »Mareike, was ist los? Sag doch was.«

Bis jetzt hatte seine Frau ihn weder begrüßt noch ein Wort an ihn gerichtet. Noch nicht einmal angesehen hatte sie ihn. Apathisch saß sie auf ihrem Bett, fixierte irgendeinen Punkt an der Wand.

»Die Sache mit dem Schmerzensgeld wird trotzdem weiterlaufen. Noch das eine Gutachten, und dann muss eben seine Alte blechen. Mareike, sag mal, hörst du mir überhaupt zu? Brodbeck ist tot, wenn das mal kein Grund zur Freude ist.«

Er setzte sich zu ihr, fasste sie sanft an den Schultern, zwang sie, ihn anzusehen.

»Tobias ist tot, und das alles«, sie machte ein vage Geste, die die ganze Klinik einschließen sollte, »bringt mir unser Kind nicht wieder. Das habe ich in den letzten Stunden endgültig begriffen. Warum sollte ich Freude empfinden? Noch nicht einmal mehr Genugtuung. Einfach gar nichts.«

Mareike Uhlig legte eine Pause ein, Bernd nahm nun ihre Hände in seine.

»Mareike, Brodbeck ist weg. Wir werden Schmerzensgeld bekommen. Vielleicht können wir, nicht heute und nicht morgen, aber irgendwann, wieder gemeinsam in die Zukunft blicken. Doch das wäre nie möglich, wenn dieser Mann noch leben würde. Also, sind wir dem Schicksal doch etwas dankbar, dass es die Welt von ihm befreit hat.«

Seine Frau entzog ihm ihre Hände und stand auf. Auf schwachen Beinen ging sie zum Fenster und lehnte ihre Stirn an das kühle Glas. Draußen war es endgültig dunkel geworden, die Äste, die von den Laternen beleuchtet wurden, glichen nun mahnenden, drohenden Riesenfingern. Als Mareike Uhlig weitersprach, war ihre Stimme tonlos geworden.

»Bernd, wo warst du, nachdem du mich hierher gebracht hast? Ich habe ich-weiß-nicht-wie-oft versucht, dich auf dem Handy zu erreichen. Ich hatte eine solche Panikattacke und wollte nur noch deine Stimme hören. Aber dein Handy war ausgeschaltet. Bitte sag mir die Wahrheit.«

Sie drehte sich zu ihrem Mann um, ihre Augen waren vor Furcht geweitet, kleine dunkle Seen in ihrem Gesicht.

»Ich hab Angst, Bernd. Was hast du getan?«

RÜCKBLENDE

»He, Samir aufwachen. Du musst zur Arbeit.«

Mos Pranken rüttelten unsanft an Samirs Schulter. Als dieser keine Anstalten machte, sich zu bewegen, riss Mo das Bettzeug, in das Samir sich hineinverkrochen hatte, weg. Die plötzliche Kälte ließ Samir erschrocken die Augen aufreißen. Mit einem Ruck zog er sich die Decke wieder über den Körper.

»Ich bin zu müde, ich geh heute nicht dahin«, maulte er, den Kopf in das Kissen vergraben.

»Nix da, lass dich nicht so hängen, Alter.«

Samir war nun schon seit einer Woche bei Mo untergekrochen. Es ging ihm verdammt schlecht, das war offensichtlich, aber bis jetzt hatte Mo nicht herausgefunden, was mit Samir los war. Und dabei waren sie doch beste Freunde. Es musste eine ziemlich schlimme Sache sein, wenn Samir es noch nicht einmal ihm erzählen wollte. Mos Eltern hatten nichts dagegen, wenn Samir mal über Nacht blieb, aber sie würden es nicht dulden, Mos Freund wochenlang zu beherbergen. Sein Vater traf schon immer fast der Schlag, wenn Samir seinen kleinen Teppich in Mos Zimmer ausrollte und gen Mekka betete. Wenn Samir zum Abendessen da war, hatte Mos Mutter wenigstens so viel Taktgefühl, keinen Schweinebraten auf den Tisch zu bringen. In einer Woche kamen die Eltern aus ihrem Skiurlaub im Tessin zurück. Zeit für Samir, bis dahin das Feld zu räumen.

»Komm schon, Mann, was ist denn überhaupt los? Seit einer Woche hockst du hier nur rum, flennst heimlich, wenn du denkst, ich krieg es nicht mit.«

Anfangs hatte Mo geglaubt, Samirs Eltern hätten ihn vor die Tür gesetzt, da er seine Ausbildungsstelle vor einiger Zeit verloren hatte. Er wusste, dass Samir von zu Hause Druck bekam, weil er sich nicht um eine andere Lehrstelle kümmerte. Momentan jobbte er in einem Supermarkt, um an ein paar Kröten zu kommen, aber das war es auch schon. Seit dem Rausschmiss war mit Samir kaum etwas anzufangen, er wirkte mal depressiv, mal missgelaunt, redete aber nicht, was ihm wirklich auf der Seele brannte. Gut, die Kündigung war schon ätzend gewesen, aber deswegen brauchte er sich doch nicht so hängen lassen. Bestimmt hatte das Ganze mit Vanessa zu tun. Garantiert. Doch bisher war Samir stumm wie ein Fisch geblieben, hatte lediglich kurz in sich hineingeschluchzt, wann immer Mo das Thema Vanessa angesprochen hatte.

»Ich weiß doch nicht wohin. Mein Vater macht mir dermaßen die Hölle heiß und das täglich. Ich kann grade einfach nicht mehr.«

Samir traten die Tränen in die Augen, und er zog die Bettdecke über den Kopf, als ob er sich vor dem, was ihm so zu schaffen machte, verstecken konnte. Mo verlor allmählich die Geduld. Er riss die Decke erneut herunter.

»Jetzt pass mal auf, Alter. Ich schlag dir einen Deal vor. Ich hab dich tagelang in Ruhe gelassen, du hast mein Kopfkissen vollgerotzt und den Weißweinvorrat meiner

Mutter fast auf null gesetzt, und das, obwohl du fünf Mal am Tag auf deinem kleinen Teppich rumrutschst. Also, jetzt spuck schon aus, was los ist. Wenn das, was du mir erzählst, wirklich so schrecklich ist, kannst du noch bis nächstes Wochenende bleiben. In der Zeit finden wir zusammen eine Lösung, egal was es ist. Was ist es also? Immer noch der Stress wegen der Lehrstelle, die der alte Arsch dir gekündigt hat, oder macht dir die Tussi das Leben schwer? Jetzt komm schon.«

Samir rührte sich nicht. Mo seufzte, dann musste er wohl hart bleiben, es war nur zu Samirs Bestem. Er drehte sich um und hatte schon die Hand an der Klinke, als Samir ihn zurückrief.

»Okay Alter, ich erzähl dir alles. Ich sitze im Moment in der größten Scheiße meines Lebens. Vanessa ist schwanger, das Kind müsste bald kommen.«

So, jetzt war es raus. Zumindest ein Teil der Story.

»Au, Samir, Mann. Das ist ja echt Scheiße! Und jetzt?«

»Keine Ahnung. Als Vanessa mir davon erzählt hat, war ich einfach nur fertig. Keine Ahnung, wie das passieren konnte. Ich dachte, sie nimmt regelmäßig die Pille. Aber das ist nicht alles.«

Wie ein kleines Kind zog sich Samir erneut die Decke über den Kopf.

»Himmel, jetzt langt's mir aber. Das ist echt Mist, aber was ist sonst noch?«

Eben noch hatte Samir mit den Tränen gekämpft und sich verkrochen, im nächsten Moment warf er die Decke auf den Boden und sprang aus dem Bett. War seine Stimme bis dahin jammervoll, so brüllte er jetzt aus Leibeskräften.

»Was sonst noch? Die Schlampe hat es nicht nur mit mir getrieben, sondern gleichzeitig mit ihrem angeblichen Ex! Und das sagt sie mir seelenruhig direkt ins Gesicht. Und dass sie nicht wüsste, wer von uns beiden der Vater des Kindes ist. Wahrscheinlich sei ich es! Hast du eine Vorstellung, was das für ein Scheißgefühl ist? Im ersten Moment stehst du voll unter Schock, und dann haut sie noch einen drauf, dass du endgültig aus den Latschen kippst. Ich stand da wie der letzte Vollidiot. Keine Ahnung, was sie sich dabei gedacht hat. Und dann ist sie einfach abgerauscht. Sie müsse nachdenken. Das hätte sie besser mal früher gemacht.«

»Und? Wie geht's jetzt weiter? Der andere ist doch Fabian, oder? Da würde sie sich mit dem Kind ja ins gemachte Nest setzen. Fabians Eltern haben Geld wie Dreck. Ohh, Mann, da sitzt du aber echt bis zum Hals in der Scheiße. Nicht nur womöglich ein Kind an der Backe, sondern auch noch eine Frau, die dich die ganze Zeit verarscht hat. An deiner Stelle möchte ich nicht sein.«

»Danke, so schlau bin ich auch. Was meinst du, was los ist, wenn meine Eltern das erfahren. Erst die Sache mit dem Rausschmiss und jetzt das.«

»Wann soll das Kind genau kommen?«

»Anfang Dezember oder so, also quasi in den nächsten Tagen. Meinst du, dass man bis dahin herausfinden kann, wer der Vater ist?«

»Keine Ahnung, war noch nie ein Thema für mich.«

Wider Willen musste Mo grinsen. »Frag doch *Google*, wie so was läuft. Du hast doch Zeit genug gehabt, dich drum zu kümmern. Wobei, jetzt kannst du auch warten, bis es da ist. Hast du überhaupt Kontakt zu ihr?«

Hilflos zuckte Samir mit den Schultern.

»Hast ja recht, aber irgendwie …, weiß auch nicht. Ich weiß überhaupt nichts mehr. Vanessa hat sich seither nicht mehr gemeldet.«

»Tja, Mann. Dann solltest du dich schnell um eine neue Ausbildungsstelle kümmern, wenn du bald zwei Mäuler zu stopfen hast, sollte sich herausstellen, dass du tatsächlich der Vater bist. Vielleicht nimmt dich Brodbeck ja wieder, wenn du ihn zum Großvater machst. So als kleines Dankeschön.«

»Manchmal kannst du ein echtes Arschloch sein. Aber das kannst du knicken. Der war doch sowieso voll dagegen, dass Vanessa und ich zusammen sind.«

Schwer ließ sich Samir auf das Bett fallen. Er stützte seinen Kopf in die Hände und starrte auf den Boden.

»Ich hab dir nie erzählt, warum der Alte mich wirklich rausgeschmissen hat. Er gibt mir die Schuld, dass ein kleiner Junge gestorben ist. Und irgendwie stimmt das ja auch.«

Samirs Stimme war nur noch ein Flüstern.

Einen Moment war Mo vollkommen sprachlos. Dann setzte er sich neben seinen Freund.

»Erzähl.«

Samir erzählte von den vertauschten Verpackungen, und Mos Augen wurden immer größer.

»Samir, natürlich ist das Scheiße, aber du hast es doch nicht absichtlich getan.«

»Fühl mich trotzdem schuldig. Deshalb hab ich mich auch kaum um die Fortsetzung der Lehre in einer anderen Bäckerei gekümmert. Die paar Bäckereien, die ich angeschrieben habe, haben mir sofort eine Absage erteilt.«

»Okay, Mann, kann ich verstehen. Du solltest aber wenigstens nach einer anderen Ausbildung Ausschau halten. So kann's ja nicht auf Dauer weitergehen. Im Supermarkt wirst du auch nicht grade die große Karriere machen. Hast du überhaupt ein Zeugnis von Vanessas Altem bekommen?«

Samir schüttelte den Kopf.

»Und wieso fragst du nicht den Bruder deines Chefs, ob du dort arbeiten kannst? Der hat doch auch 'ne Bäckerei, oder? Das hast du mir jedenfalls mal erzählt. Und du hast ihn ganz nett gefunden, als er mal in der Backstube gewesen ist. Jedenfalls umgänglicher.«

»Nein, ich fahr doch nicht jeden Tag bis Syke«, lehnte Samir den Vorschlag kategorisch ab. »Außerdem übernimmt der mich bestimmt nicht.«

»Ey, du bist doch echt bekloppt. Dann geh wenigstens zu Brodbeck, auch wenn's schwerfällt, und sag ihm, er soll dir ein Zeugnis schreiben. Und zwar ein ordentliches!«

Mo redete so lange auf seinen Freund ein, bis dieser ihm versprach, sich gleich morgen früh auf den Weg zu Brodbeck zu machen.

KAPITEL 7

Als Hölzle am nächsten Tag ins Präsidium kam, passte Hilke Maier ihn im Flur ab und hielt ihm den Weser-Blitz unter die Nase.

Brudermord in der Bäckerei?

Hölzles Blutdruck stieg allein schon bei der Schlagzeile auf ungesunde 170 zu 90. Beim Weiterlesen bildete sich eine steile Zornesfalte auf seiner Stirn.

Möglicherweise gibt es bereits Verdächtige im Mordfall des am frühen Dienstagmorgen tot aufgefundenen Bäckers. Der Bruder des Ermordeten ist selbst Inhaber einer Bäckerei, und seit Langem besteht ein schwelender Streit zwischen den Brüdern. Gegenstand des Streits ist ein Rezept zur Herstellung von Bremer Klaben. Der Ermordete hatte sogar eine Unterlassungsklage gegen seinen Bruder erreicht, der den Hinweis ›nach Originalrezept‹ nicht auf der Verpackung seiner Backwaren verwenden durfte. Nach unseren Recherchen ist der Hintergrund eine uralte Familientradition, seit 1593 wird das Klabenrezept nur an den Erstgeborenen weitergereicht. Sollte diese Tradition für solch ein Zerwürfnis zwischen den Brüdern gesorgt haben, die nun für einen von beiden tödlich ausging? Erinnert diese Geschichte nicht frap-

pierend an Kain und Abel – Brudermord wegen eines Lebensmittels?

Zudem war vor einigen Monaten ein Kleinkind nach Verzehr eines Klabenstücks aus der Bäckerei des ermordeten Bäckers verstorben. Der kleine Junge war hochgradig allergisch gegen Mandeln gewesen. Der gekaufte Klaben war mit dem Vermerk ›frei von Mandeln‹ versehen worden, sodass die Eltern arglos darauf vertrauten. Fatalerweise waren jedoch die Verpackungen der mandelhaltigen beziehungsweise mandelfreien Klaben in der Bäckerei durch den Auszubildenden vertauscht worden. Das Kind verstarb an einem anaphylaktischen Schock, die Eltern sind am Boden zerstört und kommen nicht über den Verlust ihres einzigen Kindes hinweg. In diesem traurigen Fall ist eine Schmerzensgeldklage gegen den Bäcker anhängig. Der Vater des verstorbenen Kindes soll in der Tatnacht in der Nähe der Bäckerei gewesen sein und hat laut unseren Quellen kein Alibi. Zudem ist der aus dem Iran stammende Bäcker-Azubi, der nach der Vertauschung entlassen worden war, verschwunden.

Der Weser-Blitz wird weiter nachforschen. Thorben Schmink.

»Dieser Schmink bringt mich noch an den Rand eines Herzinfarkts, verdammt noch mal!«, wetterte Hölzle, ließ Hilke Maier stehen, verschwand in seinem Büro und knallte die Tür hinter sich zu. Er riss eine Schublade seines Schreibtischs auf und nahm sich einen Schokoriegel heraus. Nervennahrung war das, was er jetzt brauchte. Gerade als er herzhaft seine Zähne in den Schokoriegel schlug, kam Harry in sein Büro.

»Moin, hast du schon den Weser-Blitz …«, Harry stockte, sah den Schokoriegel in Hölzles Hand und dessen ärgerliche Miene und zog den richtigen Schluss. »Ich sehe schon, du hast. Oh Mann, dieser Schmierfink geht einem aber auch echt auf den Sack.«

»Erzähl mir was Neues«, erwiderte Hölzle stinkig. »Die Frage ist nur, wo er diese Fakten so schnell ausgegraben hat. Wo ist eigentlich Frau Toprak?«

»Peter bringt sie für heute zu den Kollegen vom Wasserschutz«, ließ Harry seinen Chef wissen.

»Auch recht, wir zwei besuchen Frau Brodbeck und haken nach, was es denn mit der Liaison zwischen ihrer Tochter und dem Azubi auf sich hat. Und vor allem sprechen wir mit dem Mädchen selbst.«

Peter Dahnken hatte seine Kollegen gestern noch über das Gespräch mit Frau Alavi informiert.

»Haben wir eigentlich ein Foto von diesem Samir?«

»Peter kümmert sich drum, hat er gesagt. Wollen wir dann los?«

Hölzle nickte, griff ein weiteres Mal in seine Schublade, holte zwei Schokoriegel hervor und warf einen davon Harry zu, der ihn geschickt auffing.

»Danke, Master of mysterious crimes«, Harry verbeugte sich mehrfach ehrerbietig.

»Was für Drogen waren denn bei dir heute Morgen im Kaffee?«, fragte Hölzle schmunzelnd. »Ach, weißt du was? Ich will's gar nicht wissen. Was immer es war, die Wirkung gefällt mir gut. Nimm das Zeug ruhig regelmäßig.« Er tätschelte Harrys rechte Wange.

»Let's go my little slave.«

Isabell Brodbeck bat die beiden Kriminalbeamten herein, bot ihnen Kaffee an. Sie schien gefasster als bei ihrem letzten Treffen mit der Polizei. Die Papiertaschentücher waren verschwunden, frische Exemplare lagen allerdings bereit, um aus der Spenderbox auf dem Couchtisch herausgezupft zu werden.

»Frau Brodbeck«, begann Hölzle, »mein Kollege hat gestern mit der Mutter von Samir Alavi gesprochen. Sie vermutete, die Kündigung des Ausbildungsvertrages hätte einen anderen Grund als die Unpünktlichkeit ihres Sohnes.«

Isabell Brodbeck sah ihn irritiert an.

»Das verstehe ich nicht. Was meint sie damit?«

»Sie meint damit, dass ihr Sohn und ihre Tochter eine Beziehung hatten, die von Ihnen und Ihrem Mann nicht geduldet wurde«, setzte Harry die Frau ins Bild.

»Ach«, die Witwe des Bäckers winkte ab und gab seelenruhig einen halben Teelöffel Zucker in ihre Kaffeetasse. »Das ist so nicht ganz richtig. Der Junge war vernarrt in unser hübsches Mädchen, und natürlich schmeichelte ihr dies. Mein Mann hat Samir schon das eine oder andere Mal angemahnt, er solle besser seine Arbeit machen und nicht Vanessa hinterherlaufen. Aber mehr war da nicht.«

»Gab es deswegen Streit zwischen Ihrem Mann und Samir Alavi?«, Hölzle angelte sich einen der Kekse, die Isabell Brodbeck auf einem dunkelblauen Tellerchen neben die Kaffeetassen gestellt hatte.

»Streit. Was heißt schon Streit? Carl ist … war wie so viele Väter einer Tochter. Wollte immer nur das Beste für sie, und ein Iraner, na ja, das hört sich vielleicht rassistisch an, war nicht das, was sich Carl als Freund für Vanessa vorstellte. Abgesehen davon war sie so oder so mit einem netten Jungen zusammen.«

Harry leerte seine Tasse, lehnte dankend ab, als Isabell Brodbeck ihm eine weitere anbot.

»Frau Brodbeck, könnten wir mit Ihrer Tochter sprechen?«

Sie senkte den Kopf, verschränkte die Hände ineinander, knetete sie.

»Vanessa wohnt nicht mehr bei uns. Ich kann sie auch nicht erreichen, sie hat ihre Handynummer geändert. Ich habe keine Ahnung, ob sie überhaupt weiß, was passiert ist.«

Isabell hatte leise zu schluchzen begonnen, wischte sich mit dem Handrücken die Tränen aus dem Gesicht und schniefte.

Interessiert sahen die Männer sie an.

»Was ist denn vorgefallen? Warum hat Ihre Tochter den Kontakt zu Ihnen abgebrochen?«, hakte Harry nach.

»Darüber möchte ich nicht sprechen, weil es nur mich und meine Tochter angeht«, antwortete Isabell Brodbeck brüsk.

Harry Schipper ließ die Sache auf sich beruhen, machte sich aber eine Notiz.

Hölzle stand auf und ging zu den Fotografien, die ihm schon bei seinem ersten Besuch aufgefallen waren.

»Vanessa ist wirklich ein hübsches Mädchen. Wie alt ist sie auf diesem Foto?«

Isabell Brodbeck lächelte wehmütig.

»Das war ihr 15. Geburtstag, jetzt ist sie 18. Wie schnell die Zeit vergeht«, seufzte sie.

»Das Foto von Ihrer Silbernen Hochzeit ist aber auch gelungen, Sie beide müssen sehr glücklich gewesen sein«, schmeichelte Hölzle.

»Ach«, seufzte sie, »natürlich gibt es in jeder Ehe Streit. Es war nicht immer einfach mit Carls aufbrausendem Temperament zurechtzukommen. Aber ja, im Großen und Ganzen haben wir eine gute Ehe geführt.«

»Ihr Mann lag mit seinem Bruder im Zwist«, wechselte Hölzle abrupt das Thema, »gab es auch körperliche Auseinandersetzungen im Streit um das Rezept?«

»Ja, äh, nein …«, stotterte sie völlig überrumpelt.

Hölzle hielt den Kopf schief, zog die Augenbrauen hoch, forderte sie mit einer winzigen Geste zum Weitersprechen auf.

Frau Brodbeck holte tief Luft, ließ sie hörbar entweichen.

»Ja«, sie zögerte einen Moment. »Woher wissen Sie überhaupt davon?«

»Wir sind gründlich, Frau Brodbeck. Also?«

»Ja, Carl und Stefan sind handgreiflich geworden. Es geschah an Stefans Geburtstag. Mein Schwager hatte schon ganz schön einem im Tee, als wir ankamen. Es hat nicht lange gedauert, dann ging es mal wieder um die Verpackung. Mein Mann hatte per Zufall entdeckt, dass Stefan die 1593 hat draufdrucken lassen, wissen Sie, was ich meine?«

»Ja, wir wissen, worum es geht, erzählen Sie weiter«, forderte Harry sie auf.

»Jedenfalls war Carl stinksauer, weil Stefan ihn hintergangen hat, trotz des Unterlassungsanspruchs«, fragend sah sie zu Hölzle.

»Auch davon haben wir Kenntnis, fahren Sie ruhig fort.«

Er kam zurück zur Sofaecke und nahm wieder Platz.

»Es kam natürlich zum Streit, mein Mann hat die Beherrschung verloren und seinem Bruder eine gelangt. Wobei Carl sagte, Stefan hätte ihn bedroht, und hätte er nicht zuerst zugeschlagen, hätte sein Bruder ihn die Treppe hinuntergestoßen.«

»Frau Brodbeck, wer erbt denn nach dem Tod Ihres Mannes das Rezept?«, fragte Harry nach.

»Mein Mann hat verfügt, dass Stefan das Rezept bekommen soll. Nach dem Streit wollte Carl das Testament abändern, aber getan hat er es doch nicht.«

Hölzle sah die dunkelblonde Frau eindringlich an.

»Ihnen ist klar, dass Sie damit Ihren Schwager schwer belasten? Das ist definitiv ein Motiv. Der seit Langem währende Streit, die Auseinandersetzung, die finanziellen Schwierigkeiten Ihres Schwagers, der Betrug, das Testament…«

Isabell Brodbeck hielt seinem Blick stand.

»Ja, das mag ja alles sein, aber es ist nun mal so gewesen. Fragen Sie doch Stefan.«

»Das werden wir Frau Brodbeck, wie ich schon sagte, wir sind gründlich.«

Als Isabell Brodbeck die Männer zur Tür brachte, bemerkte Harry ganz nebenbei: »Frau Brodbeck, kann es nicht so sein, wie Frau Alavi vermutet, und Ihre Tochter hatte tatsächlich ein Verhältnis mit dem Lehrling? Und das der Grund ist, warum Sie und Ihr Mann sich mit ihr überworfen haben?«

Isabell Brodbecks Reaktion sprach Bände.

»Sie …, Sie … Was unterstellen Sie meiner Tochter? Dass unser Engelchen zweigleisig gefahren ist? Also, das ist doch …, mein Mädchen ist doch keine vom horizontalen Gewerbe! Eine Unverschämtheit ist das! Ich habe schon genug Sorgen, da muss ich mir so etwas nicht anhören!«

Ihre Stimme hatte sich von Wort zu Wort in schwindelerregende Höhen gesteigert, versagte dann und endete in einem hysterischen Weinkrampf.

Hölzle berührte sie sanft an der Schulter.

»Entschuldigen Sie bitte, es war nicht sehr sensibel, was mein Kollege gemutmaßt hat.«

Er zwinkerte Harry kurz zu, der sofort darauf reagierte.

»Es tut mir leid, Frau Brodbeck, ich bin tatsächlich über das Ziel hinausgeschossen. Bitte entschuldigen Sie nochmals.«

Isabell schluchzte nun leise, nickte und bedeutete den Kriminalbeamten, dass sie ihr Haus verlassen sollten.

»Sieht im Augenblick nicht gut aus für Stefan Brodbeck«, meinte Harry später im Auto.

Irgendwo musste sich ein Unfall ereignet haben, denn es ging nur sehr langsam vorwärts, die vielen Ampeln auf der Richard-Boljahn-Allee taten ihr Übriges.

»Kann man so sagen. Aber außer einem Motiv haben wir nichts, nur, dass er kein Alibi hat. Aber wir haben keinen handfesten Beweis gegen ihn«, erwiderte Hölzle.

Sein Handy spielte ›Killerqueen‹, den Klingelton, den er Sabine Adler-Petersen zugeordnet hatte.

»Hallo, Sabine«, sagte Hölzle.

»Es gibt Neuigkeiten zur Tatwaffe«, klang es aus der Freisprechanlage, »das Messer besteht aus japanischem Stahl und gehört zu einer Serie der Firma SSE.«

»SSE? Nie gehört.«

»SSE steht für scharf, schlicht, elegant«, sie machte eine kleine Pause. »So wie du«, sagte sie anzüglich.

Hölzle erstarrte. Sabine konnte ja nicht ahnen, dass er nicht alleine war.

Harry Schipper konnte nicht mehr an sich halten und brach in einen lautstarken Lachanfall aus, der gefühlt mindestens zehn Minuten andauerte.

»Halt die Klappe«, herrschte Hölzle ihn an, musste dann aber unwillkürlich mitlachen. Gegen funktionierende Spiegelneuronen des Gehirns hatte man einfach keine Chance. Prustend hielten sie an einer roten Ampel, die Leute im Wagen, der neben ihnen auf der Nebenspur hielt, sahen amüsiert herüber. Als die Ampel auf Grün sprang, hatten Hölzle und Harry sich einigermaßen beruhigt, Sabine hatte längst aufgelegt.

Harry sah seinen Chef an, wischte sich die Lachtränen aus dem Gesicht.

»Jetzt bist du voll erpressbar. Was ist es dir denn wert, dass ich das nicht an die Kollegen weitergebe?«

»Ich glaub', du tickst nicht ganz richtig«, gab Hölzle lässig zurück, »erzähl's doch. Macht mir gar nix.«

Doch so cool, wie er sich gab, war er nicht. Er konnte nur hoffen, dass Harry ihn nicht irgendwo zum Gespött machte. Aber erpressen ließ er sich nicht.

»Du bluffst, so egal ist dir das nicht. Aber keine Sorge, ich sag nichts. Aber dafür darf ich dich doch ab und an so ganz unter uns SSE nennen«, flachste Harry.

Hölzle atmete auf, er wusste, dass er Harry vertrauen konnte.

»Wenn's dich glücklicher macht«, brummte er und wählte die Nummer von Sabines Büro.

»Geht's wieder? War das Harry?«, meldete sie sich unwirsch.

»Ja und ja. Was gibt es sonst noch zu diesem Messer?«

»Die Firma hat die Serie letztes Jahr zu Ostern auf den Markt gebracht. Zur Markteinführung hat sie in einer Supermarktkette dieses Modell günstiger an die Kundenkarteninhaber verkauft.«

Dann legte sie auf.

»Prima! Anhand der Kundendaten lässt sich doch sicher herausfinden, wer von den Kunden das Messer in Bremen und umzu gekauft hat«, freute sich Hölzle. »Natürlich kommen dann noch die Geschäfte hinzu, die das Messer auch in ihrem Sortiment haben. Eine reine Sisyphusarbeit, könnte aber zielführend sein. Alles, was wir dafür brauchen, ist ein richterlicher Beschluss.«

»Und zum anderen könnten wir in den Küchen unserer Verdächtigen nach einem solchen Messer Ausschau halten«, schlug Harry vor und tippte auf seinem Smartphone herum.

»Also, a) du glaubst doch nicht im Ernst, dass der Mörder das Ding zu Hause wiederverwendet«, Hölzle konnte endlich in die Straße In der Vahr einbiegen, nun war es nicht mehr weit bis zum Präsidium, »und b) kannst du nicht einfach in eine Küche spazieren, wie's dir grade gefällt, wie du weißt. Schalt mal dein Hirn wieder ein.«

»Ja, ja schon gut, ich brauch keine Lehrstunde. Pass auf, ich hab das Ding mal gegoogelt, unter 160 Euro kriegst du das gar nicht. Da überlegt man schon, ob man das gute Stück wegwirft.«

»Wenn du recht hättest, wie pervers muss man veranlagt sein, um mit demselben Messer Gulasch zu würfeln, mit dem man zuvor einen Menschen umgebracht hat?«

»Keine Ahnung. Ich schätze, der Serienmörder aus dem Harz hätte kein Problem damit gehabt.«

»Erinnere mich bloß nicht dran, davon krieg ich heute noch Kopfschmerzen.«

RÜCKBLENDE

Es war Krischa Köttel nicht in die Wiege gelegt worden, mit 35 Jahren zum größten Rosinenlieferanten in Deutschland emporzusteigen. Köttel, der Rosinenkönig. Zwar handelte seine Firma auch mit Nüssen, Datteln, Feigen und zahlreichen anderen exotischen und heimischen Trockenfrüchten, aber die Perle unter ihnen war die Rosine, die 75 Prozent seines Reichtums ausmachte. Köttel war zufrieden mit sich. Das Geschäft hätte nicht besser laufen können, und wenn es in dieser Geschwindigkeit weiterginge, wäre er vermutlich in fünf, sechs Jahren *der* Lieferant in Europa. Seine Rosinen bezog er hauptsächlich aus Kenia und Kalifornien, alles Bio, wie er nie müde wurde zu betonen. Und so hatte er auch das offizielle Biosiegel, ein stilisiertes Blatt, dessen Umriss sich aus kleinen Sternen, die Europa symbolisieren, zusammensetzte, in sein Unternehmenslogo einbezogen. Das Blatt war etwas runder als das längliche Original, und statt der Sterne hatte Köttel Rosinen drum herum platziert. Darüber und darunter je ein verschnörkeltes ›K‹. K. K. – Krischa Köttel.

Eigentlich hieß Krischa Christian. Doch seitdem er sein Leben bewusst lebte, er erinnerte sich intensiv an einen Sturz mit drei Jahren von seinem Tretroller, und mit dieser Erinnerung begann sein offizielles Bewusstsein, nannte man ihn Krischa. Er war zufrieden mit seinem Rufnamen. Weniger allerdings liebte er seinen Familiennamen Köttel, der ihm oft Spott und Häme brachte. Hasenscheißer war nur einer seiner Spitznamen während der Schulzeit gewesen, die er, wie sein junges Leben, in einem kleinen Ort an der Mosel verbracht hatte. Sein Vater hatte in dritter Generation einige sonnige Lagen an den Moselhängen besessen, und die Weine, die dort produziert wurden, gingen in die ganze Welt. Seine Schwester, die einen Winzer aus dem Nachbardorf geehelicht hatte, hatte Krischa ausbezahlt, als der Vater vor zehn Jahren schon mit 59 verstorben war. Seitdem betrieb sie mit ihrem Mann den Weinanbau samt Verkauf. Krischa waren die Rosinen geblieben. Sahen ja auch aus wie Hasenköttel.

Er hatte die Gelegenheit ergriffen und mit seiner Erbschaft im hohen Norden bei den Fischköppen einen schon damals florierenden Fruchtimport übernommen. Seither hatte Krischa Köttel unablässig expandiert, sein Unternehmen nicht nur räumlich erweitert, sondern auch das Sortiment Schritt für Schritt vergrößert und verbessert. Zurzeit war er dabei, seinen Früchten das besondere Etwas zu verleihen. Die schönsten und besten erhielten einen Schokoladenüberzug aus heimischen Bitterschokoladen. Die Schokofrüchte waren der Renner, gingen, verpackt in exquisiten Schachteln, weg wie warme Semmeln. Und jetzt kam dieser Semmelbäcker in einer dringenden Angelegenheit.

Krischa Köttel ahnte, worum es ging. Und je nachdem, wie dieses Gespräch heute endete, musste Köttel vielleicht um sein Lebenswerk bangen. Sein Leben hatte er nicht nur der Rosine und ihrer Veredelung gewidmet, sondern ganz oben auf seinem Glaubensbekenntnis stand das *Ja!* zu Bioprodukten. Er konnte sämtliche Passagen der EG-Öko-Verordnung Nr. 834/2007 und 889/2008 über den ökologischen Landbau und die entsprechende Kennzeichnung der landwirtschaftlichen Erzeugnisse und Lebensmittel auswendig. Der Standard, den Köttel erfüllte, war nicht nur der EU-Norm entsprechend, sondern lag im Sinne des Verbraucherschutzes weit darüber.

Und dann war dieses schlimme letzte Jahr gekommen. Eine Jahrhundertdürre hatte Kalifornien heimgesucht, die Traubenernte und damit die Rosinenproduktion brachen gewaltig ein. Köttel hatte seine ganze Hoffnung auf Kenia gesetzt, aber nicht nur er, sondern auch andere weiterverarbeitende Betriebe in der ganzen Welt bezogen nun ihre Früchte aus Kenia. Bevor er Chile und Griechenland abgrasen konnte, war dort der Markt bereits leergefegt gewesen. Und Köttel war nichts anderes übrig geblieben, als seine Rosinen aus der Türkei zu beziehen. Diese waren kleiner, weniger süß, zwar qualitätsvoll, aber wer einmal eine kalifornische Rosine genascht hatte, der wusste, dass die türkische Schwester nicht an die Kalifornierin heranreichte. Und schon war auch die Nachfrage nach den Trockenfrüchtchen aus der Türkei enorm gewesen. Krischa kaufte ein, was der Markt hergab. Hatte sich sogar in seinem Türkeiurlaub umgesehen. Ja, und dann stand sie plötzlich da, die Lieferung, der das Biosiegel fehlte. Köttel hatte unter Druck gestanden, er musste liefern, sonst würden die Kunden abspringen. Er überwand sich nach einer schlaflosen Nacht, und die Rosinen wanderten auch zu

Bäckermeister Brodbeck. Und eben dieser hatte sich für den heutigen Nachmittag bei ihm angekündigt. Krischa Köttel schwante Übles.

Eine halbe Stunde später saßen sich der Rosinenlieferant und der Bäcker gegenüber. Köttel hatte Brodbeck geschickt so platziert, dass dieser auf die Auszeichnungen für hervorragende Lebensmittel, die Köttel eingerahmt und hinter Glas an die Wand gehängt hatte, blicken musste.

»Meister Brodbeck, was verschafft mir die Ehre?«, begann er, doch sehr viel weiter kam er nicht. Carl Brodbeck griff in seine Jackentasche, beförderte eine Handvoll Rosinen heraus und warf sie Köttel auf den Schreibtisch.

»Was ist das wohl?«, fragte Brodbeck. Schon jetzt registrierte Köttel in der Stimme seines Gegenübers einen bedrohlichen Unterton. Betont lässig griff er ein paar der Rosinen, betrachtete sie genau und schob sie sich, obwohl einige undefinierbare Dreckkrümel aus Brodbecks Jackentasche an ihnen klebten, in den Mund. Genüsslich schloss er die Augen, kaute und schluckte sie herunter.

»Ja, Brodbeck, wenn Sie mich so fragen: Das sind Rosinen erster Qualität und sehr wahrscheinlich ein Produkt aus unserem Hause.«

»Dass die aus Ihrem Hause sind, darauf können Sie einen lassen. Aber höchste Qualität ist die Übertreibung des Jahrhunderts. Der letzte Dreck sind Ihre Rosinen!«

Aufgebracht warf Carl Brodbeck Köttel einen Umschlag vor die Nase.

»Schauen Sie da mal rein. Und dann erklären Sie mir, wie das passieren konnte. Wissen Sie, was bei mir los ist? Die Leute kommen scharenweise und beschweren sich über die Klaben! Die Qualität habe nachgelassen, ist noch die freundliche Version! Das geht bis zu, der Klaben schmecke widerlich. Einige Kunden haben mir das Gebäck quasi vor die Füße geworfen. Sie wissen, dass die Klaben der Renner sind, vor allem zu Weihnachten. Mein Geschäft lebt von der Topqualität der Zutaten für meine Backwaren. Und Ihre Rosinen sind dabei, meine Existenz zu zerstören.«

Brodbeck hatte sich in Rage geredet, war aufgesprungen. Jetzt stand er, die Hände auf den Schreibtisch gestützt und nach vorne gebeugt, drohend vor dem Rosinenlieferanten und brachte sein zorniges Gesicht ganz dicht an Köttels, der daraufhin zurückwich.

»Jetzt setzen Sie sich mal wieder und beruhigen sich. Wollen Sie vielleicht einen Tee? Wir können über alles reden, wenn ich weiß, was in diesem Umschlag ist.«

Köttel war heiß und kalt geworden. Er ahnte, was auf dem Papier stand, das sich noch im Umschlag verbarg, denn als Absender prangte die Adresse des Bremer Labors für Rückstandsanalytik darauf. Brodbeck setzte sich wieder, beruhigte sich ein wenig und trommelte ungeduldig mit seinen kräftigen Fingern auf der Holzplatte des Schreibtischs herum. Langsam zog Köttel den Umschlag zu sich und zog das Blatt mit den Laboranalysen heraus. Er schluckte. Scheiße, da war ja noch mehr Zeug in den Rosinen, was nicht reingehörte, als er selbst schon befürchtet hatte. Sorgfältig steckte er den Befund zurück in den Umschlag und schob diesen Brodbeck zu.

»Brodbeck, ich weiß nicht, welche Rosinen in diesem Labor untersucht worden sind, aber es waren ganz sicher nicht meine Rosinen. Sind Sie fremdgegangen? Sie sind meinen Rosinen untreu geworden, Herr Brodbeck.«

Spielerisch wackelte Köttel mit seinem rechten Zeigefinger. Das sollte der Bäcker ihm erst einmal nachweisen, dass diese Rosinen tatsächlich von ihm geliefert worden waren. Natürlich wusste er es genau, aber für den Bäcker war es geradezu ein Ding der Unmöglichkeit nachzuweisen, dass die Trockenfrüchte auch von ihm stammten. Da konnte ja jeder kommen. Erst jetzt bemerkte er das Grinsen auf Brodbecks Gesicht, das immer breiter wurde. Köttel wurde flau im Magen.

»Sie glauben gar nicht, was man heute alles herausfinden kann. Ihre Bioplombe«, er lachte geringschätzig bei diesem Wort, »ging mitsamt dem Sack ins Labor. Was glauben Sie denn? Dass ich bescheuert bin? Die Rosinen, die in diesem Sack waren, sind identisch mit denen hier auf Ihrem Schreibtisch. Samt der Rückstände, versteht sich.«

Köttel wurde bleich. Für so clever hätte er den Bäckermeister allerdings nicht gehalten.

»Und was wollen Sie von mir? Wenn es wirklich so sein sollte, was Sie mir unterstellen, dann bin ich selbst betrogen worden. Brodbeck, Sie kennen mich seit Jahren, Bio ist mein Credo. Und wenn diese Rosinen Schadstoffe enthalten, dann bin ich ebenso ein Opfer wie Sie.«

»Wenn Sie dieses Teufelszeug als *Bio*rosinen aus der Türkei gekauft haben – mir haben Sie das zumindest so erzählt, und ich habe Ihnen geglaubt, weil wir all die Jahre gut zusammengearbeitet haben –, dann zeigen Sie mir doch die Lieferpapiere, die den Rosinen ihre Unbedenklichkeit bescheinigen. Also, Köttel, legen Sie mir die Papiere vor, dann überlege ich mir, ob und wie wir uns einigen.«

Köttel schluckte. Solche Papiere hatte er nicht. Aber hatte Brodbeck nicht eben signalisiert, dass man sich einigen könne? Er schwieg eine Minute, um sich zu sammeln. Dann unterbreitete er sein Angebot.

»Die nächste Lieferung für das restliche Klabengeschäft gibt es kostenlos, Rosinen 1a Bioqualität. In den nächsten Jahren biete ich Ihnen die Lieferungen zum Selbstkostenpreis, sagen wir zehn Jahre lang, und eine Entschädigung für dieses Jahr in Höhe von 50.000 Euro. Na, wie hört sich das für Sie an?«

Es hörte sich nach nichts an, denn Carl Brodbeck hatte seinen Entschluss längst gefasst. Diesem Betrüger würde er nie wieder trauen. Wie lange hatte der seine Firma nun hier? Ein Geschäft mit einem Umsatz, von dem er, Carl, nur träumen konnte. Sechs Jahre, sieben Jahre? Und wie lange produzierte Carls Familie Klaben nach dem Originalrezept aus dem 16. Jahrhundert? Einem Rezept, das so alt war wie das Reinheitsgebot für Bier? Na ja, nicht ganz so alt, aber fast so alt. Er, Carl Brodbeck, war ein Ehrenmann, seine Ware besaß beste Qualität, und diese Tradition der untadeligen Klaben war durch einen Emporkömmling wie Köttel gebrochen worden. Brodbeck verlangte Genugtuung, Satisfaktion. Köttel musste öffentlich zugeben, dass er, der Bio-Guru, Ware schlechtester Qualität an Brodbeck geliefert hatte.

Und genau all das sagte er Krischa Köttel auf den Kopf zu. Köttel schnappte nach Luft. Ihm wurde schwindelig, in seinem Kopf ging es zu wie in einem Bienenstock. Was jetzt? Brodbeck verlangte tatsächlich, dass er sich öffentlich zu den belasteten Rosinen bekannte? Wusste dieser Mann denn nicht, dass er dann einpacken konnte? Dass niemand mehr ihm glauben würde, wenn er seine Früchte als Topbiowaren anpries? Noch hatte Köttel die Schulden für die neue Investition seiner Manufaktur der ›Fruits au chocolat‹ nicht annähernd abbezahlt. Fünf Frauen hatte er eine Arbeit gegeben. Die Presse war zur Eröffnung in Scharen gekommen und hatte die Köstlichkeiten zum Probieren weggenascht. Wollte Brodbeck ihn ruinieren? Denn das würde dieser verdammte Bäcker, wenn er seinen Fehltritt preisgab.

»Brodbeck, das können Sie nicht von mir verlangen. Ich bin erledigt, wenn Sie damit an die Öffentlichkeit gehen. Wissen Sie, wie viele Arbeitsplätze dranhängen? Für mich arbeiten insgesamt mehr als 30 Leute, die meisten haben Familie. Wenn die ihre Arbeit verlieren, nur weil ein paar Leuten Ihre Klaben nicht schmecken. Das ist doch lächerlich.«

Lächerlich. Wenn Carl Brodbeck etwas in Rage brachte, dann eine Äußerung wie diese. Seine Qualitätsstandards waren also lächerlich. Seine Kunden waren lächerlich, wenn sie sich zurecht über die Klaben beschwerten. Sein Traditionsbewusstsein war lächerlich. Gut, wenn Köttel Krieg haben wollte, sollte er Krieg bekommen. Brodbeck stand auf, steckte den Laborbefund in die Jackentasche.

»Na gut, Sie wollen es ja nicht anders. Ich weiß noch nicht, ob ich zuerst die Presse benachrichtige oder die Lebensmittelaufsicht. Aber rechnen Sie in absehbarer Zeit mit unangenehmen Fragen von beiden Seiten. Haben Sie das kapiert? Und nun einen schönen Tag noch.«

Nein, Carl Brodbeck war nicht bestechlich. Hocherhobenen Hauptes verließ er Köttels Büro. Fast eine Stunde blieb Köttel wie paralysiert auf seinem Sessel sitzen. Wie nur konnte er dieser Misere, die für ihn das Ende bedeuten konnte, entgehen? Irgendwas musste ihm einfallen. Diesen Brodbeck sollte der Teufel holen.

KAPITEL 8

Peter Dahnken empfing Hölzle und Harry mit Neuigkeiten.

»Roman Treidel hat mich angerufen. Ihm ist etwas eingefallen, was uns möglicherweise einen weiteren Verdächtigen beschert.«

Gespannt sahen Hölzle und Harry ihn an. Am Nebentisch saß Nuray Toprak, die sich Notizen machte, weil sie in der Schule nach dem Praktikum einen Bericht über ihre Erfahrungen bei der Polizei abgeben musste.

»Lass hören«, ermunterte Hölzle seinen Kollegen.

»Treidel hat sich erinnert, dass sein Chef einen ganzen Sack Rosinen, der noch verplombt war, vor Kurzem mitgenommen hat. Und zwar hat er ihn zu einem Untersuchungslabor gebracht. Brodbeck hatte wohl den Verdacht, dass mit dem Inhalt etwas nicht in Ordnung war, nachdem sich immer mehr Kunden über die Klaben beschwert hatten.«

»Schau mal an«, Hölzle pfiff leise durch die Zähne, »da hat die gute alte Marthe mal wieder den richtigen Riecher gehabt.«

Harrys Magen knurrte vernehmlich.

»Hat jemand was zu essen da? Ich sterbe vor Hunger.«

»So schnell stirbt sich's nicht, Harry, aber bevor du in den Unterzucker kippst, nimm dir was aus meiner Schublade«, bot Hölzle ihm an.

»Ja, und was kam dabei raus?«, fragte er dann Peter.

»Tja, Treidel hat den Befund nicht selbst gesehen, aber Brodbeck hat strikt angeordnet, dass diese Rosinen auf gar keinen Fall weiterverarbeitet werden dürften. Und es wurden neue Rosinen bei einem anderen Lieferanten bestellt. Treidel mutmaßt, dass der Laborbefund nicht gerade positiv ausgefallen ist und sein Chef Stress mit dem bisherigen Lieferanten hatte.«

»Wie heißt der alte Lieferant?«, Harry schob sich einen mit Schokocreme gefüllten Keks in den Mund, kaute hastig und fummelte bereits den zweiten aus der Packung.

»Köttel.«

Harry prustete los, kleine Kekskrümel sprühten umher, landeten auf Hölzles Schreibtisch.

»Beherrsch dich mal, und mach die Sauerei weg«, grummelte Hölzle, musste dann aber mitlachen.

Harry, dem auch einige Brösel in den Hals gerutscht waren, bekam einen Hustenanfall. Dahnken reichte ihm grinsend seine Flasche Mineralwasser zum Nachspülen, die Harry dankbar entgegennahm und einen großen Schluck daraus nahm.

»Köttel! Wie passend! Rosinen sehen genauso aus. Wie Hasenpups. Köstlich.« Er kicherte immer noch vor sich hin, konnte sich kaum beruhigen. Mit der rechten Hand wischte er die Krümel vom Schreibtisch und setzte die Flasche noch einmal an die Lippen.

»Oh, Harry, du und dein kindliches Gemüt, aber jetzt ist gut. Zurück zum Thema. In welches Labor wurden die Rosinen geschickt?«, wandte Hölzle sich Dahnken zu.

»Weiß ich noch nicht. Treidel hat auch keine Ahnung. Im Landesuntersuchungsamt habe ich schon nachgefragt, die sagen, sie hätten keinen Auftrag von einem Carl Brodbeck bekommen. Es gibt noch einige Labors, die Lebensmitteluntersuchungen durchführen, da muss ich noch nachfragen.«

Hölzle nickte zufrieden.

»Und dieser Köttel? Wo findet man den?«

»In der Überseestadt. Krischa Köttel vertreibt dort Trockenfrüchte aller Art.«

Hölzle nahm Harry die Kekspackung aus der Hand und schenkte ihm einen vernichtenden Blick. Nur noch fünf Kekse waren darin. »Sag mal, inhalierst du das Zeug? Kannst morgen gleich 'ne neue Packung mitbringen.«

Dann drehte er sich zu Nuray um.

»Haben Sie Lust, mit Harry in die Überseestadt zu fahren?«, er sah auf die Uhr. »Es ist zwar schon spät, aber Harry bringt Sie sicher anschließend direkt nach Hause, wenn Sie möchten.«

Harry zog heimlich eine Grimasse.

»Ja, gerne. Ich schicke meiner Mutter eine Nachricht, damit sie weiß, dass ich später komme. Dann können wir los.«

Dass sie jemand anderem eine Nachricht zukommen ließ, würde niemand bemerken. Nuray Toprak fühlte sich wie eine Mischung aus Geheimagentin und Robert Redford als Journalist im Film ›Die Unbestechlichen‹, den ihr Onkel ihr wärmstens empfohlen hatte.

❄

Am Freitagmorgen erschien ein weiterer Artikel von Thorben Schmink, der Hölzles Blut in Wallung brachte.

Ermordeter Bäcker soll
seine Kunden betrogen haben!

Nach neuesten Recherchen soll Carl B. statt Biorosinen herkömmliche Rosinen verwendet haben, die in Verdacht stehen, hohe Schadstoffkonzentrationen zu beinhalten. Die Trockenfrüchte wurden vorwiegend in den beliebten Klaben verarbeitet, gerade jetzt zur Adventszeit sind bereits Hunderte Klaben verzehrt worden. Um welche Schadstoffe es sich genau handelt, darüber besitzt der Weser-Blitz noch keine Kenntnis. Es kann sich um Pestizide, Schimmelpilze oder Schwermetalle handeln. Diese Stoffe gelten als krebserregend oder allergieauslösend. Die EU schreibt Rückstandshöchstgehalte für Lebensmittel vor, die im Falle der verwendeten Rosinen angeblich deutlich überschritten wurden. Hat der ermordete Bäcker mit der Gesundheit seiner Kunden gespielt, nur um mehr Profit zu machen? Wir bringen Licht in das Dunkel der ungeklärten Fragen.

Während Hölzle mit wachsendem Zorn den Artikel las, erschienen gleichzeitig Peter Dahnken und Harry Schipper in seinem Büro und nahmen vor seinem Schreibtisch Platz. Wütend feuerte Hölzle den Artikel in den Papierkorb und schlug die Hände vors Gesicht.

»Schafft mir den vom Hals«, klang es dumpf hinter seinen Händen hervor.

»Gerne. Erschießen, vierteilen, was ist dir lieber?«, flachste Harry.

»Teeren und federn? Rädern?«, führte Peter die Aufzählung fort.

Hölzle sah auf.

»Egal. Hauptsache, es tut weh. Wie war's gestern bei dem Rosinenmann?«, wollte er von Harry wissen.

»Köttel hat berichtet, dass Brodbeck vor Kurzem bei ihm aufgetaucht war und ihn mit einem Laborbefund konfrontiert hat. Die Rosinen seien laut Befund mit Pestiziden belastet gewesen. Brodbeck wäre außer sich gewesen und hätte ihn beschuldigt, ihm wissentlich die Rosinen als Biorosinen verkauft und ihn betrogen zu haben.«

»Wow, auch kein schlechtes Motiv«, ließ Peter vernehmen.

»Köttel hat ihm daraufhin versichert, er selbst wäre betrogen worden. Brodbeck sei einfach wutentbrannt abgezogen, ohne weiter mit ihm zu sprechen.«

Hölzle griff nach seiner Kaffeetasse. Leer. Schon wieder. Während er sich einen Kaffee aus der Maschine holte, fragte er: »Und wo war Köttel zur Tatzeit?«

»Zu Hause im Bett. Kann aber niemand bezeugen, Frau und Kinder sind derzeit bei seinen Schwiegereltern im Hunsrück.«

»Hat Köttel den Befund?«, fragte Dahnken.

Harry verneinte.

»Brodbeck hat den Wisch mitgenommen. Aber Köttel meinte, die Untersuchung wäre im Institut für Rückstandsanalytik gemacht worden. Ich hab dort angerufen, die faxen uns eine Befundkopie.«

»Gut. Was noch? Wo ist eigentlich Frau Toprak?« Hölzle nahm einen großen Schluck Kaffee.

»Kommt später, ist beim Zahnarzt.«

»Auch recht. Was liegt sonst an?«

»Gestern Nacht ist eine junge Frau in den Wallanlagen brutal zusammengeschlagen worden«, informierte Peter Dahnken die beiden, »der Hund eines Obdachlosen hat sie gefunden, haben die Kollegen vom Kommissariat Mitte/West gesagt. Schwere Kopfverletzungen, gebrochene Rippen, eine davon hat die Lunge verletzt, das Opfer liegt im künstlichen Koma. Keine Papiere, keine Vermisstenmeldung bis jetzt.«

»Sexualdelikt?«, fragte Hölzle.

»Nein, wohl nicht. Die Kollegen gehen von einem Raubüberfall aus. Kein Handy, kein Portemonnaie, nichts. In ihrer Handtasche waren lediglich ein Schlüsselbund und Krimskrams. Wir sollen den Fall übernehmen.«

»Ja, als ob wir nicht schon genug am Hals hätten«, unkte Harry. »Wieso überhaupt? Das PK Mitte/West ist für solche Delikte zuständig.«

»Schon. Doch die Art und Weise, wie auf das Opfer eingeschlagen wurde, war so gravierend, dass die Tat als versuchtes Tötungsdelikt eingestuft wurde«, erklärte Peter seinem Kollegen.

»Peter, sprich mit den Ärzten, wann sie denken, dass sie das Opfer aus dem Koma holen können. Harry, du versuchst diesen Azubi ausfindig zu machen«, verteilte Hölzle die Aufgaben.

»Ich werde mal mit dem Obdachlosen reden, sofern ich ihn auftreiben kann und ein Gespräch möglich ist.«

Nachdem Hölzle von den Kollegen des PK Mitte/West alle notwendigen Informationen erhalten hatte, fuhr er in die Innenstadt, stellte sein Auto ab und ging zu den Wallanlagen. Robert Bach, der Obdachlose, hatte seinen mehr oder weniger festen Standort. Mal in den Wallanlagen, mal am Bahnhof war er zu finden. Bei sich hatte er einen Schäferhundmix, wie Hölzle gesagt worden war. Er hatte Glück und fand Bach schlafend auf einer Bank in der Nähe des ›Rosselenkers‹, einer lebensgroßen Bronzestatue nach einem Entwurf von Louis Tuaillon. Hölzle machte kehrt und besorgte im nahe gelegenen Café bei der Bischofsnadel zwei Coffee to go und zwei belegte Brötchen. Als er zurückkam, hob der Schäferhund, der zu Roberts Füßen lag, den Blick. Robert Bachs Habseligkeiten befanden sich in zwei großen Plastiktüten, die neben der Bank standen, daneben drei leere Bierflaschen und eine Flasche Korn, die noch zu einem Viertel gefüllt war.

Hölzle legte die Brötchentüte ab und berührte den Mann vorsichtig an der Schulter. Der Schäferhundmix setzte sich auf, beäugte ihn argwöhnisch und knurrte drohend.

»Herr Bach?«

Die Augenlider des Obdachlosen öffneten sich flatternd, versuchten Hölzle zu fokussieren, was nach einigen Sekunden auch gelang. Ächzend stemmte sich der Mann in seinem Schlafsack in eine sitzende Position und sah Hölzle misstrauisch an. Der Kriminalhauptkommissar hielt Bach einen der Kaffeebecher hin. Der Mann griff danach, ließ ein Grunzen vernehmen, das Hölzle als ›Danke‹ wertete.

»Brötchen?«, fragte er und bot Bach die Tüte an.

Mit einer Mischung aus Vorsicht und Gier nahm Bach

die Brötchentüte entgegen, sah hinein und fischte eines heraus, biss hinein. Ein kleines Lächeln erschien auf seinem Gesicht.

»Wer bist du denn? Der Nikolaus?«, meinte er kauend.

»Fast. Ich bin von der Kripo«, antwortete Hölzle und setzte sich neben Robert.

Bach gab dem Schäferhundmix einen Happen ab, der ihn hungrig verschlang.

»Schöner Hund«, bemerkte Hölzle, froh, dass Bach offenbar nicht gänzlich benebelt war.

»Ja, der Ringo ist ein Hübscher. Was gibt's denn noch? Ich hab gestern alles erzählt. Gab ja auch nicht viel zu erzählen. Ringo hat das Mädel gefunden, Ende.«

Er tätschelte seinem Hund den Kopf, trank einen Schluck Kaffee, zog das zweite Brötchen aus der Tüte und biss herzhaft hinein.

»Erzählen Sie mir bitte, was gestern Abend passiert ist«, bat Hölzle und strich dem Hund ebenfalls über den Kopf. Ringo hatte wohl beschlossen, dass seinem Herrchen von dem Mann keine Gefahr drohte.

»Kam vom Bahnhof und hab gehofft, dass meine Bank frei ist. Mir gefällt der Junge mit dem Bronzegaul. Entlang der Contrescarpe ist Ringo plötzlich losgerannt, ich dachte noch, was hat der denn? Hab ihn gerufen, sonst folgt er immer, aber diesmal nicht. So schnell bin ich gar nicht hinterhergekommen, der Köter ist echt fix. Krieg ich den Kaffee auch noch?«, er zeigte auf den zweiten Pappbecher.

»Klar.«

Bach nahm den Deckel ab und genoss die Wärme des Gebräus.

»Hab ihn bellen gehört, war völlig aufgeregt, der Ringo. Und dann hab ich ihn sitzen gesehen, neben irgendwas Großem. Erst hab ich gar nicht geschnallt, was er da gefunden hat, doch als ich näher kam, wurde mir klar, dass da einer liegt. Das arme Ding lag da in seinem eigenen Blut. Ich hab nach Hilfe geschrien, immer wieder, aber da war keiner. Also bin ich zurückgerannt Richtung Herdentor, da waren dann Leute. Die haben natürlich gedacht, der Penner ist stockbesoffen. Na ja, ist ja auch oft so, aber gestern hatte ich nicht so viel getankt. Zwei Männer haben mir dann geglaubt und sind mit mir zurückgelaufen und haben dann die Bull…«

»Schon okay, auch wenn wir das nicht gerne hören«, warf Hölzle ein und fragte sich, wie man es bei der Kälte überhaupt draußen so lange aushalten konnte. Seine eigenen Füße waren schon taub.

»… Polizei gerufen. Das war's.«

»Meine Kollegen sagten, das Mädchen hatte wohl noch nicht lange dort gelegen. Ist Ihnen nicht doch irgendjemand in der Nähe aufgefallen? Ist Ihnen jemand entgegengekommen, bevor Ringo losgerannt ist?«

Bach stellte den zweiten leeren Kaffeebecher auf den Boden, kramte in seinen Plastiktüten und beförderte zwei Flaschen Bier zutage.

»Jetzt geb ich einen aus.« Er hielt Hölzle eine Flasche hin, der dankend ablehnte.

»Ach so ja, darfst du nicht, bist ja im Dienst. Nee, hab niemand gesehen.«

Robert Bach kratzte sich umständlich am Kopf.

»Gehört hab ich was.«

Hölzle sah ihn aufmerksam an.

»Jemand ist weggerannt. Richtung Rembertistraße. Mehr weiß ich aber nu wirklich nicht.«

»Danke«, sagte Hölzle, drückte Bach einen 20-Euro-Schein in die Hand und stand auf. »Versauf nicht alles, kauf dir lieber was zu essen und Ringo auch.«

Robert Bach sah mit wässrigen Augen zu ihm auf.

»Bist 'n guter Typ.«

RÜCKBLENDE

Sie und ihre Freundinnen Marlena und Zoe saßen mit untergeschlagenen Beinen in Finjas Zimmer auf dem großen ungemachten Bett. Finja hatte die Tür abgeschlossen und ließ eine Flasche Orangenlikör reihum gehen. Der Likör stammte aus dem Spirituosenschrank ihrer Eltern, die Flasche hatte ganz hinten gestanden und dort ihr unbedeutendes Dasein gefristet. Der Schraubdeckel hatte sich kaum aufdrehen lassen, so lange hatte die Flasche bereits unangetastet im Schrank gestanden, dass sich ein zuckriger Rand gebildet hatte, der den Deckel nun verklebte. Ein vergessenes Mitbringsel irgendeiner Bekannten von Finjas Mutter. Es würde nicht auffallen, wenn das Zeug plötzlich verschwunden war.

Ursprünglich hatten die drei Mädchen ins Kino gehen wollen. Ein neuer Vampirstreifen war angelaufen. Finja hatte schon die Bücher um den Vampir Edward und die Highschool-Schönheit Bella verschlungen. Die Verfilmung war dann der absolute Knaller gewesen. Der Hauptdarsteller war absolut süß. Und seit den Bissen zum Morgengrauen, zur Mittagsstunde und zum Abendrot hatten sie und ihre Freundinnen eine Schwäche für Vampire, genauer gesagt für die männlichen Filmdarsteller. Zwar war Finja nicht der Meinung, dass ihr Bruder Fabian sich glänzend in einer solchen Rolle gemacht hätte, aber für Zoe war Fabian noch attraktiver als Robert Pattinson, der den Vampir Edward verkörpert hatte. Und an den ranzureichen, wäre sowieso für jeden Schauspieler eine echte Herausforderung, so Zoes Schwärmerei.

Kaum waren Marlena und Zoe bei Finja angekommen, hatte Marlena erklärt, sie habe am Morgen ihre Tage bekommen und nun so gar keine Lust, ins Kino zu gehen.

»Der Film läuft uns ja nicht weg. Wollen wir nicht einfach bei Finja bleiben, chillen und quatschen? Ich muss garantiert alle Stunde aufs Klo.«

Finja hatte daraufhin großzügig das Vorratsregal mit Chips, Nüssen und Käsestangen geplündert, und nun saßen die Mädchen inmitten von Krümeln und Modezeitschriften. Der Orangenlikör, der immerhin einen Alkoholgehalt von 37 Prozent hatte und gar nicht so übel schmeckte, war bereits zur Hälfte verschwunden.

»Wo hast du denn das Poster gelassen, das an deiner Tür hing? Das von Justin Bieber?«, wollte Marlena wissen.

»Weg, bin aus dem Bieber-Alter raus. Schon lange. Konnte den Typen einfach nicht mehr sehen. Das Poster ist im Müll, nee in der Papierpresse. Wart ihr so lange nicht mehr bei mir? Kann ja wohl nicht sein.«

Finja kicherte. Alle drei hatten mittlerweile einen ordentlichen Schwips.

»Was hast du denn noch so an Postern hängen?«, fragte Finja zurück.

»Auch nix mehr. Nur noch das große Foto von Sindbad über meinem Bett.«

»Ohh Gott, das Girlie vom Ponyhof. Das ist doch einfach nur noch peinlich, ein Gaul an der Wand«, Zoe fasste sich an die Stirn.

»Sindbad ist kein Gaul«, wehrte sich Marlena, »er ist das tollste Pony der Welt. Allmählich werd' ich zu groß für ihn und brauche ein großes Pferd, sagt mein Reitlehrer. Meine Eltern wollen Sindbad deswegen verkaufen.«

Plötzlich brach sie in Tränen aus.

»Scheiße. Wie gemein ist das denn? Den kann man doch nicht einfach wie ein altes Paar Schuhe entsorgen«, erwiderte Finja entrüstet.

Allgemeine Empörung machte sich breit. Finja legte tröstend die Arme um Marlena und stimmte schluchzend in den Tränenausbruch ein. Zoe, die fast zwei Jahre älter als ihre beiden Freundinnen und einmal sitzengeblieben war, fasste nach Marlenas Hand und drückte sie.

»Sorry, Süße, das tut mir echt leid.«

Zoe stammte aus einer chaotischen Patchworkfamilie, hatte zwei Schwestern, eine Halbschwester und drei Stiefbrüder und kam aus ganz anderen Verhältnissen als Marlena und Finja, deren Eltern man berechtigt als äußerst vermögend bezeichnen konnte. Zoes leiblicher Vater, ein Rechtsanwalt, hatte ihre Mutter Knall auf Fall sitzen lassen und war mit einer Jurastudentin nach Hamburg gezogen. Mit dem neuen Partner ihrer Mutter kam sie nicht gut klar.

Zoe genoss den Status, den sie sich in der Dreiergruppe erarbeitet hatte. Meist machte sie die Ansagen, was sie gemeinsam anstellen konnten, und die anderen sahen zu ihr auf. Zoe war einfach sooo cool. Ließ sich nichts gefallen, hatte immer eine freche Antwort parat. War sie allerdings zu Gast bei Finjas und Marlenas Eltern, riss sie sich zusammen und zeigte Manieren. Ihre größte Sorge war, dass sie dort negativ auffiel und dann vielleicht nicht wiederkommen durfte, oder noch schlimmer, man Marlena und Finja den Umgang mit ihr verbieten würde.

»Ich hab Sindbad schon so lange, quasi seitdem er ein Baby war, na, ja nicht ganz ein Baby, aber ein ganz junges Pony. Hab so viele Schleifen mit ihm geholt.«

Marlena schniefte und zerrte ein zerfleddertes Papiertaschentuch aus ihrer hautengen Jeans. Geräuschvoll putzte sie ihre Nase.

»Können deine Eltern ihn nicht behalten und dir trotzdem ein großes Pferd kaufen? Die haben doch das Geld dazu«, schlug Zoe vor. »Meine kleine Schwester wünscht sich schon länger ein Pony, das sie pflegen und reiten kann. Nur mit der Bezahlung ist das so eine Sache.«

Marlena tupfte sich die Augen trocken, bemüht, die Schminke nicht gleich mit abzuwischen, und zeigte ein verzagtes Lächeln.

»Tolle Idee. Ich rede mal mit meiner Mum, sie schuldet mir noch was. Nachdem ich meinen Schulnotenschnitt auf 1,7 verbessert habe, hat sie gesagt, ich darf mir was wünschen. Und außerdem mach ich dauernd den Babysitter für meinen kleinen Bruder. Das kann ja wohl nicht umsonst sein.«

Jetzt strahlte sie wieder.

Schlagartig war Finja nüchtern. Verschwörerisch hob sie die Stimme.

»Hört mal zu, ich muss euch was erzählen. Stichwort Baby. Aber ihr müsst schwören, dass ihr die Klappe haltet. Das ist topsecret. Also, kein Wort zu irgendjemand. Verstanden?«

Ein paar Minuten später lagen Marlena und Zoe mit aufgerissenen Augen und fassungslos auf dem Bett.

»Ich glaub, mir wird schlecht.«

Zoe sprang auf und rannte in das angrenzende Bad. Wie ihr Bruder verfügte Finja über ein eigenes Badezimmer und besaß statt der Küchenzeile ein Ankleidezimmer.

Würgegeräusche waren zu hören, dann rauschte die Klospülung, der Wasserhahn wurde aufgedreht, und kurz darauf marschierte Zoe mit einem rosafarbenen Rasierer zurück ins Zimmer.

»So eine Bitch, wenn ich die gerade vor mir hätte, der würde ich damit die Hackfresse verschönern.«

»Dazu guckt die Klinge nicht weit genug raus«, nahm ihr Finja den Wind aus den Segeln.

»Und jetzt leg das brav zurück ins Bad.«

Zoe warf den Rasierer auf Finjas Schreibtisch und ließ sich wieder auf das Bett plumpsen.

»Gib mir auch noch was von dem Zeug«, forderte sie Marlena auf, die sich eben wieder einen Schluck Orangenlikör genehmigt hatte. Ihre Freundin reichte ihr die Flasche, die Zoe an die Lippen setzte und daraus einen großzügigen Schluck nahm. Mit dem Handrücken fuhr sie sich über den Mund, als sie die Flasche abgesetzt hatte, der Alkohol verursachte ein wohlig warmes Gefühl in ihrem Magen.

»Ich kann's immer noch nicht fassen. Noch mal fürs Protokoll: Die Tucke hat sich zur gleichen Zeit, als sie noch mit Fabian zusammen war, von einem Iraner einen Braten in die Röhre schieben lassen? Von einem, der bei ihrem Vater in der Bäckerei gearbeitet und dann die

Lehre geschmissen hat? Ohh, meine Fresse, wie billig ist das denn? Und vor allem, wie sackdoof? Hab mich schon gewundert, warum man sie nicht mehr in der Schule sieht. Also ehrlich, Finja, das hättest du uns aber schon früher erzählen können. Sind wir nun beste Freundinnen oder nicht? Und dann hat diese Gruselute Schluss mit Fabian gemacht? Hammer! Ist das Kind denn schon da?«

»Sie hat zumindest den Mut aufgebracht, Fabian die Wahrheit zu sagen«, warf Marlena ein. »Schau dich doch mal um, das Kind würde hier doch in einem Palast aufwachsen. Von daher hätte sie einen guten Schnitt gemacht.«

»Häh? Marlena, wie bist du denn drauf? Merkst du noch was? Verteidigst diese Superbitch auch noch? *Ich* hätte das Fabian niemals angetan. *Niemals!* Das ist echt ultrascheiße! Wie geht's ihm denn? Dafür muss er sie doch hassen wie die Pest. Und weißt du, womit? Mit Recht!«

Zoe griff wieder nach der Flasche und trank den Rest in einem Zug aus.

KAPITEL 9

Peter Dahnken hatte wenig zu berichten, als er vom Klinikum Bremen Mitte zurückkehrte. Das Mädchen lag nach wie vor im künstlichen Koma, wann sie wieder aufgeweckt werden würde, darüber konnten die Ärzte im Moment keine Auskunft geben, geschweige denn, ob das Mädchen Spätfolgen zu erwarten hatte. Dahnken hatte einen Blick auf das Opfer werfen dürfen, doch wegen der vielen Schläuche in Mund und Nase und den dunkelblau verfärbten Schwellungen war das Gesicht nicht wirklich zu erkennen gewesen. Nur schöne hellblonde Haare hatte das Mädchen, wie Peter aufgefallen war.

Wenigstens hatte das Labor den Befund über die untersuchten Rosinen gefaxt. Anhand der mitgelieferten Höchstwerte, die in der EU nicht überschritten werden dürfen, konnte Peter Dahnken schnell erkennen, dass die Rosinen hochgradig belastet waren. Und zwar mit mehreren Pestiziden zugleich. Er beschloss, diesen Krischa Köttel aufzusuchen und ihm noch ein paar Fragen zu stellen.

»Harry, wollen wir noch einmal zu diesem Köttel fahren?«, fragte Peter, als er seinen Kollegen am Handy erwischte.

»Ja, ich bin in einer halben Stunde da. Ich habe übrigens ein Foto von diesem Iraner«, berichtete er stolz.

»Wo hast du das Foto denn her?«

»Seine Daten wurden im Rahmen einer Personenfeststellung aufgenommen, ebenso wurde ein Lichtbild von ihm gemacht. Das war wegen dieser Klabenverpackungsgeschichte. Und dieses hübsche Foto wird uns hoffentlich dabei helfen, den jungen Mann zu finden.«

»Sehr gut, Harry. Dann bis gleich.«

Knapp 50 Minuten später machten sich die beiden Kriminalbeamten auf den Weg in die Überseestadt zu Krischa Köttel. Die Sekretärin bat sie, sich zu gedulden, ihr Chef wäre gerade in einem wichtigen Kundengespräch, aber allzu lange würde es nicht mehr dauern, der Kunde wäre schon 30 Minuten in Köttels Büro. Schipper und Dahnken nahmen in einer kleinen Sitzgruppe in der Ecke Platz. Peter vertiefte sich in eine ausliegende Tenniszeitschrift, während Harry mit sich rang, einen ordentlichen Griff in die schwere Kristallschüssel zu tun, die auf einem Beistelltisch stand und bis zum Rand mit Rosinen gefüllt war. Angesichts der Pestizide, die darin schlummern konnten, ließ er nach kurzem Abwägen von seinem Vorhaben ab. Nach einer Viertelstunde traten ein älterer Herr und Köttel zusammen aus dem Büro, schüttelten sich zum Abschied die Hand. Die Kriminalbeamten erhoben sich, als der ältere Herr das Sekretariat verließ, und traten auf Köttel zu.

»Sie schon wieder?«, fragte der Trockenfrüchteimporteur, als er Harry erkannte. »Ich habe Ihnen doch alles erzählt, was ich weiß.«

Er nahm seine Brille ab, rieb sich mit dem rechten Handrücken über die Stirn und setzte die Brille wieder auf die Nase. Der Mann mit der Glatze, die zu viel Sonne in den vergangenen Jahren gesehen hatte, wie die bräunlichen Flecken auf seiner Kopfhaut zeigten, sah die Männer argwöhnisch an.

»Wir haben noch ein paar Fragen an Sie«, erwiderte Harry.

»Na gut, kommen Sie mit in mein Büro. Frau Keppler«, wandte er sich an seine Sekretärin, »ich möchte nicht gestört werden.«

»Geht klar, Chef«, gab die attraktive Mittvierzigerin zurück.

Köttel bat Schipper und Dahnken vor seinem Schreibtisch Platz zu nehmen. Durch das Fenster konnte man die alten Speichergebäude sehen, in denen vor Jahrzehnten die Hafenarbeiter Waren aus aller Welt umgeschlagen hatten. Heute bildete die Überseestadt ein modernes neues Quartier der Hansestadt, das durch seine vielfältige Architektur – neu und alt im Zusammenspiel – beeindruckte. Zahlreiche Geschäftsleute hatten sich hier niedergelassen, Gastronomiebetriebe hatten eröffnet, Wohnungen waren gebaut worden.

»Was wollen Sie noch wissen? Wie gesagt, mehr als gestern kann ich Ihnen nicht erzählen«, stellte Köttel fest, der sich hinter seinem Schreibtisch niedergelassen hatte, die Ellbogen auf den Tisch gestützt, sein Kinn auf den verschränkten Händen ruhend.

»Wir sind mittlerweile im Besitz des Laborbefundes, den Sie ja gesehen hatten, als Brodbeck bei Ihnen war. Sicher ist Ihnen aufgefallen, dass die zulässigen Höchstwerte deutlich überschritten wurden. Haben Sie eigentlich daraufhin mit dem Hersteller der Rosinen Kontakt aufgenommen?«, stellte Peter seine erste Frage.

»Nein, habe ich nicht. Und zwar deswegen nicht, weil es nichts ändern würde. Ich werde künftig dort nichts mehr einkaufen.«

Er nahm seine Hände herunter, legte sie entspannt übereinander vor sich.

»Wieso haben Sie den Befund nicht überprüfen lassen?«

»Ähm, ja gute Frage, ja, ähm, ehrlich gesagt, ich bin nicht auf die Idee gekommen, muss ich gestehen«, stotterte Köttel herum. »Meinen Sie, der Befund war falsch und die ganze Aufregung umsonst?«

Harry zuckte mit den Schultern.

»Nein. Das Labor schreibt, dass die auffälligen Werte überprüft wurden. Haben Sie Brodbeck keine Wiedergutmachung angeboten?«

»Doch«, nickte Köttel und berichtete von seinem Angebot.

»Und dann ist Brodbeck einfach so gegangen? Das kann ich mir nicht vorstellen«, meinte Dahnken.

»Na ja, er hat noch gedroht, er werde die Presse und die Lebensmittelaufsicht informieren.«

Harry hob die Augenbrauen.

»Das haben Sie aber gestern nicht erwähnt.«

»Wieso, ist das wichtig? Ist doch scheißegal, Brodbeck hat es ja nicht getan«, entgegnete Köttel unwirsch.

»Ganz genau, er hat es nicht getan. Vielleicht deswegen nicht, weil er nicht mehr dazu kam?«, warf Dahnken sanft ein.

Köttel fuhr auf.

»Sagen Sie mal, was unterstellen Sie mir da? Haben Sie noch alle Tass…«

»Vorsichtig, Herr Köttel«, unterbrach Schipper den Mann, dessen Gesicht nun deutlich gerötet war. Kleine Schweißperlen glitzerten auf seiner Glatze, die Köttel mit dem Hemdärmel abwischte.

»Ja, ist doch wahr! Ich bring doch keinen um, weil ein paar Rosinen nicht ganz so sind, wie sie sein sollten.«

Er atmete schwer, lockerte die dunkelblaue Krawatte und öffnete den obersten Knopf an seinem weißen Hemd.

»Nicht ganz so sind, ist ja wohl ein wenig untertrieben«, konterte Dahnken, der sich, bevor Harry und er losgefahren waren, über die Pestizide informiert hatte.

»Schauen Sie mal hier«, er holte den Befundbogen hervor und deutete auf eine Zeile. »Glyphosat. Und das in rauen Mengen. Schon nach einer Handvoll Rosinen wäre es möglich, dass ein Kleinkind eine akute Schädigung des Hormon- oder Nervensystems erleiden könnte. Dieses Teufelszeug ist extrem schädlich. Sie haben also billigend in Kauf genommen, dass jemand, der Ihre Rosinen verzehrt, zu Schaden kommt. Und Brodbeck hat Ihnen mit der Presse gedroht. Also, für mich klingt das wie ein Motiv«, schloss Dahnken.

»Aber, aber, ich wusste doch nichts davon!«

Köttel war laut geworden.

»Dieser blöde Bäcker hat mir nicht geglaubt, dass ich genauso ein Opfer übler Machenschaften geworden bin wie er. Das gibt's doch alles nicht!«

Er fuhr sich mehrfach über die Glatze. Wahrscheinlich hätte er sich gerne die Haare gerauft, nur waren keine mehr da.

»Herr Köttel, ich sag's Ihnen ganz offen«, mischte sich Harry ein, »Sie haben niemanden, der bezeugen kann, dass Sie zur Tatzeit im Bett lagen. Das sieht nicht gut für Sie aus.«

»Doch, das kann jemand bezeugen«, stieß Köttel aufgeregt hervor.

»Sooo? Wer denn? Ich dachte, Ihre Frau ist mit Ihren Kindern weggefahren«, erinnerte sich Harry.

»Meine Sekretärin.«

Aha. Eine Affäre. Oder eine Lüge?

»Das hätten Sie aber schon gestern erzählen können.«

Wieder setzte Köttel die Brille ab, wischte sich über die Augen. Schien ein echter Tick von ihm zu sein.

»Glauben Sie, man gibt so einfach zu, dass man seine Frau betrügt?«

»Nun gut, Herr Köttel, das lässt sich leicht nachprüfen. Bitten Sie die Dame herein.«

Köttel war im Begriff aufzustehen, doch Dahnken stoppte ihn.

»Rufen Sie sie an, wenn Sie keine Gegensprechanlage haben.«

Mit schweißnassen Händen griff Köttel zum Telefon, tippte zwei Zahlen.

»Frau Keppler, bitte kommen Sie zu mir.«

Wenige Sekunden später erschien die schlanke, gepflegte Frau im Büro ihres Chefs.

»Frau Keppler«, konfrontierte Dahnken die Sekretärin, kaum, dass sie im Raum war, »unterhalten Sie mit Herrn Köttel eine intime Beziehung?«

Ihr Blick flog zu Köttel und zurück zu Peter Dahnken. Eine feine Röte legte sich auf ihre Wangen, sie schluckte hart. Dann schlang sie ihre Arme um ihre schmale Taille, wie um sich selbst zu halten.

»Wieso fragen Sie das?«

»Beantworten Sie einfach meine Frage: Ja oder Nein?«

Wieder ein schneller Blickwechsel.

»Ja«, hauchte sie dann.

»Wann haben Sie denn das letzte Mal eine Nacht mit Herrn Köttel verbracht?«, fragte Harry Schipper.

»Montagnacht«, flüsterte sie kaum hörbar.

»Ihnen ist klar, dass wir Sie wegen einer Falschaussage belangen können?«, warnte Harry die Frau. Die Röte in ihrem Gesicht wich einer fahlen Blässe.

Sie nickte unmerklich.

»Gut, Frau Keppler, das war's dann fürs Erste. Allerdings müssen wir Sie bitten, Ihre Aussage bei uns im Präsidium schriftlich zu bestätigen. Kommen Sie morgen Vormittag bitte in die Vahr und melden sich beim Pförtner. Es wird Sie dann jemand von uns abholen.«

Dahnken reichte ihr seine Karte, die Frau Keppler mit zitternder Hand entgegennahm. Dann verschwand sie eiligst nach nebenan.

»Sehen Sie, was Sie angerichtet haben? Die arme Elke ist völlig fertig«, Köttel war entrüstet.

»Herr Köttel, nur mal so nebenbei: Angerichtet haben Sie das. Wenn es stimmt, gut, dann haben Sie und Frau Keppler ein Verhältnis, und Ihre Frau erfährt davon. Pech. Sollte Frau Keppler aber die Unwahrheit gesagt haben, nur um Ihnen einen Gefallen zu tun oder aus Angst um ihren Job, oder egal warum, dann haben Sie sie zu einer Falschaussage angestiftet, was unangenehme Folgen haben kann. Mindestens drei Monate Gefängnis. Kann aber bis zu fünf Jahre geben. Nur so zur Info. Schönen Tag noch. Ach so, ja, Sie kommen natürlich morgen auch zu uns in die Vahr.«

Harry und Peter standen auf, um zu gehen.

»Bemühen Sie sich nicht, wir finden alleine raus«, sagte Peter Dahnken zum Abschied.

Nach dem Gespräch mit dem obdachlosen Robert saß Hölzle in seinem Büro und widmete sich der ungeliebten Schreibtischarbeit. Nebenher spielte leise Radiomusik, im Papierkorb häuften sich Schokoriegelverpackungen. Es war einfach was dran, dass Schokolade Nervennahrung war. Das Telefon klingelte, Hölzle hob ab.

»Hier ist eine Frau Alavi dran, sie wollte Peter Dahnken sprechen«, hörte er Hilke Maier sagen, »doch der ist außer Haus. Sie meinte, es ist dringend.«

»Ja, stellen Sie durch.«

Es klickte kurz in der Leitung, dann hatte er die Frau am Telefon, die sofort loskeifte.

»Sie müssen meinen Sohn suchen, wir haben seit Tagen nichts von ihm gehört!«

»Langsam, nur die Ruhe«, antwortete Hölzle, »wie heißt Ihr Sohn, wie alt ist er, und seit wann genau haben Sie keinen Kontakt mehr?«

Natürlich wusste er, dass Samir über 18 war, aber er stellte die Fragen routinemäßig. Das half meist auch den aufgeregten Eltern, sich etwas zu beruhigen. Doch Frau Alavi war weit davon entfernt.

»Sie wissen doch genau, wie er heißt! Sie glauben doch, er wäre ein Verbrecher! Mein Samir hat überhaupt nichts angestellt, er ist ein guter Sohn!«

Hölzle verdrehte die Augen, froh, dass die Frau ihn nicht sehen konnte.

»Frau Alavi, wir glauben überhaupt nichts. Wir suchen

nach Ihrem Sohn, weil wir ihn im Zusammenhang mit einem Tötungsdelikt befragen wollen. Das heißt nicht, dass wir ihn beschuldigen. Samir kann uns vielleicht Informationen geben, die zur Aufklärung eines Verbrechens beitragen«, er blieb ganz ruhig, auch wenn es schwerfiel.

»Ha, das behaupten Sie doch nur! Glauben Sie, ich lese keine Zeitung? Vorverurteilung nennt man das! Nur weil wir aus dem Iran stammen!«

Hölzle holte tief Luft.

»Frau Alavi, was und wie die Presse schreibt, darauf haben wir keinen Einfluss. Und es macht für die Polizei keinen Unterschied, woher Sie stammen. Also, noch mal von vorn. Wann haben Sie Ihren Sohn zuletzt gesehen oder gesprochen?«

»Letzte Woche Dienstag. Er wohnt seit über einer Woche bei einem Freund.«

»Kennen Sie den Freund?«, wollte Hölzle wissen und zückte einen Kugelschreiber, um sich Notizen zu machen.

»Mo. Moritz Hildebrandt.«

»Haben Sie diesen Freund angerufen?«

»Ja, aber da geht keiner ran. Und mein Sohn geht nicht an sein Handy«, ihre Aggression war Verzweiflung gewichen.

»Wissen Sie denn, wo Mo Hildebrandt wohnt?«

»In Horn«, sie nannte ihm die genaue Adresse.

»Wieso wohnt Samir denn seit einer Woche dort? Gab es Streit?«

Hölzle malte neben seinen Notizen kleine Kästchen und Kringel, versah sie mit kleinen Schnörkeln.

Sie räusperte sich.

»Ja, seit er seine Lehrstelle verloren hat, gibt es beinahe täglich Streit. Mein Mann …«, sie beendete den Satz nicht, doch Hölzle war klar, was sie meinte.

»Wissen Sie, ich hab Angst, dass Samir irgendwie unter die Räder gekommen ist, er ist überhaupt nicht mehr zugänglich. Und er trinkt. Was er eigentlich nicht darf. Aber ich hab schon öfter gerochen, dass er Alkohol getrunken hatte. Ich hab versucht, mit ihm zu reden, doch es hat nichts genützt. Als ich ihm gedroht habe, es seinem Vater zu sagen, ist er gegangen. Er hat mir nur kurz eine Nachricht geschickt, dass er bei seinem Freund wäre, es gehe ihm gut, ich solle mir keine Sorgen machen. Seither nichts mehr.«

Hölzle seufzte.

»Frau Alavi, wir kümmern uns darum. Ich frage mich allerdings, warum Sie meinen Kollegen angelogen haben, als er bei Ihnen war. Warum haben Sie nicht erzählt, dass Samir bei einem Freund untergekrochen ist?«

»Ich, ich weiß nicht, ich wollte ihn beschützen, es war mir peinlich.«

»Beschützen wovor? Vor der Polizei? Wozu, wenn er nichts getan hat? Und peinlich braucht Ihnen das nicht zu sein, Streit gibt es in den besten Familien. Wir melden uns bei Ihnen.«

Hölzle legte auf, schnappte seine Jacke und verließ das Büro. Auf dem Weg zum Parkplatz stolzierte ihm Nuray Toprak entgegen, die vom Zahnarzt kam.

»Sie können gleich mitkommen, die anderen sind unterwegs.«

»Wohin fahren wir?«, wollte sie wissen und zupfte

ihren engen roten Rock zurecht. Ihre Beine steckten in einer schwarzen, in sich gemusterten Strumpfhose und Stiefeln, die aussahen, als wären sie aus zotteligem Mammutfell gefertigt worden. Dazu trug sie eine dunkle Jacke mit jeder Menge Nieten. Hölzle stellte sich vor, dass das Mädchen mit dieser Jacke unter der passenden Beleuchtung wahrscheinlich funkeln würde wie ein Weihnachtsbaum an Heiligabend.

»Nach Horn«, gab Hölzle kurz angebunden zurück und verkniff sich eine Bemerkung über Nurays Outfit.

RÜCKBLENDE

Samir rannte, als wäre der Teufel hinter ihm her. Nach 500 Metern musste er stehen bleiben. Seitenstechen quälte ihn, und er atmete schwer. Keuchend blieb er stehen. Ohne Vorwarnung rebellierte sein Magen, und würgend erbrach er den Rest des gestrigen Abendessens neben einem blattlosen Busch bei der Johanniskirche. Immer wieder krampfte sein Magen, bis nur noch bittere Galle herauskam. Erschöpft lehnte er sich an die kalten Steine der Kirche, wischte sich mit dem Ärmel über den Mund. Ein regelrechter Film lief vor seinem inneren Auge ab, jagte Bild um Bild durch seinen Kopf. Immer wieder die gleichen schrecklichen Szenen, die er gerade beobachtet hatte.

Stundenlang hatte er Tage zuvor sein Herz bei Mo ausgeschüttet, seinem Freund alles anvertraut. Und Mo hatte Samir nicht nur zugehört, sondern er hatte ihn reden lassen. Ohne ihm permanent Vorhaltungen zu machen, wie vor allem sein Vater es ständig tat. Mo hatte ihn auch noch darin bestärkt, sich nicht einfach alles bieten zu lassen. Zuallererst solle er sich mit Brodbeck auseinandersetzen. Trotz der Kündigung habe Samir Anspruch auf ein Zeugnis, schließlich habe er fast zwei Jahre dort seine Ausbildung gemacht. Es habe für Samir ja kein gerichtliches Nachspiel gegeben, dass er die Tüten zur Verpackung der unterschiedlichen Klaben verwechselt hatte. Und bis dahin habe er gute Arbeit geleistet, und die Noten der Berufsschule waren erfreulich. Wenigstens einen Arbeitsnachweis könne Brodbeck ihm doch ausstellen. Mo hatte recht. Samir hatte nicht lange gezögert. Er musste Brodbeck erwischen, wenn dieser alleine war, und dafür waren die frühen Morgenstunden, wenn der Bäcker seinem Handwerk nachging, am günstigsten.

Samir hatte sich den Wecker auf vier Uhr gestellt. Das frühe Aufstehen bereitete ihm keine Probleme. Als er sich auf den Weg ins Schnoorviertel machte, wünschte er sich, er hätte zusätzlich eine Mütze aufgesetzt, es war empfindlich kalt. Die Kapuze seines dunkelgrauen Hoodys bis tief in die Stirn gezogen, die Hände zu Fäusten geballt in die Taschen seiner Jacke gesteckt, hastete er durch die noch leeren Straßen.

Schon von Weitem sah er den schwachen Lichtschein, der aus der Backstube der Bäckerei Brodbeck kam. Der Alte war also an der Arbeit. Kurz zögerte Samir. Was, wenn Brodbeck ihm das Zeugnis verweigerte? Hatte Vanessa ihren Eltern gebeichtet, dass das Baby von ihm, Samir, sein könnte? Was, wenn der Bäcker handgreiflich werden würde? Denn das war diesem Choleriker durchaus zuzutrauen. Fast hätte er wieder auf dem Absatz kehrtgemacht. Aber nein, Mo lag richtig. Der Alte war verpflichtet, ihm dieses Zeugnis auszustellen.

Samir stapfte an der Seite des Hauses vorbei, in dessen hinterem Bereich die Backstube lag. Die Tür zur Stube war einen Spalt geöffnet. Das machte Brodbeck immer so, Hitze und Mehlstaub konnten sich so auf natürliche Weise verflüchtigen. Vorsichtig drückte Samir die Tür mit dem ausgestreckten rechten Zeigefinger ein wenig weiter auf. Was er dann erblickte, ließ sein Herz für einen Moment aussetzen. Instinktiv trat er vorsichtig einen Schritt zurück.

Hoffentlich war er nicht bemerkt worden. Eigentlich hätte er um Hilfe schreien sollen, über sein Handy Notarzt oder Polizei benachrichtigen müssen, aber der grauenvolle Anblick lähmte ihn. Oder war alles nur eine Halluzination? Wieder trat er einen Schritt vor, spähte in die Backstube. Nein, da lag Carl Brodbeck regungslos auf dem Boden, sein weißes Bäckerhemd war blutdurchtränkt. Daneben stand sein Mörder, scheinbar ruhig und gelassen, betrachtete sein grausames Werk, in der Hand ein Messer mit langer Klinge.

Bloß weg hier! Schnell!

So leise wie möglich entfernte sich der junge Iraner, bis er sich sicher genug fühlte, um loszuspurten. Seine Sportschuhe mit den dicken Sohlen dämpften glücklicherweise jeden seiner langen Schritte, und Samir rannte, als ob ihm der Teufel persönlich auf seinen Fersen wäre.

Mo war einigermaßen überrascht gewesen, als seine Eltern vorzeitig aus ihrem Skiurlaub zurückgekommen waren und nichts dagegen gehabt hatten, dass Samir noch ein paar Tage blieb. Er ging nach oben, um Samir zu wecken, doch dieser gab vor zu schlafen. Mo kannte das schon. Wenn sein Freund nicht reden wollte, zog er die Decke über den Kopf.

»Hey, Alter, ich muss los. Die Uni ruft. Heute Abend erzählst du, wie's gelaufen ist. Und denk dran, meine Mutter zu fragen, ob du was helfen kannst. Dann stehen deine Chancen, noch ein Weilchen hierbleiben zu können, ganz gut.«

Eine Stunde später schälte sich Samir aus dem Bett. Fast 13 Uhr zeigte ihm sein Handy an. Er rieb sich die Augen, fuhr sich mit beiden Händen durch die schwarzen Haare. Mann, das musste doch ein Alptraum gewesen sein. Bestimmt hatte er das alles nur geträumt. Brodbeck war garantiert gesund und munter und hielt ein Pläuschchen mit den Kunden, wie meist um die Mittagszeit, wenn die Leute ins Stehcafé der Bäckerei kamen. Er schaltete Mos Radio ein. Wenn was passiert wäre, würden die es doch melden. Oder? Während er sich langsam anzog, lauschte er den Nachrichten. Schon wieder irgendeine Scheiße in der Welt, und dann, ja dann vernahm Samir eine wohlklingende Frauenstimme.

»Und nun zu den Nachrichten aus Bremen. Heute Morgen ist im Schnoorviertel die Leiche eines Mannes entdeckt worden. Die Polizei geht von einem Gewaltverbrechen aus.«

Das war's? Das war alles, was man über Brodbecks Ermordung erfuhr? Aber er, Samir Alavi, wusste es besser. Wusste, dass Brodbeck wie ein Schwein abgestochen worden war. Und vor allem wusste Samir, wer seinen ehemaligen Chef kaltblütig ermordet hatte.

KAPITEL 10

Als Hölzle die Klingel unter dem Namen ›Hildebrandt‹ gedrückt hatte, öffnete ein verschlafen aussehender junger Mann in Boxershorts und T-Shirt die Tür. Seine dunkelbraunen Haare standen in alle Richtungen. Offenbar hatte Hölzle ihn durch das Klingeln aus dem Schlaf gerissen. Dabei war es schon kurz nach drei Uhr mittags.

»Moritz Hildebrandt?«, fragte er.

»Ja. Und Sie sind?«

Mo rieb sich die Augen und begann zu schlottern. Es war zu kalt, um hier leichtbekleidet an der Haustür rumzustehen.

»Kriminalpolizei Bremen, mein Name ist Hölzle. Kann ich Sie einen Augenblick sprechen?«

Hölzle zückte seinen Dienstausweis, und Mo, der schlagartig wach war, ließ ihn und die junge Frau, die hinter Hölzle stand, herein.

»Und wer ist das?«, wollte Mo wissen und deutete mit einem Kopfnicken auf Nuray.

»Eine Praktikantin. Frau Toprak«, stellte Hölzle Nuray vor.

Mo lächelte die hübsche junge Frau an. Sieht gut aus, dachte er. Von ihrem Anblick abgelenkt, kam ihm zuerst überhaupt nicht in den Sinn, sich zu fragen, warum die Kripo bei ihm war. Doch dann setzte sich langsam die Erkenntnis durch, warum er in der

Kälte einem Polizeibeamten gegenüberstand. Mo runzelte kurz die Stirn. Es ging bestimmt um Samir. Sicher hatte der Mist gebaut!

Mo führte die beiden ins Esszimmer, bat sie Platz zu nehmen.

»Wir haben Kenntnis, dass Samir Alavi bei Ihnen wohnt?«, begann Hölzle.

Mo nickte.

»Ja, warten Sie, ich gehe ihn wecken.«

Wenn er genau überlegte, hatte er überhaupt nicht mitbekommen, wann Samir gestern Nacht nach Hause gekommen war.

Wer weiß, wo der noch mit meinem Auto hingefahren ist. Hoffentlich hat er keinen Crash gebaut und Fahrerflucht begangen! Samir, du bist manchmal echt ein Idiot, fluchte Mo stumm, als er die knarzenden Treppenstufen ins Obergeschoss hinaufstieg.

Er klopfte an die Tür des Gästezimmers.

»He, Alter, steh auf, die Kripo will zu dir!«

Keine Reaktion.

Mo drückte die Türklinke herunter, ging ins Zimmer und blieb abrupt stehen. Das Bett war unberührt, Samir war überhaupt nicht zurückgekommen. Scheiße! Mo machte auf dem Absatz kehrt und polterte die Treppe hinunter.

»Er ist nicht da. Ich verstehe das gar nicht! Ich hab ihm gestern mein Auto geliehen, weil er zu einem Vorstellungsgespräch wollte«, platzte es aus ihm heraus, als er ins Esszimmer zurückkam. »Hat er einen Unfall gebaut? Oder warum sind Sie hier? Oh, Mann, was ist mit meinem Auto?«

In Mos Kopf rasten die Gedanken durcheinander.

»Wissen Sie, wo genau er hinwollte?«, fragte Hölzle den jungen Mann, dem die Verzweiflung ins Gesicht geschrieben stand.

»Wo genau, weiß ich nicht, irgendein Umweltentsorgungsbetrieb. Was ist denn nun mit Samir?«

»Seine Eltern machen sich Sorgen, und wir suchen ihn in Zusammenhang mit einer Straftat.«

Mo riss entsetzt die Augen auf.

»Keine Sorge, Herr Hildebrandt, wir möchten uns nur mit Ihrem Freund unterhalten«, beruhigte Hölzle den jungen Mann.

»Ich ruf ihn an.«

Mo stand auf, ging kurz aus dem Zimmer und kam mit seinem Handy am Ohr zurück. Dann schüttelte er den Kopf.

»Ich erreich ihn nicht. Und jetzt?«

»Jetzt lassen wir Ihr Auto suchen. Nennen Sie mir bitte die Marke und das Kennzeichen.«

Hölzle zückte ein kleines Notizbuch und einen Kugelschreiber und notierte Mos Angaben.

Einen Moment hatte der junge Mann gezögert, als ihn der Kommissar danach fragte, ob Samir Probleme hätte. Nach kurzer Überlegung entschloss sich Mo Hildebrandt dann jedoch, alles zu erzählen, was er über Samir und seinen Zustand wusste. Er beging damit ja keinen Verrat an seinem Freund. Und so berichtete er von der Kündigung und deren Begründung, von der vermeintlichen Vaterschaft Samirs, den Problemen mit den Eltern, dem fehlenden Arbeitszeugnis, das sich sein Freund hatte bei seinem ehemaligen

Chef Brodbeck besorgen wollen und es dann doch nicht getan hatte.

»Wir melden uns bei Ihnen, wenn wir Ihr Fahrzeug ausfindig gemacht haben«, versprach Hölzle zum Abschied und verließ mit Nuray das Haus der Familie Hildebrandt.

Im Auto gab Hölzle das Kennzeichen des schwarzen Golfs durch, damit die Kollegen nach ihm fahnden konnten.

»Und, Frau Toprak, meinen Sie, wir haben jetzt neue Informationen bekommen, die Licht ins Dunkel bringen?«

Nuray überlegte kurz und schüttelte dann den Kopf.

»Das waren keine wirklichen Neuigkeiten, dieser Moritz hat ja nichts erzählt, was nicht schon bekannt war.«

Hölzle schmunzelte. Er hatte auf jeden Fall etwas Neues erfahren und eine Vermutung dazu.

»Dass Vanessa Brodbeck schwanger war, wussten wir bisher noch nicht. Und wissen Sie was? Ich kann mir gut vorstellen, dass das ausgesetzte Baby ihr Kind ist.«

»Echt? Ja, stimmt, jetzt, wo Sie das sagen«, Nuray wickelte ein Pfefferminzbonbon aus. »Wollen Sie auch eins?«

»Nein, danke.« Er sah auf die Uhr in seinem Wagen. »Machen Sie schon mal Feierabend. Soll ich Sie irgendwo absetzen?«

»Ja, Sie können mich dort vorne an der Haltestelle rauslassen, ich nehm' dann die Bahn.«

Hölzle hielt, ließ sie aussteigen und fuhr weiter in Richtung St. Joseph-Stift. Im Krankenhaus sprach er mit einem der Ärzte, um zu erfahren, wie es dem Baby ging. Der Arzt informierte ihn, dass es der kleinen Magdalena an nichts fehlte und der Kinder- und Jugendnotdienst mit dem Jugendamt bereits einen Vormund bestellt und eine Pflegefamilie gefunden hätte, die das Mädchen aufnehmen würde, sobald das Krankenhaus grünes Licht gab. Hölzle bedankte sich und fuhr vom St. Joseph-Stift direkt zu Isabell Brodbeck. Es war mittlerweile stockdunkel und ein schneidend kalter Wind fegte durch Bremens Straßen. Er klingelte und, als hätte Isabell Brodbeck hinter der Tür gelauert, öffnete sich diese nach nur ein paar Sekunden.

»Frau Brodbeck, warum haben Sie uns nicht erzählt, dass Ihre Tochter schwanger ist und dies der Grund für den Rauswurf Vanessas aus ihrem Elternhaus war?«, überfiel Hölzle ohne Umschweife die vollkommen verdutzte Frau. Er hatte sich das alles zusammengereimt und war nun auf die Reaktion seines Gegenübers gespannt.

»Weil das niemanden etwas angeht«, zischte Isabell Brodbeck ihn an.

Aha, Treffer. Hölzle war zufrieden.

»Doch, doch, das geht uns schon etwas an«, belehrte er die Frau, die bis jetzt nicht auf die Idee gekommen war, ihn hereinzubitten.

»Vor wenigen Tagen wurde ein Baby ausgesetzt, und der Verdacht liegt nahe, dass es sich um Ihr Enkelkind handeln könnte.«

Sie reckte den Hals, sah nach links und rechts. Dass die Nachbarn das mitbekamen, hätte ihr gerade noch gefehlt.

»Kommen Sie rein«, sagte sie leise und gab den Weg in den Hausflur frei. Sie räusperte sich. »Ja, es stimmt. Vanessa war schwanger, mein Mann drehte durch und hat sie rausgeschmissen. Da war sie im fünften Monat. Ich konnte nichts dagegen tun. Carl wollte kein Wort mehr darüber hören, ich hab es mehrfach versucht.« Hilflos hob sie beide Arme und ließ sie wieder sinken.

»Können Sie mir eine Zahnbürste oder eine Haarbürste von Vanessa geben, damit wir einen DNA-Test machen können?«

Isabell rechnete im Kopf nach. Ja, der Zeitpunkt stimmte, sie könnte jetzt Großmutter sein. Warum hatte sich Vanessa nicht gemeldet? Hatte sie immer noch nicht mitbekommen, was passiert war? Dass ihr Vater nicht mehr am Leben war?

»Sie glauben wirklich, dass meine Tochter ihr Kind ausgesetzt hat?«, flüsterte sie heiser.

»Es könnte sein«, antwortete Hölzle ruhig.

Isabell Brodbeck nickte unmerklich, ließ den Kriminalhauptkommissar stehen und verschwand für einige Minuten. Zurück kam sie mit einer Haarbürste, in der jede Menge blonder Haare steckten. Hölzle nahm die Bürste entgegen, verabschiedete sich und ging zu seinem Dienstwagen, in dem er immer einen Vorrat an Beweismittelbeuteln liegen hatte. Die Bürste ließ er hineingleiten und fuhr damit direkt zum Leiter der Kriminaltechnik, Markus Rotenboom.

RÜCKBLENDE

Samir hatte lange mit sich gerungen. Er musste sein Wissen doch an die Polizei weitergeben, ansonsten wäre er mitschuldig. Wenn herauskäme, dass er geschwiegen hatte, zusammen mit der Geschichte dieser Scheißklabenverpackung, dann wäre er geliefert und seine Zukunft endgültig verbaut. Andererseits, welche Zukunft hatte er denn überhaupt? Bei drei Bäckern innerhalb des Stadtgebietes hatte er sich beworben, alle drei hatten nach einem Zeugnis gefragt. Bis dahin liefen die Gespräche ja noch ganz gut. Als er jedoch den Namen seines ehemaligen Brötchengebers genannt hatte, war das Ende des Vorstellungsgespräches in greifbare Nähe gerückt.

»Haben Sie was mit dem Tod des kleinen Jungen zu tun? Sind Sie derjenige, der die Verpackungen vertauscht hat?«

Sein betretenes Kopfnicken und ein gemurmeltes »Ja« hatten dann die Verabschiedung – »Wir wünschen Ihnen für Ihre Zukunft alles Gute« – nach sich gezogen. Seither jobbte er im Supermarkt und räumte Regale ein.

Aber hatte er nicht schon viel zu lange die Klappe gehalten? Wie käme das den Bullen denn vor, wenn er nach Tagen mit seinem Wissen herausrückte?

»Warum kommen Sie erst jetzt?«, wäre bestimmt die erste und berechtigte Frage. Vielleicht wäre diese Verzögerung ja schon Grund genug, ihm einen Prozess wegen Verschweigens einer Straftat oder wie man so etwas nannte anzuhängen. Samir hatte keine Ahnung. Seine Situation schien ausweglos. Oder alternativlos, wie man heute so schön sagte.

Wie Vanessa sich wohl fühlte? Er wollte kein Vater sein. Sie hatte ihren Vater verloren. War das Kind schon auf der Welt? Und wessen Kind war es überhaupt? Alles wuchs ihm über den Kopf, und Geld hatte er auch keins, um weit weg zu fahren. Irgendwohin, wo immer die Sonne schien. Weit weg von Verpflichtungen, Ärger, Vorhaltungen und Druck. Wenn ihm urplötzlich ein Haufen Geld in den Schoß fallen würde, dann würde er sofort verschwinden. Ein schöner Wunschtraum.

Dass Mo nicht mehr viel Verständnis für ihn aufbrachte, konnte er seinem Freund nicht verübeln. Als Mo auch noch von der Ermordung des Bäckers erfahren hatte, war er leichenblass geworden.

»Sag mir, dass du nichts damit zu tun hast.«

»Bist du verrückt? Ich schwör's dir auf den Koran und auf deine Bibel auch noch, wenn du willst. Ich war noch nicht einmal in der Nähe, als es passiert ist.«

»Woher weißt du dann, wann es passiert ist?« Mo war gründlich mit seinen Fragen.

»Aus den Nachrichten. Wenn sie ihn am Morgen gefunden haben, muss er ja wohl vorher ermordet worden sein. Und zu der Zeit war ich nicht da. Und später auch nicht.«

Natürlich hatte sein Freund ihm geglaubt.

»Mann, Alter, da hast du aber Schwein gehabt. Stell dir vor, du wärst da gewesen und hättest den Mord beobachtet! Und der Mörder hätte dich entdeckt. Scheiße, der hätte dich auch gleich abgemurkst.«

Ja, da hatte Mo recht. Er hatte echt Glück gehabt. Mehr Glück als Verstand, wenn er genau darüber nachdachte. Was brachte ihm nun dieses Wissen um den Mörder außer Schlaflosigkeit und einem schlechten Gewissen? Plötzlich schlich sich ein Gedanke in sein Bewusstsein, setzte sich fest daran wie eine Zecke, bereit, ihm seinen letzten Funken Verstand aus dem Gehirn zu saugen.

Was wäre dem Mörder sein Schweigen wohl wert? Da war doch sicherlich einiges zu holen. Und er, Samir Alavi, hätte fürs Erste ausgesorgt. Er würde nach Ibiza oder sonst wo in die Wärme fliegen. Vielleicht könnte er sich eine Millionärin angeln, eine ältere, die auf seinen jungen Body stand. Und wenn nicht, könnte der Mörder ihm ja eine Art monatliche Pension zahlen, damit er auf ewig die Klappe hielt. Coole Idee eigentlich. Samir sah sich bereits am weißen Strand unter Palmen liegen, einen süffigen Cocktail in der Hand, seine Yacht dümpelte auf türkisfarbenem Wasser in einer einsamen Bucht. Er fasste einen Entschluss.

Wo gab es in Bremen noch öffentliche Telefonzellen? Google gab die Antwort. Es gab überraschenderweise noch mehr als 200 von den Dingern, und die Telefonnummer, die er wählen wollte, lieferte Google auch.

Samir entschied sich für die Gröpelinger Heerstraße, das war weit genug entfernt von Horn, wo Mos Eltern wohnten, und dort traf er bestimmt niemanden, den er kannte.

Samir schlenderte bewusst unauffällig auf die Zelle zu. Eigentlich verdiente die Telefonzelle den Namen gar nicht, denn das Ding bestand nur aus einem seitlichen Windschutz und einem kleinen Dach. Kein geschlossener Glaskasten mit Tür wie früher üblich. Die Plexiglasseiten wiesen etliche Kratzer auf.

Nur keine Aufmerksamkeit erregen. Doch niemand nahm von ihm Notiz, die Menschen waren auf dem Weg zum Bus, zur Arbeit oder steuerten das nahe Diakoniekrankenhaus an. Er kam sich vor wie in einem Actionfilm, wo jeden Moment das Telefon klingelte und der Held vor eine fast unlösbare Aufgabe gestellt wurde. Aber hier klingelte nichts. Samir stellte sich unter das Dach, sein Blick fiel auf das Telefonbuch, das zerfleddert auf seiner Ablage lag. Wenigstens hielten die Seitenwände etwas den kalten Ostwind ab, der einem durch Mark und Bein ging. Samir schob seine EC-Karte in den Bezahlschlitz und wählte die Nummer. Fast hätte er schon aufgegeben, doch dann nahm endlich jemand ab. Samir zögerte nicht lange, er kam gleich zur Sache:

»Ich weiß, was Sie an einem eisigen frühen Morgen getan haben.«

Er hatte sich die Worte sorgsam überlegt. Irgendwie stammten sie aus einem Film, den er sich mit Vanessa einmal im Fernsehen angeschaut hatte.

An der anderen Seite der Leitung keine Reaktion.

»Hallo, hören Sie mich? Ich habe Sie gesehen! Am frühen Dienstagmorgen im Schnoor. Ich kann mich auch gerne mit den Bullen unterhalten.«

Endlich erhielt er eine Antwort.

»Und, was wollen Sie?«

Die Stimme klang gepresst, aber nicht nervös. Da steckten eiskalte Nerven dahinter. Respekt.

»250.000. Bar. Kleine Scheine, nicht durchlaufend nummeriert. Sie haben 48 Stunden Zeit, um das Geld zu besorgen. Wir treffen uns übermorgen um 20 Uhr am Wanderparkplatz Stedener Straße, hinter Hambergen, in Richtung des Heilsmoores. Wenn Sie nicht erscheinen, gehe ich direkt zur Polizei.«

Er legte auf, ohne seinem Gegenüber die Chance auf eine Antwort zu geben. Das wäre also erledigt. Samir fühlte sich cool. Er rekapitulierte noch einmal. Den Parkplatz kannte er. Vor gefühlten Urzeiten war er von dort mit Vanessa ins Moor aufgebrochen, mit Picknick und allem Drum und Dran. Ruhig gelegen, umgeben von Wald und Feldern, das nächste Gehöft weit entfernt. So barg das Treffen auch für ihn kein Risiko. Jetzt musste er nur noch Mo davon überzeugen, ihm sein heiliges Auto auszuleihen.

Am frühen Abend hatte er Mo endlich weichgekocht und seinen Freund davon überzeugt, ihn alleine fahren zu lassen. Ein Vorstellungsgespräch um diese Uhrzeit sei ja nicht sooo ungewöhnlich. Er hätte schließlich Mos Rat befolgt und sich nicht nach einer Bäckerei umgesehen, sondern er würde sich ein Unternehmen anschauen, das die Entsorgung von Industrieabfällen übernahm. Dort würde im Schichtbetrieb gearbeitet werden, und die Entlohnung sei sicher deutlich besser als in einer Bäckerei.

Die Zeit bis zu dem Treffen, das er als reicher Mann verlassen würde, verrann zäh wie Honig. Dann endlich war es so weit. Samir fuhr tatsächlich zögerlich und vorsichtig. Ein leichter Schneefall hatte eingesetzt, und die Heizung des schwarzen Golfs lief auf Hochtouren. Die Fahrt verlief reibungslos, und Samir war erleichtert, als er den Parkplatz vor sich sah. Da stand bereits ein Opel mit Münchner Kennzeichen.

Scheiße, wer war das denn? Vorsichtig steuerte er Mos Golf in die Nähe des fremden Autos. Er würde im Golf sitzen bleiben und abwarten, was passierte, hoffen, dass der Bayer bald verschwinden und der Geldgeber ebenso bald auftauchen würde. Nach ein paar Minuten waren die Scheiben von innen beschlagen. Er ließ die Scheibe hinunter, die kalte Luft würde dafür sorgen, dass man wieder etwas sehen konnte. Er fingerte an den Rädchen und Knöpfen am Armaturenbrett herum. Irgendwie musste man doch die Scheiben auch so frei bekommen, ohne dass man Gefahr lief zu erfrieren. Erschrocken zuckte er zusammen. Jemand hatte auf das Autodach geklopft. Er sah sich um. Kein weiteres Auto war gekommen. Und nicht jemand, sondern die Person, mit der er verabredet war, stand neben Mos Golf. Ganz schön clever. Sein Geschäftspartner war also mit einem Mietwagen gekommen. Hut ab. Er stieg aus, drückte die Fahrertür zu und lehnte sich lässig an den Wagen. Nur keine Angst zeigen.

»Haben Sie das Geld dabei? Ist es da drin?«

Er deutete auf die Papiertüte, die sein Gegenüber in der Hand hielt.

»Alles wie gefordert. Zählen Sie nach.«

Auffordernd wurde die Tüte vor Samirs Nase geschwenkt.

Das ließ er sich kein zweites Mal sagen. Mit einem Schritt stand er vor seiner Zukunft. Herausfordernd streckte er seine Hand aus, doch die Tüte landete vor seinen Füßen. Der andere hatte sie fallen lassen. Samir bückte sich, um sie aufzuheben. Dann ging alles blitzschnell. Ein schimmerndes Messer mit einer langen Klinge befand sich plötzlich in der rechten Hand von Brodbecks Mörder. Samir stieß einen kleinen überraschten Schrei aus, als ihn die Klinge traf. Der Mörder hatte gut gezielt und die Bauchschlagader getroffen. Der junge Iraner brach zusammen, Blut strömte aus der Wunde und mit ihm Samirs Leben. Stöhnend und wimmernd presste er die Papiertüte an sich. Dass die Tüte kein Geld enthielt, sondern nur in geldscheingroße Blätter zerschnittene Zeitungs-Ausgaben, würde Samir Alavi nie mehr erfahren. Der leichte Schneefall ging in Regen über, mischte sich mit dem Blut des Iraners und färbte die Papierschnipsel hellrot.

Mo Hildebrandt war immer noch wie vor den Kopf geschlagen. Wohin zum Henker war Samir gefahren, und warum meldete er sich nicht? Seit der Mann von der Kripo weg war, hatte Moritz mindestens zehn Mal versucht, Samir zu erreichen. Vergeblich. Seine Gefühle befanden sich in völligem Aufruhr. Sorge, Wut, Angst, Zorn wechselten sich alle 30 Sekunden ab. Eine Dusche würde ihm guttun, um einen klaren Kopf zu bekommen.

Tatsächlich fühlte er sich nach der Dusche erfrischt und etwas ruhiger. Bestimmt war Samirs Akku leer, und deshalb ging er nicht ans Handy. Das erklärte zwar nicht, warum er bisher nicht aufgetaucht war, aber vielleicht hatte er eine Panne gehabt. Das war zumindest das, was Moritz sich einredete. Natürlich war das völliger Blödsinn, denn eine Autopanne begründete nicht Samirs mittlerweile 20-stündige Abwesenheit. Schließlich war sein Freund nicht in die unendlichen Weiten der Mongolei aufgebrochen, wo nur alle naslang ein Mensch wohnte oder vorbeikam, sondern nur ins angrenzende Niedersachsen. Wäre Samir tatsächlich mit dem Golf liegen geblieben, hätte ein Helfer, Abschleppdienst oder sonst wer Samir sicher einen Anruf gestattet, sollte dessen Akku leer sein. Mo kam schon wieder ins Grübeln, doch bevor er sich den Kopf weiter zerbrechen konnte, klingelte das Telefon.

»Sind Sie der Halter des Fahrzeugs HB-…«, fragte eine Frau, die sich zuvor als Polizeikommissarin des Kommissariats Osterholz-Scharmbeck vorgestellt hatte.

»Ja«, Mo schluckte hörbar. Panik machte sich breit, verursachte ihm Übelkeit. Samir hatte also doch einen Unfall gehabt.

»Wir haben Ihren Golf gefunden«, ließ ihn die Frau wissen.

»Wo? Wie geht's meinem Freund? Ist er schwer verletzt? In welchem Krankenhaus ist er?«, brachen die Fragen aus Mo Hildebrandt hervor.

»Der Wagen wurde auf einem Wanderparkplatz bei Hambergen gefunden. Wir müssen ihn ein, zwei Tage behalten, bis Sie ihn wiederbekommen.«

Behalten? Wieso das denn? Und warum beantwortete die Polizistin seine Fragen zu Samir nicht?

»Hören Sie, sagen Sie mir, was mit meinem Freund ist!«, er brüllte beinahe vor schierer Angst. »Wo ist er? Vorhin war schon jemand von der Kripo Bremen hier und hat nach ihm gesucht!«

»Herr Hildebrandt, ich möchte das nicht am Telefon besprechen, wir schicken jemanden zu Ihnen. In Ordnung?« Die Stimme der Frau war sanft geworden, trug etwas Bedauerndes in sich.

Mo wurde schwindlig. Samir war etwas Schreckliches zugestoßen. Wieso hatte er, Mo, ihm auch den Wagen geliehen, obwohl er wusste, dass Samir kaum Fahrpraxis besaß? Großer Gott, bitte mach, dass Samir sich nicht totgefahren hat, schickte Mo verzweifelt ein Stoßgebet zum Himmel.

»Ja, okay«, krächzte er dann.

Hölzle erhielt die Nachricht auf dem Weg von Rotenbooms Labor nach Hause. Das von ihm zur Fahndung ausgeschriebene Fahrzeug war in Niedersachsen gefunden worden. Und nicht nur das, sondern auch eine männliche Leiche, bei der es sich wohl um einen jungen Mann namens Samir Alavi handelte.

Jesusmariaondjosef, dachte Hölzle schockiert, jetzt langt's aber langsam mit schlechde Nachrichda so kurz vor Weihnachda.

Rotenboom hatte ihm versprochen, die Haarprobe Vanessa Brodbecks so schnell wie möglich zu bearbeiten. Noch heute Abend würde DNA isoliert und anschließend mittels PCR amplifiziert werden. Die weiteren Verfahren zur Identifizierung würden dann morgen im Laufe des Tages gemacht werden. Dann konnten sie die bereits analysierte Speichelprobe des Babys mit Vanessas Probe vergleichen.

Hölzles Wohnung und der verdiente Feierabend würden wohl noch etwas warten müssen. Vom Utbremer

Ring fuhr er Richtung A27, um eine Ausfahrt später die Autobahn am Dreieck Industriehäfen zu verlassen. Deutlich schneller als erlaubt, ließ er den Wagen die Kreisstraße nach Osterholz-Scharmbeck schnurren und parkte in weniger als 25 Minuten vor der Polizeiinspektion Osterholz. Während der Fahrt hatte er Harry und Peter über die neuesten Entwicklungen informiert. Sabines spontanen Vorschlag, heute Abend ins Kino zu gehen, hatte er bedauernd abgelehnt.

»Falls du Langeweile hast«, schlug Hölzle vor, »kann ich dir noch eine Leiche besorgen.«

»Du kannst ganz schön makaber sein«, bemerkte Sabine.

»Bringt unser Job so mit sich, weißt du doch.«

Er erklärte ihr in kurzen Sätzen, was passiert war.

»Hoffentlich sind die Kollegen nicht so umständlich, damit die Leiche gleich nach Bremen überstellt werden kann«, schloss er seinen Bericht.

»Hatte mir eigentlich den zweiten Advent anders vorgestellt, als im Obduktionsaal zu stehen«, brummelte Adler-Petersen.

»Dann stell halt zwei Kerzen auf und trag 'ne Nikolausmütze«, regte Hölzle an.

»Ja, witzig«, stöhnte Sabine. »Sag mir Bescheid, wann wir mit der Leiche rechnen können.«

Hölzle und die zuständige Beamtin des Polizeikommissariats Osterholz, Ines Berger, wurden sich schnell einig. Man würde den kleinen Dienstweg einschlagen, sodass Samir Alavis Leichnam noch heute Abend an Bremen überstellt werden konnte. Die Ergebnisse der Spuren, die an dem Golf gesichert worden waren, würden auch an Rotenboom geschickt werden, ebenso die Fotos vom Tatort. Gefunden hatte die Leiche die Müllabfuhr, die regelmäßig die Wanderparkplätze ansteuerte, um Mülleimerleerungen vorzunehmen.

Die niedersächsische Kollegin zeigte Hölzle die Fotos, die in einer grünen Mappe auf ihrem Schreibtisch lagen.

»So wie's aussieht, ist der junge Mann verblutet«, mutmaßte Ines Berger. »Und sehen Sie hier? Zeitungen, zurechtgeschnitten auf Geldscheingröße.«

»Eine Erpressung, die wohl anders ausging, als der Erpresser, in diesem Fall wohl Alavi, es geplant hatte. Welches Wissen hat der Junge sich wohl vergolden lassen wollen?«, murmelte Hölzle.

»Die Zeitungsschnipsel sind schon bei der KTU, die Ergebnisse lasse ich Ihnen zukommen, wenn man überhaupt noch was finden kann. Letzte Nacht hat es zuerst geschneit, dann geregnet«, versprach Berger. »Wenn Sie möchten, informiere ich die Angehörigen.«

Hölzle bedankte sich bei der Kollegin und rief aus dem Auto Sabine Adler-Petersen an.

»Du kriegst noch heute die Leiche. Kannst du gleich anfangen, wenn sie da ist?«, überfiel er sie.

»Eigentlich wollte ich mit dir anstoßen, aber na gut, dann wird das wohl nix«, sie seufzte. »Ich werde mal meine Mitarbeiter auf Überstunden vorbereiten.«

»Anstoßen? Worauf? Hab ich was nicht mitbekommen?« Hölzle war irritiert. Sabines Geburtstag war im Sommer, soweit er sich erinnerte. Und vorhin wollte sie doch noch ins Kino.

»Seit heute heiße ich wieder nur Adler«, freute sich Sabine. »Kostet zwar nicht wenig, wenn man die ganzen Papiere ändern lässt. Perso, Reisepass, Führerschein und so weiter, aber das ist es mir wert.«

»Wusste gar nicht, dass du das vorhattest, aber Glückwunsch. Adlerblick, können wir dich so immer noch nennen«, frotzelte er. »Wir stoßen ein anderes Mal darauf an, okay?«

»Ja, ja. Bin ja Kummer gewöhnt. Bis wann kommt die Leiche?« »Schätze, spätestens in einer Stunde hast du sie auf dem Tisch, ich komm dann dazu.«

Die Todesursache war schnell geklärt.

»Die Klinge hat die Bauchschlagader getroffen, und der arme Kerl ist verblutet.«

»Meinst du, es handelt sich bei der Mordwaffe um dasselbe Messer, das bei dem Bäcker verwendet wurde?«, fragte Hölzle.

»Wenn ich mir den Wundrand betrachte, würde ich sagen, Ja. Mit an Sicherheit grenzender Wahrscheinlichkeit war es dieselbe Klinge. Ich schau mir das morgen genauer an, aber jetzt machen wir Feierabend.«

Sie begann, den Leichnam zuzunähen, während ihr Mitarbeiter aufräumte und die Proben in den Kühlschrank packte. Hölzle sah auf seine Armbanduhr. Es war sehr spät geworden, und er war todmüde.

»Ich fahr dann mal«, verabschiedete er sich, »Frau Dr. Adler«, fügte er schmunzelnd hinzu.

Auf seinen üblichen Samstagmorgenbummel über den Findorff-Markt verzichtete Hölzle und fuhr stattdessen direkt ins Präsidium. Peter und Harry hatte er am späten Abend über die aktuelle Sachlage informiert und sie ebenfalls ins Büro beordert.

»Was gibt es Neues zu dem Messer?«, fragte Hölzle und trank einen Schluck Kaffee.

»Es gibt eine ziemlich lange Liste mit Kunden, die das Messer erworben haben. Es taucht leider kein Name unserer Verdächtigen darin auf. Weder Uhlig, Brodbeck noch Köttel.«

»Das heißt ja nix«, kommentierte Harry und wickelte ein belegtes Brötchen aus.

Hölzle warf einen sehnsüchtigen Blick auf das Brötchen. Das frisch gebackene Teil strömte immer noch einen verführerischen Duft aus. Er hatte überhaupt nicht daran gedacht, sich etwas zum Frühstück zu besorgen, und sein Magen knurrte vernehmlich.

»Einer der Käufer kann das Messer ja verschenkt haben, schließlich kam das Ding von SSE …«, Harry bedachte Hölzle mit einem unschuldigen Augenaufschlag und kassierte dafür einen warnenden Blick, »… zu Ostern auf den Markt.« Herzhaft grub Harry seine Zähne in das Brötchen. »Ich hab noch eins, also wenn du möchtest«, bot er Hölzle an.

»Echt jetzt? Gern, danke«, Hölzle griff nach der Brötchentüte.

»Na toll«, beschwerte sich Peter Dahnken, »ich hab auch nicht gefrühstückt. Warum hast du mich nicht gefragt?« Er spielte den Beleidigten.

»Heiner ist der Chef, also ist ja klar, wo ich meine

Prioritäten setze«, erwiderte Harry lapidar. »Macht dir denn deine Angebetete kein Frühstück?«

»Sina schläft noch, sie hatte gestern einen langen Tag in Hannover und kam superspät nach Hause.«

»Kein Grund, seinem Zukünftigen kein Frühstück zu machen. Willst du dir das nicht noch mal überlegen mit dem Heiraten?«, neckte Harry seinen Kollegen.

»Wenigstens will mich jemand heiraten, bei dir seh ich ziemlich schwarz, mein Lieber«, konterte Peter.

Hölzle hatte dem Wortwechsel stumm gelauscht und sein Brötchen vertilgt. Lachs und Ei. Sehr lecker.

»Dann fangt mal an, die Kundenliste abzuarbeiten«, bemerkte er dann und knüllte die Brötchentüte zusammen, warf sie schwungvoll in den Papierkorb.

»Und du?«, wollte Harry wissen.

»Ich fahr ins Krankenhaus zu dem Mädchen, vielleicht gibt's ja Neuigkeiten.«

RÜCKBLENDE

»War doch gar nicht so schlecht, oder?«

»Was fragst du uns? Du wirst doch wohl deine eigene Meinung zu dem Stück haben.«

Finja war genervt. Zum hundertsten Mal kam an diesem Tag von Marlena dieses blöde ›oder?‹. Der Typ ist aber süß, oder? Die Schuhe kann ich doch zu der Hose tragen, oder? Jetzt mal ehrlich, ich bin doch nicht zu dick, oder? Noch ’ne Cola kann ich wohl vertragen, oder?

»Ja, also, ich fand es ganz ok. Und ihr?«

Finja und Zoe stöhnten. An Marlenas Selbstbewusstsein mussten sie noch ordentlich arbeiten. Die drei Freundinnen hatten im Goethetheater das Stück ›Hexenjagd‹ von Arthur Miller angeschaut. Es war zwar keine Pflichtveranstaltung der Schule gewesen, aber die Schüler, die im Rahmen des Englischunterrichts freiwillig die Aufführung anschauten, bekamen extra Credit Points angerechnet. So viele wie für eine Hausarbeit. Dann doch lieber ein Abend im Theater.

»So ganz hab ich den Schluss aber nicht verstanden. Hat er jetzt widerrufen, dass er mit dem Teufel im Bunde steht, oder nicht?«

»Noch ein *oder*, und es kracht.«

Marlena schwieg. Eigentlich hatte sie sagen wollen, dass das aber ein anderes ›oder‹ gewesen war. Aber mit Finja war heute nicht zu spaßen. Schon als sich die drei an der Domsheide getroffen hatten, war Finja schlecht drauf gewesen. Was für eine Laus ihr über die Leber gelaufen war, hatte sie ihren Freundinnen nicht mitgeteilt. Wahrscheinlich wusste sie es selbst nicht.

Ein paar Minuten gingen die drei wortlos in Richtung Wall. Kein lebhaftes Geschnatter wie sonst, keine Neckereien oder albernes Gekicher.

»Sag mal Finja, gibt's was Neues in Sachen Nessie?« Zoe unterbrach mit ihren Überlegungen das allgemeine Schweigen und kramte ihre Handschuhe aus der Jackentasche. Es war empfindlich kalt geworden. »Weiß Fabian etwas, hat sie sich bei ihm mal wieder gemeldet? Schon merkwürdig. Taucht in der Schule nicht mehr auf, wie vom Erdboden verschluckt. Sie muss doch mittlerweile geworfen haben.«

»Du sagst es, sie ist wie vom Erdboden verschluckt. Fabian hat auch schon nach ihr gesucht, hat sie auf dem Handy angerufen, bei ihren Eltern nachgefragt, nada.«

»Er soll doch froh sein, dass sie weg ist. Vielleicht ist sie ja ins Ausland. Hat ihr Kind dort zur Adoption gegeben. Für einen Haufen Geld. Man hört ja so einiges«, überlegte Marlena laut.

»Quatsch. Die ist abgetaucht.«

»Mit einem Baby? Meinst du, das ist so einfach?« Marlena war skeptisch.

»Und wenn sie mit diesem Iraner in den Iran ist? Der beim IS, sie muslimische Braut.«

»Zoe, du tickst auch nicht mehr richtig«, Finja zeigte ihrer Freundin einen Vogel. »Die doch nicht. Nessie hat doch Schiss vor allem. Ich könnte mir vorstellen, dass die beiden irgendwo zusammenhocken und warten, bis sich die Lage beruhigt hat. Dann tauchen sie stolz mit dem Balg wieder auf, und alle sind fröhlich. Nur mein Bruder bleibt auf der Strecke. Ich könnte kotzen.«

Sie fummelte eine Packung Papiertaschentücher aus ihrer Handtasche, zog eines heraus und putzte sich die Nase.

»Sagt mal, habt ihr schon alles für Weihnachten zusammen?«, wechselte Marlena das Thema. »Bei mir geht's wahrscheinlich wieder auf den letzten Drücker. Ich hab null Ideen.«

Sie zeigte auf den riesigen Stern, der die Wallanlagen beleuchtete.

»Mit dem Weihnachtsscheiß können mir dieses Jahr alle gestohlen bleiben. Meine Mutter macht schon wieder Stress wegen des Baums. Zu klein, zu wenig Äste. Die spinnt jedes Jahr aufs Neue.«

»Finja, sei froh. Wir haben seit Jahren so ein künstliches Ding. Den sprüht meine Mutter immer noch mit Tannenduft ein. Eklig. Jedes Jahr einen Baum kaufen sei absolut überflüssig. Die Ausgabe könnte man sich sparen.« Zoe zog eine Grimasse.

Trübselig verfielen die drei Mädchen erneut in Schweigen. Inzwischen hatte ein leichter Schneeregen eingesetzt, und sie wickelten sich ihre dicken Wollschals um den Kopf.

»Wollen wir noch in die Stadt oder gleich nach Hause?«

»Von mir aus gleich nach Hause. Mir fallen gleich die Füße ab.«

Zoe hob ihr linkes Bein theatralisch in die Luft und betrachtete mürrisch ihren Halbstiefel aus feinstem dünnen Kalbsleder. Ein Geschenk ihres Vaters zum letzten Geburtstag. Zoe war stolz darauf gewesen, endlich auch mal ›was Teures‹ zu besitzen und ihre Freundinnen neidisch zu machen. Finja hatte ihr aber kurz darauf ihre neuen Straußenlederstiefel präsentiert.

›800 Tacken haben die gekostet! Hammer, oder?‹, waren Finjas Worte gewesen. ›Ein wahres Schnäppchen für 'ne Maßanfertigung!‹

»Die sind mehr was für den Sommer. Oder leg dir 'ne Schaffellsohle rein«, empfahl Marlena.

»Ohh, du bist schlimmer als meine Mutter. Schlage vor, wir nehmen die Bahn am Herdentor.«

Sie schaute auf ihr Handy und suchte die App der BSAG.

»Wir können uns Zeit lassen, die Bahn kommt erst in 20 Minuten. Hoffentlich bin ich bis dahin nicht erfroren.«

»Setz doch einfach über den Winter etwas Speck an. Dann geht's nicht so schnell mit dem Kältetod. Guck dir die da hinten an. Fett wie ein Otter, die erfriert nicht so schnell.«

Die Mädchen blickten gleichzeitig auf eine Gestalt, die ihnen entgegenkam. Sonst war weit und breit niemand in den Wallanlagen zu sehen. Die dicke Jacke ließ die Person kräftiger erscheinen, als sie tatsächlich war. Die Beine waren lang und schlank und steckten in warmen Stiefeln.

»Die Jacke kenn ich.«

Aufgeregt zupfte Marlena an Zoes Ärmel.

»Die Fellzotteln, wer hat noch mal die Jacke mit den Fellzotteln?«

Die Gestalt kam näher.

»Vanessa!«

Finja hatte den Namen des Mädchens kaum ausgerufen, schon versperrten die drei Freundinnen Vanessa den Weg, zwangen sie zum Stehenbleiben.

»Das glaub ich jetzt echt nicht. Spurlos verschollen, und da spaziert sie so einfach in der Nacht an uns vorbei«, Finjas Ton war aggressiv, und sie packte Vanessa am Arm.

Vanessa wollte sich losreißen, doch Finjas hartem Griff konnte sie sich nicht entwinden, zumal Zoe sie am anderen Arm festhielt.

»Au, ihr tut mir weh.«

»Au, ihr tut mir weh«, äffte Finja das Mädchen nach. »Hast du eine Ahnung, wie weh du meinem Bruder getan hast? Kreuzt bei uns auf, machst Schluss mit Fabian und prahlst noch mit deinem Baby, diesem Balg von diesem Samir. Wo ist das Kind überhaupt?«

Fragend blickte sie auf Vanessas Bauch, schaute sich dann suchend um.

»Daheim bei seinem Papi?«

Vanessa gab keine Antwort. Tränen traten ihr in die Augen, und sie versuchte erneut, sich zu befreien. Marlena stand sprachlos daneben, tat nichts. Traute sich nicht, Partei für Vanessa zu ergreifen, die ihr ein bisschen leidtat.

»Das ist aber kein feiner Zug von dir gewesen, würde Frau Bömermann jetzt sagen«, kommentierte Zoe nun höhnisch. »Und leider, leider, kann ich Finja nur zustimmen. Sollte man nicht an eine Bestrafung denken? Schätze, mein Vater, das treulose Arschloch, würde sagen, sie hat sich eines Betrugs in besonders schwerem Fall strafbar gemacht. Was meint ihr?«

Finja ließ Vanessa los, und Zoe gab ihr in diesem Moment einen solchen Schubs, dass das Mädchen ins Straucheln kam und rücklings auf den geschotterten Weg stürzte.

»Lasst mich in Ruhe, ich hab euch doch nichts getan.«

Vanessa versuchte, auf die Beine zu kommen, erhielt aber einen brutalen Tritt in die Seite, sodass sie mit Wucht auf die Knie fiel. Ein mörderischer Schmerz durchfuhr sie.

»Du hast uns nichts getan? Dann war das für Fabian. Und der auch.«

Ein Tritt in den Rücken ließ sie nach vorne kippen, dann folgten Faustschläge und Tritte. Ihre Arme, die sie schützend über ihren Kopf reißen wollte, wurden gepackt, eine Faust landete krachend auf ihrem Jochbein. Vanessa wimmerte, Todesangst befiel sie. Die würden weitermachen, bis sie nicht mehr aufstand. Nun hagelte es immer mehr Schläge gegen ihren Kopf, Tritte in die Rippen. Vanessa bekam Atemnot, ihr schwanden die Sinne.

»Da kommt ein Hund, los lasst uns abhauen«, zischte Zoe und zog Marlena am Arm, die entsetzt daneben gestanden und zugesehen hatte, wie ihre Freundinnen kaltblütig auf die Wehrlose einschlugen und traten.

Ein letzter gezielter Tritt mit einem Stiefelabsatz gegen den Kopf beförderte das Mädchen endgültig in die Bewusstlosigkeit.

KAPITEL 11

Hölzle sprach gerade mit einem der Ärzte, als sich ein junges Mädchen gemeinsam mit einer Intensivschwester näherte.

»Entschuldigen Sie bitte, dass ich Ihr Gespräch unterbrechen muss«, begann die Schwester aufgeregt, »aber, Herr Dr. Faber, diese junge Dame hier möchte unbedingt zu der Patientin, die in den Wallanlagen gefunden wurde.«

Hölzle war wie elektrisiert, ebenso wie der Arzt.

»Sie kennen die Patientin?«, fragten beide gleichzeitig die etwa 17 Jahre alte junge Frau, die mit verheulten Augen stumm neben der Schwester stand und auf die Frage nur mit einem schwachen Kopfnicken antwortete.

Ungläubig starrten die beiden Männer sie an.

»Darf ich zu ihr? Bitte!«, flehte sie mit zitternder Stimme.

»Später, Frau …?«, antwortete Faber.

»Hagen«, ergänzte das Mädchen und drängte die aufsteigenden Tränen zurück.

»Bitte kommen Sie mit, wir müssen uns unterhalten«, sanft legte er die Hand auf den Rücken des Mädchens und dirigierte sie den Flur entlang. »Danke, Schwester Kathrin«, warf er der Schwester zu, als er den Kopf über die Schulter drehte. »Herr Hölzle, Sie kommen am besten gleich mit.«

»Sicher. Ich hatte auch nicht die Absicht, mir das entgehen zu lassen.«

Als alle drei im Arztzimmer Platz genommen hatten, begann Faber ruhig: »So, Frau Hagen, nun erzählen Sie mal. Das ist übrigens Herr Hölzle von der Kripo Bremen, der den Fall untersucht.«

Erschrocken sah das dünne Mädchen mit den langen, dunkelbraunen Haaren zu Hölzle hinüber.

»Ich bin eine Freundin von Vanessa und wollte sie nur besuchen«, stammelte Frau Hagen.

»So, so eine Freundin«, brummte Hölzle. Der Name Vanessa hatte ihn sofort hellhörig werden lassen, und er hätte jede Wette abgeschlossen, dass die Tochter Isabell Brodbecks gemeint war. »Wie heißen Sie denn mit Vornamen, Frau Hagen?«

»Marlena.«

»Darf ich Sie Marlena nennen?«, Hölzle schlug einen freundschaftlichen Ton an.

»Ja, ist mir auch lieber«, Marlena gewann ein wenig Selbstsicherheit, »Frau Hagen hört sich so alt an.«

»Woher haben Sie von Vanessas Zustand erfahren?« Hölzle zückte Kugelschreiber und sein Notizbuch, schlug es auf. Das machte immer einen guten Eindruck, auch wenn er kaum je etwas notierte, meist malte er nur drin herum.

»Ähm, sie kam nicht zur Schule, da hab ich ihre Mutter angerufen«, log Marlena.

»Ah ja. Und hat denn Vanessas Mutter erzählt, was passiert ist?« Hölzle wechselte einen verstohlenen Blick mit Faber, der ihm mit einem Lidschlag bestätigte, dass er sich still verhalten würde.

»Ein Fahrradunfall. Ein Auto hat Vanessa wohl am Stern übersehen. Das passiert ja immer wieder, ich mag diesen Kreisverkehr nicht, es ist so gefährlich mit dem Rad.«

Die nächste Lüge.

»Sie sind also eine gute Freundin Vanessa Brodbecks und machten sich Sorgen um sie?«

Marlena registrierte überhaupt nicht, dass sie den Nachnamen Brodbeck nicht erwähnt hatte.

»Ja, wir sind in einer Klasse und spielen im selben Tennisverein«, unbewusst drehte sie eine Haarsträhne immer und immer wieder um den rechten Zeigefinger.

Hölzle sah sich bestätigt und beschloss für sich, dass Marlena nun genug gelogen hatte.

»Marlena, Ihnen ist schon klar, dass ich von der Polizei bin und dass Sie jetzt besser mit Ihren Lügen aufhören, um nicht alles noch schlimmer zu machen?«

»Aber …«, Marlena riss ihre dunklen Augen auf, wusste nicht mehr weiter.

»Halten Sie die Polizei für so dumm? Bisher wusste niemand, wer dort«, er deutete mit der Hand in Richtung Intensivstation, »überhaupt liegt. Bis eben. Was nur einen Schluss zulässt: Sie, Marlena, sind entweder mitschuldig an Vanessa Brodbecks Zustand oder wissen zumindest, wer ihr das angetan hat.« Seine Stimme war hart geworden.

»Ich …, ich …«, Marlena schlug die Hände vors Gesicht und begann zu schniefen, steigerte sich zu einem hysterischen Schluchzen.

Faber stand auf, brachte ein Glas Wasser und stellte es vor Marlena auf den Tisch. Beruhigend redete er auf sie ein.

»Weinen Sie ruhig, lassen Sie's raus, und erzählen Sie dann bitte, was geschehen ist. Das wird Ihnen eine Last von der Seele nehmen, Marlena.«

Der Weinkrampf ließ allmählich nach, und sie kramte in ihrer hellblauen Filzhandtasche nach Taschentüchern.

»Oh Gott, was haben wir nur getan!«, stieß sie dann hervor. Marlena klang ehrlich erschüttert. »Ich wollte nicht, dass es so weit kommt, aber dann …«

Hölzle und der Arzt warteten schweigend ab.

»… plötzlich lag sie am Boden und die anderen … Ich hab einfach nur dagestanden.«

Ruckartig stand sie auf, rannte die wenigen Schritte zum Waschbecken und erbrach sich heftig. Außer einer trüben Brühe, die ihren sauren Geruch im Zimmer verbreitete, kam nichts heraus. Marlena drehte den Wasserhahn auf, spülte sich den Mund aus, wusch sich mit den Händen das Gesicht. Dr. Faber reichte ihr ein Handtuch.

»Soll ich Ihnen was zur Beruhigung geben?«, fragte er die zitternde Marlena, die aussah, als würde sie jeden Augenblick zusammenklappen.

»Nein. Das muss ich jetzt durchstehen«, versuchte sie sich stärker zu geben, als ihr wirklich zumute war.

»Dann essen Sie wenigstens einen Traubenzucker«, Faber hielt ihr eine Packung weißer quadratischer Täfelchen hin. Marlena nahm brav einen Traubenzucker, versuchte nicht an die Kalorien zu denken und schob ihn in den Mund.

»Geht's wieder?«

Hölzles Mitleid hielt sich in Grenzen. Das Übliche. Immer wieder. Spontan fiel ihm eine Songzeile der Liedermacherin und DDR-Widerstandsikone Bettina

Wegener ein. ›Grade klare Menschen wär'n ein schönes Ziel, Leute ohne Rückgrat haben wir schon zu viel.‹ Und genau das fehlt heute wie damals so vielen Menschen. Rückgrat zeigen. Für Schwächere einstehen.

Marlena nickte, umklammerte ihre Handtasche, als ob diese ihr den bitter nötigen Halt geben könnte.

»Wer sind die anderen, Marlena? Bitte nennen Sie mir Namen und Adressen.«

❄

Während Hölzle mit Marlena sprach, nahm Harry Schipper die Aussage Krischa Köttels auf. Peter Dahnken befasste sich mit der von Inge Keppler. Köttel bekräftigte seine Angabe, er wäre in der Tatnacht mit seiner Sekretärin zusammen gewesen. Inge Keppler dagegen gestand Dahnken, dass sie am Tag zuvor gelogen hatte. Sie habe kein Verhältnis mit ihrem Chef, das über die Arbeit hinausging, und sie hätte befürchtet, Köttel würde ihr sonst das Leben schwermachen. Der Tragweite ihrer Lüge sei sie sich erst gestern Abend bewusst geworden.

Unterdessen telefonierten zwei Kollegen im Präsidium die Kunden ab, die ein Messer bei der Aktion der Supermarktkette erworben hatten. Bisher hatten alle Messerbesitzer, die sie erreicht hatten, zugestimmt, ihr Messer der KTU zur Untersuchung zukommen zu lassen.

Dahnken entließ Inge Keppler mit einer Verwarnung und ging hinüber in das andere Vernehmungszimmer, in dem Harry mit Köttel saß.

»Harry, eine Sekunde bitte«, bat Dahnken und bedeutete seinem Kollegen mit einem Kopfnicken in Richtung Flur, er solle mitkommen.

»Sie können Ihre Aussage noch einmal durchlesen, bin gleich wieder da«, meinte Harry zu Köttel und folgte Peter hinaus auf den Gang.

»Was ist?«, wollte er wissen.

»Die Sekretärin hat gestanden, dass sie gestern für Ihren Chef gelogen hat. Es gibt kein Verhältnis. Das hatten Hölzle und ich uns schon gedacht.«

Harry feixte.

»Danke, dann werd' ich wohl den guten Rosinenmann noch mal ins Gebet nehmen.«

Harry Schipper kehrte zurück in den Vernehmungsraum.

»Herr Köttel, ich habe soeben erfahren, dass Frau Keppler zu Protokoll gegeben hat, dass sie nicht mit Ihnen in der Tatnacht zusammen war und sie in keinster Weise eine sexuelle Beziehung zu Ihnen unterhält. Bevor Sie Ihre Zeugenaussage unterschreiben, sollten Sie nachdenken.«

Köttel, der schon den Kugelschreiber in der Hand hielt, ließ nun kraftlos die Hand sinken und lief rot an. Mit einem inbrünstigen Seufzer gab er zu, dass Inge Keppler die Wahrheit gesagt hatte.

»Herr Köttel, gut, dass Sie einsehen, dass Lügen hier nicht angebracht sind. Ihnen ist aber sicherlich bewusst, dass Sie die Falschaussage noch verdächtiger macht. Also, wo waren Sie?«

Köttel senkte den Kopf.

»Wie schon gesagt, ich war zu Hause in meinem Bett. Allein.«

»Nun gut. Wir können Sie nicht festhalten, deshalb dürfen Sie nun gehen.«

Köttel schlich gesenkten Hauptes aus dem Raum.

Harry gesellte sich zu Peter.

»Ich glaube, es ist an der Zeit, dass wir einen Durchsuchungsbeschluss für Köttels Haus beantragen. Nur um sicherzugehen, dass dieses Messer nicht doch bei ihm rumliegt.«

»Ja, ruf mal Richter Sonneberg an«, empfahl Dahnken. Doch bevor Harry zum Hörer greifen konnte, klingelte das Telefon.

»Hu, das ist der Adlerblick«, konstatierte Harry, als er die Nummer im Display sah.

»Moin, was verschafft uns die Ehre an einem frühen Samstagvormittag?«, meldete er sich und stellte das Telefon auf Lautsprecher.

»Wenn der Chef nicht zu erreichen ist, bleibt mir ja nix anderes übrig, als mit dem Fußvolk zu sprechen«, konterte die Rechtsmedizinerin schlagfertig. »Es geht um die Leiche von gestern. Es handelt sich definitiv um dasselbe Messer, mit dem auch der Bäcker erstochen wurde. Und einen schönen Gruß von Rotenboom, die DNA-Analyse ist bis heute Abend fertig. Schönen zweiten Advent.«

Ohne eine Antwort abzuwarten, legte sie auf.

Dahnken und Schipper sprachen ihre Überlegungen fast zeitgleich aus.

»Stellt sich die Frage, was Köttel mit dem ehemaligen Bäckerlehrling zu tun hatte.«

»Fragen wir Köttel und finden es raus«, schlug Dahnken vor. »Einen Durchsuchungsbeschluss können wir immer noch beantragen. Wenn Köttel und Alavi sich kannten, haben wir auch mehr Grund, seine Wohnung durchsuchen zu lassen.«

Hölzle war zur ersten Adresse, die Marlena Hagen ihm genannt hatte, gefahren. Nun stand er vor dem Tor eines stattlichen Hauses in einer der besten Wohngegenden Bremens. Kurz nachdem er die Klingel betätigt hatte, ertönte eine Männerstimme aus der Sprechanlage.

»Ja, bitte?«

»Mein Name ist Hölzle, Kriminalpolizei Bremen, und ich hätte gerne mit Finja Evert gesprochen. Ist sie zu Hause?«

Nur ein Rauschen war zu hören, dann sagte die Stimme: »Halten Sie bitte Ihren Dienstausweis in die Kamera über Ihnen.«

Hölzle tat, wie ihm geheißen, und gleich darauf öffnete sich das Tor mit einem leisen Summen.

Argwöhnisch stand ein junger Mann an der Eingangstür.

»Was wollen Sie von meiner Schwester?«

»Sie sind?«, fragte Hölzle nach.

»Fabian Evert, wie gesagt, Finja ist meine Schwester.«

»Herr Evert, ich möchte mich mit Finja unterhalten, es wurden schwere Anschuldigungen gegen sie erhoben.«

»Wie bitte?« Fabian wurde blass, was seine dunklen Schatten unter den Augen noch mehr zur Geltung brachte. »Ich … – was denn für Anschuldigungen?«

»Können wir das drinnen besprechen? Und sind Ihre Eltern zu Hause?«

»Äh ja, kommen Sie rein«, er gab die Tür frei, »und nein, meine Eltern sind nicht da.«

Er ging vorweg und brachte Hölzle in ein elegant, aber kühl gestaltetes Esszimmer, bot ihm einen Platz an.

»Wie alt sind Sie? 20? 21?«, wollte Hölzle wissen und nahm in einem mit schwarzem Leder bezogenen Stuhl Platz.

»21, wieso?«

»Ihre Schwester ist noch nicht volljährig, und daher muss ein Erwachsener dabei sein, wenn ich Ihre Schwester befrage«, informierte Hölzle den jungen Mann.

»Warten Sie einen Augenblick, ich hole meine Schwester.«

Wenig später erschien er wieder, gefolgt von einem hübschen Teenager.

Irgendwie sehet dia Mädla heit alle gleich aus. Lange Hoar, klebberdürr ond hent so enge Hosa a, dass se kaum dren laufe kennat, ging es Hölzle durch den Kopf.

»Frau Evert, Sie werden beschuldigt, eine junge Frau verprügelt und mit den Füßen getreten zu haben, sodass sie mit schweren Kopfverletzungen ins Krankenhaus eingeliefert wurde«, begann Hölzle ohne Umschweife.

Fabians entsetzter Blick flog zu seiner Schwester, die eine arrogante Miene aufgesetzt hatte.

»Wer erzählt denn so einen Bockmist?«, fuhr Finja auf.

»Dazu kommen wir später. Wo waren Sie vorgestern Abend, also am Donnerstag?«

»Im Theater, also kann ich niemanden verprügelt haben.«

Das Mädchen gab sich betont lässig, was Hölzle langsam zum Kochen brachte. Marlenas Angaben waren vertrauenswürdig gewesen, jedes kleine Detail hatte sie ihm beschrieben.

»Wann war die Vorstellung zu Ende?«

»So gegen halb elf, ich bin dann gleich nach Hause gefahren.«

»Alleine?«

»Nein, mit Freundinnen.«

»Und Ihre Freundinnen würden das bezeugen?«

»Sagen Sie mal, wenn meine Schwester sagt, dass sie gleich nach Hause ist und zudem noch in Begleitung, dann weiß ich nicht, was diese Fragerei soll. Sie wurden falsch informiert«, begehrte Fabian auf und nahm seine Schwester in Schutz.

Hölzle ging nicht darauf ein, sah Finja mit durchdringendem Blick an.

»Kennen Sie eine Vanessa Brodbeck?«

»Vanessa? Was hat sie damit zu tun?«, rief Fabian erschrocken.

»Ach, Sie kennen Vanessa Brodbeck?«

»Ja, wir waren bis vor Kurzem zusammen«, gab Fabian wehmütig zurück.

Ah, jetzt wird's schbannend. Guck au do no.

»Vanessa Brodbeck ist das Opfer, Herr Evert.«

»Was? Finja? Was hast du gemacht?«, rief Fabian außer sich und packte seine Schwester am Arm.

Sie entzog sich seinem Griff.

»Nichts. Wir haben ihr nur die Meinung gegeigt. Das war's.«

»Die Meinung gegeigt. Also sind Sie doch nicht gleich

nach Hause gefahren. Ich schlage vor, Sie beide kommen mit zum Präsidium. Herr Evert, ich denke, es ist an der Zeit, dass Sie Ihre Eltern informieren, es sieht so aus, als bräuchte Ihre Schwester einen Anwalt.«

Hölzle war schockiert, dass das Mädchen, das ihm gegenüber saß, so eiskalt reagierte.

»Aber, aber …«, setzte Fabian hilflos an.

»Marlena Hagen, eine Freundin Ihrer Schwester, hat zwar nicht selbst zugeschlagen, ist aber Mittäterin.«

»Marlena, diese blöde Kuh! Ich hätte es wissen müssen, dass sie die Klappe nicht halten kann«, brach es aus Finja hervor.

»Ich hab es nur für dich getan! Du warst so unglücklich, und ich wollte, dass Vanessa leidet. So wie du. Sie hat dir so wehgetan!« Verständnis heischend schaute sie ihren Bruder an. »Versteh doch!«

Fabian rückte von ihr ab, stand auf und ging zum Telefon.

*

Krischa Köttel hatte den ehemaligen Auszubildenden Samir Alavi nie kennengelernt. Die geschäftlichen Treffen mit Carl Brodbeck hatten immer in Köttels Büro stattgefunden. Dahnken und Schipper waren überzeugt, dass dies tatsächlich der Wahrheit entsprach. Köttel war ziemlich kleinlaut gewesen und hatte mehrfach beteuert, dass er den Bäcker nicht umgebracht hatte und wirklich alleine im Bett gewesen war. Und die Aussage, seine Sekretärin sei seine Geliebte, wäre eine Schnapsidee gewesen.

»Den können wir von der Liste der Verdächtigen streichen«, meinte Harry auf der Rückfahrt.

»Seh ich auch so«, stimmte Dahnken ihm zu. »Bleibt also Stefan Brodbeck.«

»Und Bernd Uhlig«, fügte Harry hinzu.

»Stimmt!«

Die beiden Beamten waren überrascht, als Hölzle sie auf dem Rückweg von den Geschwistern Evert per Telefon auf den neuesten Stand brachte, was das Mädchen im Krankenhaus betraf.

»Ich bin in ein paar Minuten im Präsidium«, klang es aus der Freisprechanlage des Wagens, »gleich kommen die Eltern, dann vernehme ich die mutmaßliche Täterin. Kann einer von euch Isabell Brodbeck verständigen, was mit ihrer Tochter passiert ist? Die arme Frau kriegt bestimmt einen Schock, also am besten gleich jemanden vom Krisendienst mitnehmen.«

»Ja, ich kümmer mich drum«, bot Harry an. »Übrigens haben wir Köttel so gut wie von der Verdächtigenliste gestrichen. Adlerblick hat gesagt, dass das Messer, das bei beiden Morden zum Einsatz kam, dasselbe ist. Und Köttel hat Alavi nie getroffen.«

»Ihr seid mir welche«, blaffte Hölzle ins Telefon. »Das heißt gar nix. Angenommen Köttel hat den Bäcker doch auf dem Gewissen, und Alavi wusste von den verseuchten Rosinen, hat ihn für den Mörder gehalten und erpresst. Wäre ja wohl denkbar, oder nicht?«

Ein einstimmiges Seufzen seiner beiden Kollegen war die Antwort. Doch dann meinte Dahnken:

»Wie soll denn Alavi von den Pestiziden erfahren

haben? Der war doch Wochen, ja Monate vor dem Test entlassen worden!«

»Sehr gut, setzen, eins«, lachte Hölzle, »wollte euch nur testen.« Dann hatte er aufgelegt.

Am Präsidium angekommen, trennten sich Dahnken und Schipper, der gleich wieder losfuhr, um Isabell Brodbeck die schlimme Nachricht zu überbringen. Peter wollte sich um die überfälligen Berichte für die Staatsanwaltschaft kümmern.

Wenig später saß Dahnken hinter seinem Schreibtisch und tippte Polizeiberichte. Peter Dahnken wollte sich eben einen Kaffee holen, als sich der Pförtner meldete.

»Hier ist ein Herr Uhlig und möchte zu Ihnen.«

»Ich komme sofort runter und hole ihn ab. Danke.«

Kurz darauf saß Bernd Uhlig in Dahnkens Büro.

»Ich hab endlich einen Zeugen aufgetrieben«, begann Uhlig aufgeregt.

»Okay, um wen handelt es sich?«

Peter Dahnken war skeptisch.

»Ich hab die ganze Zeit versucht zu rekonstruieren, in welcher Kneipe ich zuletzt gewesen bin. Und ich hab's tatsächlich geschafft«, gab Uhlig sichtlich erleichtert an und nannte den Namen einer Kneipe in der Nähe des Schüsselkorbs.

»Gut, Herr Uhlig, aber kann auch jemand bestätigen, dass Sie dort waren?«

»Ja. Vielleicht war es ja ein Glück, dass ich so betrunken war, der Kellner konnte sich gut erinnern, weil ich ihn wohl an der Theke die ganze Zeit mit meinen Problemen zugeschwallt habe. Und, da ist noch was.«

Dahnken wartete und beobachtete den Mann, der unruhig auf dem Besucherstuhl herumrutschte, den Kopf gesenkt hielt und unablässig seine Hände knetete. Was immer es war, es beschäftigte Uhlig offenbar sehr.

»Es ist mir peinlich«, krächzte er leise.

Peter Dahnken hatte so eine Ahnung, was nun kam, ließ Uhlig aber alle Zeit, die er brauchte.

»Ich hab in der Kneipe eine Nutte getroffen und bin mit ihr mitgegangen.«

Dachte ich's mir schon. Dahnken war nicht überrascht.

Uhlig hob den Kopf, ihm war deutlich anzusehen, wie unangenehm ihm die ganze Sache war.

»Ich hab ihr nur mein Herz ausgeschüttet, da war nichts sonst. Ehrlich.«

»Herr Uhlig, es ist mir egal, welche Dienste diese Prostituierte Ihnen erbracht hat. Haben Sie einen Namen und eine Adresse, damit ich die Frau erreichen kann? Wir müssen das natürlich überprüfen.«

Uhlig kramte in seiner Hosentasche und reichte Dahnken einen zerknitterten Zettel.

»Meine Frau hatte mich an diesem Abend dreimal angerufen. Es ging mir auf die Nerven. Ich konnte einfach nicht mehr. Und als ich mit dieser Nadeschda mitgegangen bin, hab ich es ausgemacht. Und meine Mareike hätte mich gebraucht. Genau dann. Sie hatte eine Panikattacke und wollte nur meine Stimme hören. Was sag ich ihr denn jetzt? Ich kann ihr doch nicht sagen, ich war bei einer Hure und da ist nix gelaufen. Das glaubt sie mir doch nie.« Verzweifelt schlug er die Hände vors Gesicht.

Dahnken konnte nichts tun, außer den Mann weinen zu lassen und zu warten, bis dieser sich beruhigt hatte.

❄

Hölzle hatte von Finja Evert ein umfassendes Geständnis erhalten. Sie könne aber nicht genau sagen, wer Vanessa so schwer gegen den Kopf getreten hatte, sie glaube jedoch, dass dies Zoe mit ihren Stiefeln gewesen war. Als die erschütterte Familie Evert sich anschickte zu gehen, nahm er Fabian Evert zur Seite.

»Einen Augenblick bitte«, raunte er dem jungen Mann zu. »Können wir uns kurz in meinem Büro unterhalten?«

»Ich möchte eigentlich nur nach Hause und das Ganze verdauen.«

»Ich habe nur eine kurze Frage an Sie: Sie kommen als möglicher Vater von Vanessa Brodbecks Kind in Betracht. Würden Sie einer Blutuntersuchung zustimmen?«

Fabian Evert nickte schwach.

»Wo ist das Baby überhaupt? Ist es bei Vanessas Mutter?«

Hölzle schüttelte den Kopf.

»Vielleicht haben Sie ja mitbekommen, dass vor einer Woche ein Baby am Dom ausgesetzt wurde. Im Augenblick gehen wir davon aus, dass es sich um Vanessas Kind handelt.«

»Mein Gott, das wird ja immer schlimmer!«, stieß Fabian hervor. »Das war hoffentlich die letzte Hiobsbotschaft für heute.«

Nachdem Fabian Evert eine Blutprobe abgegeben hatte, rief Hölzle Harry auf dem Handy an. Dieser befand sich bereits auf dem Rückweg von Isabell Brodbeck, die am Boden zerstört war und sich in Begleitung des Psychologen des sozialmedizinischen Dienstes auf den Weg zu ihrer schwer verletzten Tochter gemacht hatte.

Hölzle vereinbarte mit Harry, sich am Wohnort von Zoe Jensen zu treffen. Knapp zwei Stunden später saßen sie mit dem Mädchen und seiner Mutter im Vernehmungsraum der Polizei. Zoe gab zwar zu, dass sie mitgeprügelt hätte, bestritt jedoch, Vanessa gegen den Kopf getreten zu haben.

»Das war Finja, ich schwör's. Mit ihren sauteuren Straußenlederstiefeln und den hohen Absätzen«, beteuerte Zoe.

Hölzle veranlasste umgehend, dass die genannten Stiefel abgeholt werden würden, um sie zu untersuchen. Nachdem auch Mutter und Tochter Jensen das Polizeigebäude verlassen hatten, waren Dahnken, Schipper und Hölzle im Büro des Kriminalhauptkommissars zusammengekommen.

»Was für ein Adventssamstag«, stöhnte Dahnken, »so allmählich reicht's, oder?«

Er erhielt die volle Zustimmung seiner Kollegen und berichtete daraufhin, dass Bernd Uhlig ein bereits bestätigtes Alibi vorweisen konnte. Peter hatte zuvor die Prostituierte angerufen, die bereit war, dies schriftlich niederzulegen.

»Gut. Wieder einer weniger. Was macht eigentlich Stefan Brodbeck?«, fragte Hölzle und streifte unter dem Schreibtisch heimlich seine Schuhe ab. Eine Wohltat.

»An dieser Front gibt es nichts Neues. Solange wir dieses verdammte Messer nicht finden und eindeutig dem Mörder zuordnen können, haben wir nichts Konkretes in der Hand«, konstatierte Harry.

Hölzles Telefon klingelte. Markus Rotenboom.

»Ja? Okay. Ja, gut. Danke dir«, sagte Hölzle mit winzigen Pausen dazwischen. Als er auflegte, sah er Harry und Peter zufrieden an.

»Markus hat soeben bestätigt, dass das Baby Vanessa Brodbecks Kind ist. Nächste Woche bekommen wir die Ergebnisse von Fabian Evert und Samir Alavi, dann wissen wir, wer von beiden der Vater ist.«

»Okay, können wir dann für heute Feierabend machen?«, gähnte Harry, »schließlich ist das Wochenende schon zur Hälfte um.«

Hölzle, dessen Magen schon seit Stunden beständig murrte, beschloss spontan, bei Marthe Johannsmann vorbeizuschauen. Zum einen hatte er ihr versprochen, sie zu besuchen, zum andern war Marthes Kühlschrank immer gut bestückt. Als sie die Tür öffnete und sah, wer davor stand, strahlte sie. Neben ihr stand Theo, bellte aufgeregt und wedelte mit dem Schwanz.

»Komm rein, komm rein, was für eine schöne Überraschung!«, freute sich die alte Dame.

Hölzle hauchte ihr ein Küsschen auf die rechte, faltige Wange, roch Marthes sanftes Parfum. Wie immer war Marthe tadellos gekleidet, trug einen dunkelblauen Rock, dazu eine cremefarbene Bluse, und um den Hals baumelte eine zweireihige Perlenkette aus dunklen Perlen. Dann beugte er sich hinunter, um dem alten Hund zu begrüßen.

»Hunger?«, fragte sie verschmitzt.

»Auch. Aber ich wollte auch mein Versprechen halten und dich besuchen.«

Sie ließ ihn vorangehen, schloss die Haustür, und Hölzle betrat die Wohnung, in der er früher oft gesessen hatte. Er ging in die Küche und ließ sich auf einem Stuhl nieder. Theo, der ihm auf dem Fuß gefolgt war, setzte sich neben ihn, sah erwartungsvoll zum ihm auf. Kraul mich, sagten die treuen Hundeaugen, und Hölzle kam der Aufforderung gerne nach.

»Ich hab noch Grünkohl von gestern, den magst du doch so gern«, neckte Christianes Großtante ihn.

»Ich glaube, mein Appetit ist doch nicht so groß«, ging Hölzle lächelnd auf die Neckerei ein.

»Hmm, dann muss das Schnitzel eben noch bis morgen im Kühlschrank bleiben.«

»Also, wenn das so ist, das arme Schnitzel. Dem ist bestimmt zu kalt. Wirf es doch in die Pfanne, damit ihm warm wird«, schlug Hölzle vor. »Ich könnte dich aber auch entführen und zum Abendessen einladen, oder wir gehen gemeinsam auf den Weihnachtsmarkt, ein wenig bummeln, etwas essen. Was hältst du davon?«

»Lass mal, ich brate dir das Schnitzel, dazu gibt's Kartoffeln und Möhrchen. Seit du nicht mehr mit Christiane zusammen bist, hab ich keinen mehr, den ich verwöhnen kann«, plauderte sie in einem leichten Ton, doch Hölzle entging die Traurigkeit in ihrer Stimme nicht. »Weißt du, dieser gelackte Kerl, mit dem sie jetzt eine Beziehung hat, hat kein Interesse daran, sich mit mir an einen Tisch zu setzen. Nachdem ich die beiden mehrfach zu mir zum Essen eingeladen habe und jedes Mal eine Abfuhr erhielt, hab ich aufgegeben.«

Sie seufzte und setzte Kartoffeln auf.

»Kann ich was helfen?«, fragte Hölzle.

»Wenn du magst, kannst du die Möhren schälen und Petersilie kleinhacken.«

Das gemeinsame Kochen mit der alten Dame entspannte Hölzle, und eine gute halbe Stunde später saßen sie gemeinsam am Esstisch und aßen mit Genuss. Marthe hatte sich vehement geweigert, das Schnitzel mit Hölzle zu teilen, sie sei zufrieden mit Karotten und Kartoffeln.

»Du hattest übrigens den richtigen Riecher«, ließ Hölzle sie wissen, »mit den Klaben stimmt tatsächlich was nicht. Mehr kann ich dir aber leider nicht verraten. Aber deine Klaben musst du so oder so nun bei einem anderen Bäcker kaufen, nachdem Brodbeck nicht mehr unter den Lebenden weilt.«

»Musste er wegen der Klaben sterben?«, fragte Marthe gespannt.

Hölzle, der den Mund voll hatte, schüttelte als Antwort den Kopf und meinte, nachdem er geschluckt hatte: »Eher nicht, die Ermittlungen weisen momentan nicht in diese Richtung.«

Ein lautes Klopfen an der Wohnungstür war zu hören, Theo lief auf seinen krummen Beinchen in den Flur. Marthe stand auf, um ihrer Großnichte, denn niemand sonst konnte es sein, zu öffnen.

»Komm rein, schau mal, wer da ist«, hörte Hölzle Marthe sagen. Ein erneutes Aufeinandertreffen mit seiner Ex hatte ihm grade noch gefehlt.

Im Türrahmen erschien Christiane und blieb für einen Moment erstarrt stehen.

»Was machst du denn hier?«, fragte sie überrascht und ärgerlich zugleich.

»Nach was sieht's denn aus?«, Hölzle verzichtete auf eine Begrüßung, nachdem er in Christianes Gesicht lesen konnte, dass er nicht erwünscht war.

»Zankt ihr schon wieder?« Marthe kam ins Esszimmer und blickte streng von ihrer Großnichte zu ihrem Gast.

»Ich geh wieder, Marthe.«

Christiane machte auf dem Absatz kehrt, doch ihre Großtante hielt sie sanft am Ärmel ihres Pullovers fest.

»Jetzt komm schon, setz dich zu uns und sag mir, was los ist.«

Marthe waren Christianes gerötete Augen gleich aufgefallen, als sie die Tür geöffnet hatte.

»Wenn hier einer das Feld räumt, dann ich«, bot Hölzle an und schob seinen Stuhl zurück. »Danke für das leckere Essen, ich mach's wieder gut.«

Er warf Marthe einen entschuldigenden Blick zu, sah die Enttäuschung in den Augen der alten Dame. Als er an Christiane vorbeiging, legte er ihr in einer freundschaftlichen Geste die Hand auf die Schulter.

»Mach's gut, Christiane.«

In diesem Moment brach sie in Tränen aus, sodass Hölzle sie spontan an sich zog und sie sich an seiner Schulter ausheulen konnte. Über ihren Kopf hinweg sah er Marthe fragend an. Doch diese zuckte nur mit den Schultern, um ihm zu bedeuten, dass sie keine Ahnung hatte, warum Christiane weinte. Es währte nicht lange, dann zog sich Christiane von Hölzle zurück, wischte sich über die Augen.

»Entschuldige, das wollte ich nicht. Und grade nicht bei dir.«

»Schon okay. Delano, hab ich recht?«

Ihr Nicken war kaum wahrnehmbar.

»Ich bin so eine blöde Kuh«, flüsterte sie mit trockener Kehle.

Hölzle stimmte ihr stumm zu, sagte aber: »Tut mir leid. Ich geh dann.«

»Nein, bleib ruhig. Er ist ein Arschloch, wie du immer gesagt hast. Jetzt weiß ich's auch.«

Hölzle sah ihr an, wie schwer es ihr fiel, das zuzugeben.

»Ich war in der Stadt, Weihnachtsgeschenke besorgen. Da hab ich ihn gesehen, am Glühweinstand beim Ratskeller. Arm in Arm mit einer Blondine. Dann haben sie rumgeknutscht wie zwei Teenager.« Sie schluckte, drängte die aufsteigenden Tränen zurück.

Marthe begann, schweigend den Tisch abzuräumen, verschwand in der Küche und ließ sich nicht mehr blicken.

»Sei froh, dass du ihn los bist«, mehr fiel Hölzle dazu nicht ein.

»Wieso hab ich kein Glück mit Männern?«

Oh noi, bloß jetzt net die Nommer, dachte Hölzle, des brauch i grad wia Bauchgremma. Doch dann folgte genau der Satz, den er auf keinen Fall hören wollte.

»Nur mit dir war ich glücklich. Aber ich hab alles kaputt gemacht.«

»Christiane, bitte. Das hatten wir schon alles. Ja, wir hatten eine gute Zeit, aber das ist lange her. Und wir sollten es dabei belassen. Du wirst wieder glücklich werden. Bestimmt.«

Sie sah ihm direkt in die Augen.

»Und du? Bist du mit der Leich…«, Leichenfledderin hatte sie sagen wollen, schluckte aber den Rest des Wortes hinunter, »mit Adler-Petersen zusammen?«

»Ganz ehrlich? Ich weiß es nicht. Jedenfalls ist es keine Beziehung, wie wir beide sie hatten. Mehr möchte ich dazu nicht sagen.«

Hölzle drückte sie sanft, ging in die Küche, um sich von Marthe zu verabschieden. Die Entspannung, die er vorher empfunden hatte, war verflogen.

KAPITEL 12

Britta Auermann, eine Kollegin Hölzles, wählte am Montagmorgen die nächste Nummer auf der Kundenliste der Supermarktkette an. Bisher waren mehrere Messer freiwillig an die Kriminaltechniker gegeben worden, doch keines der Messer wies eine Scharte auf, die zu der Kerbe, die die Waffe an Brodbecks Rippe hinterlassen hatte, passte.

Eine Frau meldete sich nach fünfmaligem Läuten, und Britta Auermann sagte ihren Spruch auf.

»Ja, ich habe solch ein Messer gekauft. Aber ich habe es weiterverschenkt«, erzählte die Frau.

Als Britta Auermann nachhakte, an wen das Messer verschenkt worden war, wurden ihre Augen groß. Hölzle würde entzückt sein.

*

Die Untersuchung der zerschnittenen Zeitungen hatte nichts ergeben. Markus Rotenboom hatte trotzdem die Papierschnipsel angefordert, nicht weil er an den Ergebnissen der Kollegen aus Niedersachsen zweifelte, sondern nur um absolut sicherzugehen. Beauftragt hatte er damit seinen Mitarbeiter, Sebastian Dannecker, doch bisher war auch dieser erfolglos geblieben. Der Regen in der Mordnacht hatte dafür gesorgt, dass der Großteil des vermeintlichen Lösegelds völlig aufgeweicht worden war. Mit den Teilfingerabdrücken, die noch vorhanden waren, konnte man nichts anfangen.

Rotenboom selbst, dessen Überstunden sich ebenso wie die der ermittelnden Polizisten mehr und mehr häuften, nahm sich derweil die Straußenlederstiefel von Finja Evert vor. Schnell stellte sich heraus, dass die Form des Absatzes nicht zu dem Verletzungsmuster an Vanessa Brodbecks Schädel passte. Der Leiter der Spurensicherung hatte sich die Fotodokumentation von den Kollegen, die den Fall der jungen Frau aufgenommen hatten, zum Vergleich schicken lassen.

»Heiner«, sagte er, als er seinen Freund telefonisch erreichte, »der Stiefelabdruck passt nicht. Besorg mal die Schuhe der anderen Mädchen. Dafür passen die Stiefel aber zu den Tritten in die Rippen.«

»Geht klar. Was Neues zum Fall Alavi?«

Rotenboom verneinte und legte auf.

Stunden später führte der Kriminaltechniker den Beweis, dass Zoe Jensen Vanessa die schwere Schädelverletzung beigebracht hatte. Die junge Frau würde sich gemeinsam mit ihren Freundinnen vor Gericht zu verantworten haben. Marlena wegen unterlassener Hilfeleistung, Finja und Zoe wegen gefährlicher Körperverletzung. Mit mindestens sechs Monaten Freiheitsstrafe mussten sie rechnen.

❄

Mo Hildebrandt konnte sich beim besten Willen nicht konzentrieren. Eigentlich sollte er für eine Klausur lernen, doch er starrte immer nur in eines seiner Fachbücher der Geowissenschaften, ohne zu begreifen, was er da wirklich las. Samir lebte nicht mehr. Brutal erstochen, liegen gelassen und verblutet, wie die Medien berichteten. Warum hatte jemand seinem Freund so etwas Schreckliches angetan?

Samir tauchte vor seinem inneren Auge auf. Seine dunklen Haare, der Bartschatten an den Wangen, das tiefe Lachen. In der Zeitung hatte gestanden, dass es sich um einen missglückten Erpressungsversuch gehandelt hatte. Erpressung? Wer hätte denn Samir erpressen wollen? Womit denn? Der hatte doch nichts. Das konnte nicht stimmen. Was sich diese Leute immer zusammenreimten. Und doch nagte irgendwas in den Tiefen von Mos Gedächtnis, versuchte an die Oberfläche zu gelangen. Es war wichtig.

Der junge Mann verscheuchte die Gedanken an seinen toten Freund. Übermorgen war die Klausur, und er hatte keine Ahnung, wie er die nur ansatzweise bestehen sollte.

Also, reiß dich zusammen und lern, ermahnte Mo Hildebrandt sich stumm. Und irgendwie schaffte er es, sich zumindest für drei Stunden mit dem Thema endogene und exogene Dynamik der Erde zu beschäftigen. Doch wie aus dem Nichts tauchten Gesprächsfetzen auf. Worte, denen er keine Bedeutung beigemessen hatte. Bis jetzt.

»Ich muss da unbedingt hin, Mo«, sagte Samir. »Das ist die Chance auf richtig gutes Geld. Dann bin ich endlich aus dem Schneider. Ich könnte Vanessa heiraten und das Kind mit ihr großziehen. Mo, bitte, gib mir den Wagen, ich brauche diesen Job unbedingt.«

Das waren Samirs letzte Sätze gewesen, bevor er versprochen hatte, vorsichtig zu fahren.

Richtig gutes Geld.

Als ungelernter Arbeiter in einem Entsorgungsbetrieb?

Wieso hatte er, Mo, nicht da schon gedacht, dass etwas nicht stimmen konnte?

Mo stöhnte auf. Er hatte den Zeitungsartikel offenbar völlig missverstanden. Nicht Samir war erpresst worden, sondern er war der Erpresser gewesen! Fieberhaft zermarterte er sich sein Hirn, was Samir gewusst haben könnte, um sein Wissen zu Geld machen zu können. Dann plötzlich dämmerte es ihm. Samirs Beteuerungen, er hätte nichts mit dem Mord an seinem Exchef zu tun. Er wäre nicht in der Bäckerei gewesen. Doch Samir hatte erzählt, dass der Bäcker erstochen worden war. Zu diesem Zeitpunkt war das noch gar nicht bekannt gewesen.

Der Student klickte sich auf die Internetseite des Weser-Kuriers, holte sich alle Artikel zu dem Verbrechen aus dem Archiv. Richtig. Erst einen Tag nach dem Leichenfund war über das Obduktionsergebnis berichtet worden. Das konnte nur eines bedeuten: Wenn Samir gewusst hatte, dass der Mörder ein Messer benutzt hatte, war Samir dort gewesen und hatte die Tat beobachtet. Und somit auch den Mörder gesehen. Und dieses Wissen wollte er sich etwas kosten lassen. Das war gründlich schiefgegangen. Mo Hildebrandt wählte die Nummer der Kriminalpolizei und ließ sich mit Heiner Hölzle verbinden, um ihm seine Gedanken mitzuteilen.

Endlich schien die Wahrheit ans Licht zu kommen, Hölzle war begeistert. Zuerst hatte sich Sebastian Dannecker bei ihm gemeldet. Er hatte die Zeitungsschnipsel untersucht, die bei Samir Alavis Leiche gelegen hatten. Auch wenn die Untersuchungen nichts ergeben hatten, war ihm aufgefallen, dass es sich nicht nur um alte Werbeprospekte oder nicht mehr aktuelle TV-Zeitschriften handelte, sondern dass auch einige Zeitungsausgaben des Weser-Kuriers und der Syker Kreiszeitung darunter waren. Syke. Dort wohnte Carl Brodbecks Bruder Stefan. Das konnte ja wohl kein Zufall sein.

Kaum hatte Hölzle das Gespräch mit Dannecker beendet, erhielt er einen Anruf von Moritz Hildebrandt, der ihm plausibel schilderte, dass er der festen Überzeugung sei, Samir Alavi hätte Brodbecks Mörder gesehen. Hölzle glaubte dem jungen Mann, auch wenn es keine Beweise gab. Auf jeden Fall war das ein guter Grund, jemanden zu erpressen. Nur leider konnte er Alavi dazu nicht mehr befragen, ob er tatsächlich den Mord beobachtet hatte. Während Hölzle mit Mo telefonierte, klopfte es an seiner Bürotür, die eine Millisekunde später von einer aufgeregten Britta Auermann aufgerissen wurde.

Hölzle zeigte auf einen der Stühle, bedeutete ihr, dass sie sich kurz gedulden musste. Britta nahm Platz, ihr Schwangerschaftsbauch, der sie zur Büroarbeit verdammt hatte, deutlich sichtbar. Schließlich legte Hölzle auf.

»Moin, Auermännchen, was gibt's so Dringendes, dass du dich, nee euch«, er lachte, »hierher bemühst?«

»Ich hab versucht anzurufen, aber bei dir ist dauernd

besetzt. Außerdem kann ich nicht den ganzen Tag auf meinem Hintern sitzen, muss zwischendurch mal aufstehen.« Sie machte eine kleine Pause. »Und dann dachte ich mir, ich möchte dein Gesicht sehen, wenn du diese Nachricht bekommst.«

Hölzle sah sie interessiert an.

»Komm schon, mach's nicht so spannend.«

Ein triumphierendes Lächeln legte sich auf ihr Gesicht.

»Ich weiß, wer besagtes Messer gekauft hat.«

»Ja, und weiter? Jetzt spann mich doch nicht so auf die Folter.«

Hölzle konnte sehen, wie sehr Britta die Situation genoss, was ihn zum Schmunzeln brachte.

»Carmela Wagenfeld«, lautete die Antwort, und Auermann freute sich an Hölzles Augenrollen, weil er selbstverständlich mit diesem Namen nichts anfangen konnte.

»Carmela Wagenfeld ist die Schwester von Jutta Brodbeck. Stefan Brodbecks Frau.«

»Das ist ja ein Ding. Lass hören!« Hölzle war wie elektrisiert.

Britta drückte den Rücken durch, stützte die Hände in die Hüften.

»Frau Wagenfeld hat das Messer letztes Jahr bei der Osteraktion des Supermarkts gekauft und ihrer Schwester ins Nest gelegt. So einfach ist das. Mehr gibt's dazu nicht zu sagen.«

Hölzle stand auf, ging zu Britta und klopfte ihr sanft auf die Schulter.

»Sehr gut«, lobte er. »Und weißt du was? Es passt so super, denn dieses Pseudolösegeld bestand unter anderem aus Teilen der Syker Kreiszeitung. Stefan hat ein

Motiv, kein Alibi, seine Frau hat das Messer, und er wohnt in Syke. Fall geritzt, und wir können uns alle auf Weihnachten vorbereiten. Perfekt!«

Schipper, Dahnken und Nuray Toprak erschienen zeitgleich auf der Bildfläche, und Hölzle überließ es Britta, sie ins Bild zu setzen. Er fügte die Geschichte, die Mo Hildebrandt erzählt hatte, dazu und berichtete Britta, dass die Mutter des ausgesetzten Babys identifiziert worden war. Die schwangere Polizeibeamtin war erschüttert, als der Name Vanessa Brodbeck fiel.

Zwei Stunden später startete Hölzle den Motor des Dienstwagens, neben ihm auf dem Beifahrersitz saß Harry. Ihr Ziel war die Bäckerei Brodbeck in Syke. In Hölzles Jackentasche steckte ein Haftbefehl, den die Staatsanwältin eiligst beim Haftrichter beantragt hatte. Weitere Kollegen würden nach Syke fahren, im Gepäck einen Durchsuchungsbeschluss für Stefan Brodbecks Haus und Bäckerei.

Hölzle fackelte nicht lange, als Stefan Brodbeck die Tür öffnete.

»Herr Brodbeck, Sie sind dringend tatverdächtig des Mordes an Ihrem Bruder Carl Brodbeck und dessen Auszubildenden Samir Alavi«, er zeigte dem völlig verdutzten Mann den Haftbefehl. Harry hatte bereits die Handfesseln gezückt, um sie dem Bäcker anzulegen.

»Was? Aber, Sie irren sich!«, rief Brodbeck entsetzt aus.

»Drehen Sie sich bitte um, Herr Brodbeck, die Hände auf den Rücken bitte«, forderte Schipper ihn auf.

Stefan Brodbeck wehrte sich nicht, tat wie ihm geheißen. Leise klickte es zweimal, als die Handschellen zuschnappten.

»Bitte«, begann Brodbeck fassungslos, »Sie machen einen Fehler. Ich habe meinen Bruder nicht umgebracht! Carl war ein Arschloch, aber deswegen bringe ich ihn doch nicht um! Und wieso soll ich den Azubi umgebracht haben?«

»Herr Brodbeck, wir nehmen Sie mit aufs Präsidium, dort erhalten Sie Gelegenheit, Ihren Anwalt zu kontaktieren«, sagte Hölzle und sah dem Mann hart ins Gesicht.

Brodbeck fiel in sich zusammen, schwieg und ließ sich widerstandslos zum Auto führen. Gerade in dem Moment, als Hölzle die Autotür öffnete, um den Verdächtigen einsteigen zu lassen, fuhr ein Auto vor.

»Was geht hier vor?«, kreischte Jutta Brodbeck entgeistert, als sie aus dem Wagen stieg und herbeigelaufen kam. »Was machen Sie mit meinem Mann?«

»Frau Brodbeck, wir müssen Ihren Mann mitnehmen, gegen ihn liegt ein Haftbefehl vor. Wir verdächtigen ihn, Ihren Schwager und dessen ehemaligen Lehrling erstochen zu haben.«

»Wie bitte? Sind Sie verrückt geworden?«, fauchte sie Hölzle an. »Stefan, ich ruf sofort unseren Anwalt an. Du hast doch nichts damit zu tun, oder?«

»Nein, ich schwör's, Jutta«, beteuerte Stefan kraftlos.

Jutta Brodbeck trat so dicht an Hölzle heran, dass er das pudrig riechende Parfum, das an ihr haftete, riechen konnte.

»Lassen Sie ihn sofort los! Mein Mann ist doch kein Mörder!«

»Frau Brodbeck, bitte beruhigen Sie sich. Gleich kommen Kollegen von mir, die Ihr Haus und die Bäckerei durchsuchen werden, weil wir Grund zu der Annahme haben, dass sich die Mordwaffe hier befindet.«

Jutta Brodbeck wurde blass, ihre Knie waren drauf und dran, unter ihr nachzugeben.

»Aber …, aber …, das kann doch nicht sein.«

Heftig schüttelte sie den Kopf, weigerte sich, das Gehörte anzunehmen. Sie schien kurz vor einem Nervenzusammenbruch zu stehen.

Hölzle legte Brodbeck die Hand auf den Kopf, drückte ihn auf die Rückbank des Autos und schloss die Tür. Dann wandte er sich an Jutta Brodbeck.

»Wenn Ihr Mann wirklich unschuldig ist, wird sich das herausstellen. Allerdings sieht es im Moment nicht gut für ihn aus.«

Jutta holte stoßweise Luft und ließ sie langsam entweichen.

»Wieso soll Stefan diesen ehemaligen Azubi umgebracht haben?«, fragte sie mit fester Stimme.

»Zum derzeitigen Ermittlungsstand sieht es so aus, dass Alavi Ihren Mann erpresst hat.«

»Jetzt versteh' ich gar nichts mehr. Erpresst? Weswegen denn?«

»Wir haben Grund zu der Annahme, dass Alavi den Mord an Ihrem Schwager beobachtet hat. Sein Schweigen wollte er sich bezahlen lassen«, mischte sich Harry ein. Er zog die Fotografie eines Messers heraus. »Frau Brodbeck, Sie besitzen so ein Messer, nicht wahr? Ihre Schwester hat es Ihnen zu Ostern geschenkt.«

Jutta Brodbeck starrte auf das Foto und nickte stumm. Ihre Schultern erschlafften, ihr Kopf fiel nach vorne. Mit einem Mal wirkte sie gut 20 Zentimeter kleiner.

»Das ist ein Alptraum«, flüsterte sie heiser.

Weitere Polizeibeamte erschienen. Einer blieb bei Jutta, um sie nicht aus den Augen zu lassen wegen des möglichen Verdachts auf Verdunklungsgefahr. Schließlich könnte sie in einem unbeobachteten Moment das gesuchte Messer verschwinden lassen.

Stunden später verließen die Polizeikollegen das Haus der Brodbecks. Erfolglos. Das Messer war nicht aufzufinden. Zurück blieb Jutta Brodbeck, erschüttert und völlig verzweifelt.

❄

Am späten Abend wählte Jutta die Nummer ihrer Schwägerin. Sie hatte genug Rotwein getrunken, um dieses Gespräch zu überstehen. Innerlich gewappnet wartete sie, dass Isabell abnahm.

»Jaaa?«, klang es gedehnt aus dem Hörer, als Isabell schlaftrunken abnahm.

»Ich bin's, Jutta. Ich weiß, es ist spät, aber ich muss unbedingt mit dir reden.«

»Was ist denn passiert? Geht's dir gut?«

Jutta holte tief Luft.

»Ja, nein. Stefan ist verhaftet worden.«

Nun war es heraus. Gespannt wartete sie auf die Reaktion ihrer Schwägerin.

»Sag, dass das nicht wahr ist! Stefan soll Carl ermordet haben?« Isabell Brodbeck war schlagartig wach.

Jutta sah Isabells ungläubigen Gesichtsausdruck förmlich vor sich.

»Und nicht nur ihn. Stefan soll auch euren ehemaligen Lehrling erstochen haben, weil der Stefan erpresst haben soll. Die Polizei sagt, es spricht alles gegen ihn. Isabell, ich weiß nicht mehr ein noch aus. Natürlich haben wir einen Anwalt eingeschaltet, aber, wenn …, nein, ich kann und will nicht glauben, dass Stefan so etwas getan hat.« Leise begann sie zu schluchzen, griff nach der Rotweinflasche und goss sich nach.

»Jutta, ich, ich weiß nicht, was ich sagen soll. Nur, dass wir beide wissen, dass sich unsere Männer seit Langem nicht mehr grün waren. Und denk doch mal an Stefans Geburtstag. Da war doch der pure Hass im Spiel. Und warum Samir? Verstehe ich nicht.«

»Sie gehen davon aus, dass er den Mord an Carl gesehen hat. Ich bin fassungslos! Du ahnst nicht, was heute hier los war. Ich komm vom Einkaufen, und da hatte Stefan schon Handschellen um. Und im Anschluss haben sie unser Haus und die Bäckerei auf den Kopf gestellt. Bis vor einer Stunde war hier die Hölle los. Isabell, ich stehe vor einem Scherbenhaufen.«

Sie leerte das Rotweinglas auf einen Zug zur Hälfte.

»Was glaubte denn die Polizei, bei euch zu finden?«

»Die Tatwaffe. Sie suchen nach einem ganz bestimmten Messer. Genau so eins, wie ich zu Ostern von meiner Schwester bekommen habe.«

»Ja, ja, ich weiß, welches Messer du meinst. Wir hatten mal zusammen gekocht, erinnerst du dich? Da hattest du es ganz neu.«

Jutta nickte, auch wenn es sinnlos war, denn Isabell konnte sie ja nicht sehen.

»Isabell, egal, was noch passiert, ich habe nur eine Bitte: Bitte steh mir bei, auch wenn ich weiß, dass ich damit unendlich viel von dir verlange.«

Am anderen Ende herrschte für einen winzigen Augenblick Schweigen.

»Ja, Jutta, wir stehen das gemeinsam durch.«

❄

Von Alpträumen geplagt, verbrachte Jutta Brodbeck eine höllische Nacht und wachte vor sechs Uhr schweißgebadet auf. Zuerst war sie froh, aufgewacht zu sein, die schrecklichen Ereignisse waren nur ein böser Traum gewesen. Dann sickerte langsam die Erkenntnis durch, dass die Wirklichkeit noch viel schlimmer war. Sie quälte sich aus dem Bett, nahm zwei Aspirin und schleppte sich unter die Dusche, um einen klaren Kopf zu bekommen. Den Rotwein hatte sie während des Telefonats mit ihrer Schwägerin gänzlich vernichtet. Sie musste fit werden, sich zusammenreißen und funktionieren. Stefan war kein zweifacher Mörder, und sie würde alles tun, damit er aus der Untersuchungshaft herauskam.

Dieses verdammte Messer! Wo war es abgeblieben? Sie konnte sich nicht erinnern, wann sie es zuletzt benutzt hatte. Die meisten großen Messer hatte sie an einem Magneten in der Küche hängen, doch dieses eine hatte sie immer nach Benutzung in die mit Schaumstoff gepolsterte Schachtel zurückgelegt, in welcher es verkauft worden war. Doch auch die Schachtel war weg. Hatte Stefan vielleicht doch? Nein!

Mit geschlossenen Augen stand sie unter der Dusche, ließ den harten Strahl auf ihren Kopf prasseln.

Wir haben zusammen gekocht. Erinnerst du dich?

Jutta riss die Augen auf, schlug mit der flachen Hand auf den Hahn, um das Wasser abzustellen, hörte wie das Rückschlagventil der Wasserleitung ein Knallgeräusch von sich gab. Sie sprang aus der Dusche, riss das Handtuch von der Stange, trocknete sich in Windeseile ab. Zehn Minuten später saß sie mit noch feuchtem Haar im Auto. An der ersten roten Ampel tätigte sie einen kurzen Telefonanruf.

Mit mürrischem Gesicht kam Isabell zur Haustür, öffnete sie einen Spalt.

»Du? Jutta …«

»Lass mich rein!«, forderte Jutta barsch.

Isabell machte die Tür ganz auf, ließ ihre Schwägerin herein und ging voraus. »Ich hab mir gerade einen Kaffee gemacht, willst du auch einen?«

Jutta folgte ihr. Die Haustür hatte sie nur angelehnt gelassen.

»Sag mal, kannst du mir mal sagen, was du vorhast?«, fragte Isabell, als Jutta in die Küche kam. »Ich weiß, du bist durch den Wind, so wie ich auch, aber …«

»Durch den Wind? Neiin«, höhnte Jutta, »ganz und gar nicht. Ich war noch nie so klar wie in diesem Moment. Wo hast du es? Das Messer! Du hast es. Ich hatte es bei dir gelassen, nachdem wir diese Kochaktion hatten. Du mieses Stück! Du hast deinen eigenen Mann ermordet und willst es meinem in die Schuhe schieben! Großer Gott, was bist du nur für ein Mensch?«

Isabell Brodbeck sah ihre Schwägerin gelassen an.

»Du bist doch völlig übergeschnappt. Verlass auf der Stelle mein Haus. Am besten, du gehst zum Arzt und holst dir was zur Beruhigung.«

»Ich brauche keine Pillen, mir geht's gut«, fauchte Jutta zurück. »Das hast du dir fein ausgedacht. Mein Gott, du hast es ewig geplant, nicht wahr? Hast auf den richtigen Zeitpunkt gewartet. Was auch immer der richtige Zeitpunkt für einen Mord ist«, spie sie hervor und begann, hektisch die Schubladen aufzuziehen. »Oder vielleicht hast du auch nur vorgesorgt, falls Carl wieder austickt. Vanessa war der Grund, hab ich recht? Weil er sie rausgeschmissen hat. Deinen Rauschgoldengel.«

Isabell trat auf sie zu, packte sie an den Handgelenken.

»Es reicht jetzt.«

Jutta starrte ihre Schwägerin hasserfüllt an.

»Sag mir die Wahrheit! So war es doch, oder?«, schrie sie ihr ins Gesicht. »Jahrelang hast du mir immer wieder vorgeheult, wie Carl dich drangsaliert. Wie oft hab ich dir geraten, ihn zu verlassen? Doch du warst zu feige! Konntest nicht mal für deine Tochter Rückgrat zeigen. Du bist so armselig!«

Draußen ratterte der Müllwagen die Straße entlang, man konnte das Klappern der Tonnen vernehmen.

Isabell ließ ihre Schwägerin los, ihre rechte Hand landete klatschend in deren Gesicht.

»Du bist ja völlig hysterisch.«

Jutta rieb sich die schmerzende Wange.

»Ja, vielleicht. Aber du, du bist eine Mörderin! Wo

ist das Messer, du Rabenmutter! Hast zugelassen, dass Carl eure schwangere Tochter vor die Tür setzt. Und nichts hast du unternommen. Gar nichts!« Sie spuckte Isabell ins Gesicht.

Gar nichts hast du unternommen, hallte es in Isabells Kopf nach. Aber das stimmte doch nicht! Sie hatte doch Vanessa mit Geld unterstützt. Rabenmutter!

Isabell sah rot.

»Und wenn ich das alles getan habe? Na und? Dein Mann wird des Mordes angeklagt werden. Nicht ich! Hast du die Müllabfuhr gerade gehört?«

Jutta starrte sie an.

»Du gibst es also zu? Und das Messer hast du in deine Mülltonne geworfen?«

Isabell verzog das Gesicht zu einer diabolisch grinsenden Fratze.

»Und nun, verschwinde, bevor ich mich vergesse.«

Drohend trat sie einen Schritt auf die deutlich kleinere Jutta zu.

»Danke, Frau Brodbeck. Das haben Sie sehr gut gemacht!«, ertönte eine tiefe Stimme.

Isabell Brodbeck fuhr herum. Plötzlich stand da dieser Kriminalhauptkommissar. Wie kam der hier rein? Sie blickte zurück zu Jutta, auf deren Gesicht sich Erleichterung breitmachte.

»Chef, wir haben die Tatwaffe«, verkündete Harry fröhlich, der gerade hereinkam. Er hatte die Mülltonne vor ihrer Entleerung bewahrt. Nun schwenkte er die Messerschachtel in einem Beweismittelbeutel hin und her.

❄

Bereits am nächsten Tag erschien ein Artikel im Weser-Blitz zu diesem Polizeieinsatz, gespickt mit Informationen, die nur Insider der Polizei wissen konnten. Hölzle hatte die Nase gestrichen voll. Er konnte sich keinen Reim darauf machen, wer Schmink all diese Hinweise gegeben hatte. Bei ihm im Büro waren Harry Schipper und Peter Dahnken, am Nebentisch saß Nuray Toprak und schrieb stumm ihren Abschlussbericht über ihr Praktikum bei der Polizei.

»Himmelherrgottzack, das kann ein Desaster werden! Verfahrensfehler, hör ich jetzt schon den Rechtsanwalt! Kein Durchsuchungsbeschluss für die Mülltonne vorhanden, bla, bla!«, fluchte Hölzle wie ein Rohrspatz. »Das fehlt noch! Dann können wir einpacken!«

»Und wenn's dumm läuft, geht die Brodbeck frei raus«, murmelte Harry.

»Na so weit wird's hoffentlich nicht kommen! Wir haben genug, um die hinter Schloss und Riegel zu bringen«, kommentierte Dahnken.

Nuray Toprak wurde heiß und kalt. Schließlich nahm sie allen Mut zusammen.

»Ich war's«, krächzte sie heiser.

Drei Köpfe fuhren herum.

»Was? Sagen Sie das noch mal!«, herrschte Hölzle sie an.

»Ich hab mit dem Reporter, diesem Thorben Schmink, gesprochen, er hat mir versprochen, er hilft mir weiter. Ich will doch Journalistik studieren.« Dann brach sie in Tränen aus.

Die Polizeibeamten waren fassungslos.

»Das wird ein Nachspiel haben, darauf können Sie

sich verlassen!«, bölkte Hölzle. »Und so was ist die Nichte des Pressechefs der Polizei! Nicht zu fassen!«

»Und was passiert mit mir?«, heulte Nuray.

»Am liebsten würd ich Sie übers Knie legen, so viel ist schon mal klar. Alles Weitere werden wir sehen. Und jetzt raus aus meinem Büro. Gehen Sie zu Ihrem Onkel und beichten Sie.«

❄

Am dritten Advent erwachte Vanessa Brodbeck aus dem Koma. Es würde zwar ein langer Weg werden, aber sie hatte gute Aussichten, vollständig gesund zu werden. Die schrecklichen Nachrichten über ihre Eltern und Samir Alavi sollte sie erst später erfahren. An ihrem Krankenbett saß Fabian Evert. Wie sich herausgestellt hatte, war er der Vater des Kindes. Er hatte nie aufgehört, Vanessa zu lieben, auch wenn er zutiefst verletzt gewesen war, weil sie ihn betrogen hatte. Auch Fabians Familie hatte einiges zu verdauen, doch schon seit Bekanntwerden der DNA-Analyse liefen die Verwaltungsmühlen auf Hochtouren, damit Fabian Vanessas und sein Baby nach Hause holen konnte. Und irgendwann auch Vanessa, wenn sie aus der Reha kam.

❄

Heiner Hölzle und seine Kollegen konnten endlich aufatmen, und jeder konnte auf seine Weise die letzten Tage vor dem Weihnachtsfest entspannt genießen. Hölzle hatte kurzentschlossen Sabine eingeladen, ihn zu Weihnachten zu seiner Familie zu begleiten. Zuerst hatte sie gezögert, dann aber zugestimmt, allerdings mit der Bedingung, dass sie gemeinsam am zweiten Weihnachtstag zu Sabines Familie ins Saarland fuhren. Sollten sie doch noch ein ›normales‹ Paar werden? Wer wusste das schon.

ENDE

DANKSAGUNG

Ohne kritische Probeleser könnten wir gar nicht arbeiten. Deshalb danken wir Arlena, Georg und Ralf: Ihr seid wunderbar. Selbstverständlich freuen wir uns immer wieder über die Möglichkeit auf das fundierte Wissen von Kriminalhauptkommissar Jean-Pierre Kryger zurückgreifen zu können, auch dir sei herzlich gedankt, Jean-Pierre.

Zu guter Letzt gilt unser Dank auch den Mitarbeitern des Gmeiner-Verlags, vor allem Claudia Senghaas.

Das Neueste aus der Gmeiner-Bibliothek

Unser Lesermagazin

Bestellen Sie das kostenlose Krimi-Journal in Ihrer Buchhandlung oder unter www.gmeiner-verlag.de

Informieren Sie sich …

www … auf unserer Homepage:
www.gmeiner-verlag.de

@ … über unseren Newsletter:
Melden Sie sich für unseren Newsletter an unter www.gmeiner-verlag.de/newsletter

f … werden Sie Fan auf Facebook:
www.facebook.com/gmeiner.verlag

Mitmachen und gewinnen!

Schicken Sie uns Ihre Meinung zu unseren Büchern per Mail an gewinnspiel@gmeiner-verlag.de und nehmen Sie automatisch an unserem Jahresgewinnspiel mit »mörderisch guten« Preisen teil!

GMEINER SPANNUNG

WWW.GMEINER-VERLAG.DE
Wir machen's spannen